安魂帖

詹文格

江苏凤凰文艺出版社

目录

第一辑　身体隐喻

3　　药　引
16　　手　术
32　　阉　割
70　　绳上春秋
90　　窥听者

第二辑　梦里故乡

105　　安魂帖
124　　瓦盆里的水稻
133　　回乡的螃蟹
141　　在俗世中行走
151　　进城去种田
169　　雨　夜
179　　花餐琐记

第三辑　血脉回声

195　血脉回声
214　忧伤的吉他
222　那个雪夜让人温暖
228　动物的隐语

第四辑　风过无痕

243　子非鱼（二题）
249　我是怎样把时间干掉的
261　狗在天空中狂叫
271　宣纸上的河流
275　如风飘过五棵松

第一辑

身体隐喻

药 引

回想起来，那天注定是个不好的日子，那只比祖父还要苍老的绛紫色药罐从炭炉上砰然落地，四分五裂，药汤溢了一地。这种奇怪的场面后来很久都让我百思不得其解，药罐像一枚炸弹，发出惊天动地的爆裂声，我风快地冲进厨房，只见一团寡白的肉膜覆盖在残破的瓦片上，散发着袅袅蒸气。

当时厨房内空无一人，外面门窗紧闭，连小猫小狗也无处进入，搁置于炭炉上的药罐，没有外力，怎么会突然跌落，而且还裂成几瓣？

我大声呼喊着母亲，可没有一丝回应，这才发现母亲并不在屋。她去了哪儿？

我自从出院后就感觉母亲有点反常，她总是神神秘秘，经常三更半夜偷偷摸摸地出门，拂晓时分才不声不响地回来。每次从外面回来，她都会急着去做一件事，那就是给我炖百合猪肺汤。这是一位百岁老人传给母亲的秘方，但是极少有人知道，这个秘方只是个幌子，它背后还藏着一个真正的秘方，那是一种让我无法想象的东西。

一年前的一个中午，我正准备上床午睡，突然喉咙奇痒，像有鸡毛在里面翻滚，于是我用力干咳了几声。不好啦！就是那几声干咳，牵扯了前胸后背，让我闻到了一股从深喉部位喷涌而出的血腥。"噗"的一声，咯出一大口鲜血，那口血带着咸热的腥味,迅速胀满了我的口腔。当时我想使劲憋住,可是怎么也憋不住,喉咙内像藏了一窝出水的泥鳅,滑溜溜地往外逃窜,我只好张开嘴,哇呀一声把血喷到了墙上。

后来医生听我讲述这个过程,直夸我当时做得非常正确。医生说,大多数人都知道血是人体的精华,是生命的养料,不能轻易流失,能留在体内就尽量留住。这么想那就大错特错了,从腹内溢出的血万万留不得,它是一种含有病毒的污秽之血,如果把这种血硬生生地压下去,那么污血就有可能反流而下,渗入肺部,对肺造成不可挽回的二次损伤。

我并没有这方面的医学常识,只凭一种本能反应,因为血从喉龙中往上奔涌,我实在憋不住了,只好一口喷出。当一串红色的液体从口中一泻而出,瀑布一样悬挂在墙上时,我听到安静的墙面发出滋滋尖叫。

我撑起上身,移脚下床,准备往卫生间跑。此时,第二口鲜血又一涌而来,我清楚地看到,黏稠的血迹像百脚虫一样贴着洁白的墙面急促地往下行走,一眨眼就钻进了墙根……

惊恐万状的母亲第一时间请人把我送进了医院。经化验和X光胸片透视,很快得出了结论:右下肺感染性病变。

"病变"是一个冷酷的医学名词,一个不祥的专业术语。那一刻我感觉双眼发黑,天旋地转,无法站立。

我赶紧转过身去,闭着眼睛,靠在墙上,深深地吸了一口气,听到喉咙内还在咕嘟作响,用手一摸,满脸是泪。

真没想到自己会如此害怕死亡,惊吓之后,心脏像逃亡的脱兔,狂跳不止,每一次呼吸都显得那样沉重和困难。我不停地自问：难道死神真的马上就会降临吗？活了四十多年的躯壳就这样无声无息地死去吗？

我知道大病就是一场大难，无论怎么挣扎也挣不过老天。病变的诊断结果，就是苍天向我发出的死亡追捕令。现在死期既然来临，一切都来不及了，不如坦然面对，无条件接受。

虽然心里这么想着，但潜意识中仍在作垂死挣扎。这是一种无法想象的恐惧，它来自"病变"这个术语，以我肤浅的医学常识来判断，病变就是癌症的代名词。从第一口鲜血喷出，死亡的阴影就开始将我笼罩。我猜想那片病变的肺叶已溃烂得百孔千疮，我体内的血液早晚都会从那些空洞中流得一干二净。

那一夜，我想了很多，体会到死亡的前奏原来是如此悲凉，到了最后关头，没有任何人能为你分担这份悲凉，因为死亡必须独自面对，这是一件不能替代无法推却的事情，我即将奔赴黑暗的远方。

那种虚脱般的压抑，让我呼吸沉重，头脑昏沉。身体像脱离了大脑，不时抛向天空，不时又压在地底。迷迷糊糊中有人给我穿了一身黑衣，一双黑鞋，然后直挺挺地装进了棺材。眼看着就要合上盖子时，我听到了一声高亢的鸡啼，那声鸡啼拖着长长尾音，在黑暗中颤抖，几个抬棺材盖子人，听到那声鸡啼身子猛然一震，全都愣了起来。我发现机会来了，拼尽力气，双脚一蹬，棺木盖子咣当一声，飞离而去。我一个激灵蹦了起来，睁开眼，发现世界仍然安安静静。此时天已大亮，我摸了一下额头，大汗淋漓。刚才只是惊梦一场，自己并没有死去，所谓的死亡只是梦中的演练……

阳光从窗口照进来，落在洁白的病房里，反射着病人苍白的脸膛。这是一个白色的世界，但又包含了所有的内容。医院这个看似安静的地方，其实波澜起伏，暗流汹涌，每天都有人在此走向死亡，走向后院尽头的太平间。那里是所有路线的终点，是进入墓地的通道。

此时，吱呀一声，病房的门被推开，医生和护士裹着一团白光，飘了进来。他们开始查房，我的心脏又猛烈地搏动起来。在眩目的白色里，我突然想起家里墙上那块红色的瀑布，那个图案会不会成为我最后留下的生命痕迹？

胖子医生把新写的病历和诊断书拿在手上，宽大的口罩遮住了半个面盘。我发现他不再是一名个医生，而是一个法官，我住的不是病房，而是监房。场景悄然置换，让我梦幻般地进入到《百年孤独》的开头："多年以后，面对行刑队，奥雷里亚诺·布恩迪亚上校将会回想父亲带他去见识冰块的那个遥远的下午。"这种经典的句式，暗示了胖子医生的目的，他来向我宣布死刑。

苗条的护士用笋尖似的玉指捏着晶亮的温度计，准备帮我测量体温。胖子医生询问排便和食欲等问题。此时我的情绪变得异常烦躁，根本没有兴趣等他来关注那些无关痛痒的问题，我只想知道自己离死亡还有多久！于是我伸手一把夺过诊断书，哗啦哗啦地翻看起来。

胖子医生被我这种突兀的动作吓了一跳，一脸惊诧，愣在那儿，不明白我如此激烈地抢夺病历，究竟想看到什么。

我以囚犯的心理在想象，病历就像法院终审的裁决书，它的到来，就是死刑的到来。只要睁开眼，"肺癌"二字像刀剑一样直逼而来。可是很奇怪，我翻遍了病历和医嘱，肺癌二字始终没有出现，在诊断结果一栏，"肺结核"三个字倒是写得工工整整。谢天谢地，他破例没有用天书体，让我准确地辨认出自己的病名。

对于这个结果我深感意外，我不知道它是否真实，是不是胖子医生有意给我安慰。但我随之一想，感觉不太可能，医生见多了死亡，他们心如深井，不起波澜。眼前的患者是不是绝症，对他们来说并不重要，重要的是施用什么样的方法给病人治疗。

当肺结核确认无疑后，绝望的内心被这三个字重重地撞了一下，就像快要干涸的水面，重新扬起了浪花。我感觉到从头到脚像过电一样，有种麻酥酥的感觉，随着鼻子发酸，两行滚烫的液体顺着面颊奔涌而来。

感谢老天爷的赦免，"肺结核"三个字给了我一种云开日出，绝处逢生的希望。感谢苍天，让我患的是这个病，而不是那个病。虽然这种被称为白色瘟疫的结核病非常顽固，一旦患上也并不轻爽，让人十分恼火。但是与恶毒的癌症相比，我更愿意选择这种林黛玉式的疾病，它毕竟比癌症要善意温和得多。

我出院时医生反复叮嘱，提醒我这病容易复发，要注意保养，适当锻炼，加强营养。母亲对医生的话比我还上心，隔三岔五就给我杀鸡宰鸭，炖肉煲汤。后来体检出现了脂肪肝，估计与这段时间的进补有密切关系。

那半年中，母亲尽心尽意，她炖得最多的是猪肺汤。有点儿奇怪，那段时间母亲炖出来的猪肺汤总显得形迹可疑，味道古怪。我怀疑母亲是贪图便宜，买来了病猪或死猪的肺。开始我拒绝服用，但老人家语重心长，找出各种理由，又劝又哄，硬要我把那碗味道奇怪的猪肺汤喝下去。她告诉我肺结核是贪吃的病，必须多吃，喝汤总比喝药好，药补不如食补。

有一次因提前熄灭了炭火，那罐猪肺没有炖烂，汤面上浮着一层淡紫色的泡沫。看着那罐汤，就望而生畏，因为还欠火候，猪肺根本嚼不烂，每咽下一块都得咬牙切齿。后来我干脆直接吞咽，有一块差点卡在喉管中。那样子让我想起水田里吞食田螺的母鸭，脖子抻得老长，眼睛上下翻动。大约吃到一半，出现了异常反应，有一股刺鼻的冷腥味直逼胸腔。此时胃里像煮了一锅沸水，翻肠倒肚，不停咆哮。实在是控制不住了，我只能张开嘴巴，朝地上狂吐起来。

母亲听见我哇哇哇地呕吐，风一样从厨房跑了出来。我以为母亲会给我抚胸拍背，端茶抹嘴，怕我噎着呛着，可她老人家并没有这样做，只见她哎呀哎呀叫个不停，眼里全是惋惜慨叹。更让我大惑不解的是，她弯下腰身，紧盯着地上那团污物，像在寻找遗落的宝贝。看那个神态，她恨不得把一滩呕吐物全部收拾起来，盛入碗中，让我再吃一次。

说实在的，对于那罐猪肺汤，我开始丝毫没有怀疑。谁都知道我们老祖宗传下吃啥补啥的说法，这话在民间流传甚广，影响颇深，年龄越大的人，越是深信不疑，奉为养生治病的圭臬。五脏六腑有毛病的人，买回动物的心肝脾肺肾，对应着来吃。腰痛肾虚的吃猪腰子、羊腰子、牛腰子；肠胃不好的吃猪肠、猪肚，心脏不好的吃猪心；产妇缺奶水的吃穿山甲。

有一阵子，山里因气候原因，不少人患了风湿性关节炎，腿脚抽筋，老郎中说可找几味中药炖猪脚，最好是野猪脚。老郎中的话比电视广告还更有效,原本滞销的猪脚一下成了紧俏货,野猪脚更是一脚难求,价格高得离谱,每市斤高达百元之多。对于吃什么补什么的理论,尽管西医有截然不同的看法,但这种根深蒂固的民间方法,有着不可动摇的根基,必将继续流传。

那只釉质甚好的老药罐破裂了,对我来说是一件值得庆幸的事情,那是一道控制子孙数代的魔咒,从今往后我将告别药罐,再不用天天服药了。当我一脸得意地从厨房钻出来时,鼻青脸肿的母亲,一瘸一拐地被人送进了家门。

母亲斜靠在竹椅上不停呻吟,我不知她这是去干嘛了,听她说,清早就出了门,后来在邻村的一条马路上被同向相行的三轮车撞翻在地。额头、手掌、膝盖,多处磕破,手腕脱臼错位,三轮司机一溜烟跑了,幸亏一位好心的大婶把母亲送回家来……

我从抽屉里找出红药水和跌打油,帮母亲清理了伤口,搽了药水,然后联系骨科医生,准备送母亲过去正骨。没想到母亲会那么倔强,无论我怎样劝说,也不愿上医院诊治,宁可躺着不停呻吟,让疼痛来折磨自己。

我想知道是什么事情让她踩着露水,一大早跑去邻村?似乎找不出任何理由,那里既无自家亲戚,也无交往密切的朋友。我没有直接询问母亲,只是目光中流露了这种疑问。

那天,母亲的神情显得特别悲戚,我以为是受伤的原因,其实她真正的伤在心里。当看到破裂的药罐散落在地,一片狼籍时,她再也控制不住自己,哭泣起来。

母亲万分自责,她一会躺下,一会坐起,显得毛焦火躁,坐立不安,那样子像有千万根尖刺在扎着她的胸口。她确认这就是天遣报应……

　　母亲整整憋了两天，实在是憋不住了，她才向我吐露了心底的秘密。

　　原来她到邻村去是想表示歉意，三天前她做了一件不该做的事，现在深感内疚。本想过去安慰一下人家，可到了那儿又不知所措，远远听到屋舍中传来凄惨的哭声，她就双腿打颤，不敢前行。

　　撕心裂肺的哭泣把她的心搞得很乱很乱，母亲说她一下子就懵了，根本没有听到后面有突突突的三轮朝她开来，直到被三轮撞倒在地，这才痛醒过来。

　　对于撞人逃逸的三轮司机，母亲没有半点责怪的意思，反而认为这是她罪有应得，该遭的惩罚，甚至这种惩罚还太轻了一点，没有让她肠穿肚破，脑裂肢残。

　　母亲不停念叨，人是有罪的，有罪的。而对母亲这种状况我简直是丈二和尚，摸不着头脑。我搞不懂母亲被车撞后，怎么突然间变得神经兮兮。用母亲的话说，我们这种善良得连吃冷水都怕烫嘴的家庭，怎么会有罪呢？后来听说在我生病期间，有人带她去教堂做过礼拜，听牧师说：每个人在上帝面前都得为自己的原罪忏悔，人生下来就是有罪之身。

　　母亲当时根本不能理解，人刚刚出世，什么都没干，怎么就有罪了呢？现在，她似乎明白牧师的话了。从另外一个角度去看，原罪之下，谁都是罪愆之身，世间的每一个人都是有罪之人。

　　都说母子连心，彼此难藏秘密，但我真的没有看出母亲身上竟有地下工作者的天赋。她一直在寻找治疗肺结核的秘方，缜密的寻找计划在悄无声息地进行，我一无所知。原来村后那个神神道道的百岁老人告知她，能治痨病的灵丹妙方并非他物，就是孕妇产出的新鲜胎盘。老人告诉母亲，像我这种病，只要吃下十个胎盘，保准药到病除，健健康康。

听了母亲的话，我如梦方醒。之前那些味道怪异的猪肺汤，原来压根就不是什么猪肺汤，而是连接生命的胎盘。我知道胎盘是生命的胞衣，那是在母腹中生长出来的肉团。想到这一点，我感觉腹部猛然抽动，肠胃剧烈痉挛，赶忙弯下腰身，按住腹部，冲进了厕所。

在厕所内，我张开的嘴巴，像一支高压水枪，足足喷吐了十几分钟。弄得眼白上翻，几近窒息，最后连胆汁也吐了出来。

接下来三天，粒米未进。我开始厌食、恶心、反胃。我的胃对食物形成了条件反射，根本容不下任何东西，只要食物一沾嘴唇，立马就酸水上涌，恶心呕吐。

口水吐光了，浊气还在体内，我感觉自己的身体已变得肮脏起来。为了治病，我竟然如此恶毒，吞食人肉，这是不可饶恕的大罪！

怎么会这样呢？翻来覆去，无法平静。乡间的药引像一道心经，它更多的时候是在做精神安抚。如童子尿、头发灰、尿桶垢，到底有什么疗效？

想到食用胎盘的事情发生在自己身上，我就无法平静，怎么会这样呢！？想想鲁迅先生眼光真的毒辣，作为一个肺结核患者，他在创作《药》的时候，描述茶馆主人华老栓用血汗钱买人血馒头为儿子小栓医病的故事，不仅是揭露现实，更是鞭挞丑恶，那个鲜红的人血馒头成了黑暗时代的药引。

现在我完全相信那是事实，并非妄想或杜撰，人血馒头是对当时社会的真实记录和客观呈现。那一刻，我看到了某种可怕的东西，鬼魂一样依附在我身上，散发着绿莹莹的冷光。

我决定去一趟书店，希望找到某种理论依据，尽快分辨哪些是医药遗产，哪些是民间巫术。在书店，我待了很长时间，坐了站，站了坐，翻看了多个版本的医史药书，在一本旧版的医书上找到胎盘二字。

> 胎盘：药名紫河车，性味甘、咸、温，入肺、心、肾经，有补肾益精，益气养血之功。现代医药研究认为，胎盘含蛋白质、糖、钙、维生素、免疫因子、女性激素、助孕酮、类固醇激素、促性腺激素、促肾上腺皮质激素，能促进乳腺、子宫、阴道、睾丸的发育，对甲状腺也有促进作用，对肺结核、支气管哮喘、贫血等亦有良效。对肝硬化腹水及血吸虫性晚期肝硬化腹水也有一定疗效……

放下医书，感觉指尖微凉，审视古老的中医，每一味药名方剂，都带有一种难以言说的神秘。这种方术，已超越了药用，让我联想史上舍身燃灯、割肉治病、燃指供佛、刺血写经的高僧。胎盘作为供给胎儿营养，支持呼吸、排泄的器官，它应该视作胎儿的组成部分，是谁最早发现它的滋补性能和药用价值？

有资料记载：公元前219年，40岁的秦始皇沿渤海湾东行，巡视京都海疆，寻找长生不老药。找遍天下长生不老之处，竟是胎盘。秦始皇便将其推崇为长生不老药。自此之后，胎盘一直作为皇室养生之上品。

清宫太医私传，慈禧太后在中年以后就长年服食足月头胎男婴胎盘，以养容颜。我们从美国女画家卡尔为慈禧所画的肖像中可以看出，慈禧虽时年已过半百，却面容娇媚，风韵迷人，俨然一位中年贵妇，其养生美容之道中，胎盘的作用可见一斑。

《本草纲目》对盘胎有这样的记载："儿孕胎中，脐系于母，胎系母脊，受母之荫，父精母血，相合而成。虽后天之形，实得先天之气，显然非他金石草木之类所比。其滋补之功极重，久服耳聪目明，须发乌黑，延年益寿"。

由于胎盘母体分娩出来时为红色，稍放置即转紫色，故称紫河车。

在乡村，胎盘遭人食用是一大忌讳。按照老家风俗的说法，胎盘一旦被人食用，轻则婴儿大病，重则残障夭亡。所以产妇家人对于胎盘严加看管，不得随意处置。有人用瓦罐装着，封上罐口，半夜时分扔进大河，预示孩子往后血脉如长流之水，生命永不枯竭。还有的会扔进茅厕，暗喻屎中（谐音始终）有财。总之不能让人或者其他野兽虫蚁食用，只能让其自然消解。

可以想象，每一个胎盘都来之不易，母亲委托了不少亲戚朋友，花了不小的代价。按照百岁老人的说法，十个胎盘只差最后一个了。为求大功圆满，母亲决定要寻找一个最健康的胎盘来作为结束。在她眼里，成功就差一步之遥了，只要我吃完这个胎盘，很快就会康复如初，健壮如牛。

谁知这个胎盘在我胃内还没来得及消化，那边的婴儿就气绝身亡。

这是天打雷劈的事，如果婴儿的父亲知道是我母亲托人盗取了他儿子的胎盘，那么杀子之仇的愤恨会让他疯狂起来，极有可能刀斧相向，让我们母子人头落地。只要想一想，就让人双腿打软，脊背发凉。

如果用现代科学进行分析，婴儿的夭折与胎盘被人食用没有直接的因果关系，但是从传统的乡俗伦理、民风道德来看，我们活该杀之诛之。就是我们这对祸害乡邻，狼狈为奸的母子，谋害了那个无辜的婴儿，成为杀人不见血的凶手。

更使人难受的是，那位产妇因儿子夭折，一病不起。虽然四处求医，但始终无好转，一家人万分悲伤。母亲困兽一样，内心煎熬，万分着急。她突然想起了胎盘，她相信胎盘能起死回生，治愈产妇的疾病。不管那么多了，还是救人为紧。她幽灵一样潜入村寨，重操故伎，利用敏利的嗅觉，终于又谋到一个。拿着胎盘，看见剪断的脐带的地方血管纵横，血迹未干，她的手不由颤抖起来。那个胎盘像搏动的心脏，牵动着婴儿的每一声啼哭。于是她闪身回去，把胎盘放回原处。她不忍再去伤害别人，让自己一错再错，陷入罪上加罪的深渊。

那段日子，母亲非常纠结，她在煎熬中挣扎，在自责中痛苦，不知道究竟如何是好。晚上常在梦中惊醒，醒来后胡言乱语，我担心母亲这样下去，精神迟早会出现问题，又找不到让她解脱的方法。

没过多久，那个产妇终于没有撑住，撒手而去。消息传来，母亲心如刀绞，她把自己关在屋子内一整天，不吃不喝，默默流泪……

在一个药师家里，我见到过风干的鹿胎、麂胎、兔胎、羊胎。那些凝固的物质并非母兽的胞衣，而是一群幼小的生命。

药师十分得意，他逢人就推介自己独门制作的滋补珍品，疗效如何神奇。一张照片上出现一位貌美的小女子，药师让我猜女子的年龄。我说二十岁左右吧！药师笑而不语，故作高深。他好一会儿才伸出一大一小两个苍白的指头，给我来了一个"六"字的手语。我感到眼前白光一闪，那帧照片立刻飘出一股白骨精一样的妖气。药师说，这就是天价羊胎素的功效。

在一个角落里，我发现了一个广口玻璃瓶，半瓶红色的药液浸泡着一种似曾相识的东西。瓶外赫然写着"紫河车"三个字。我本想询问药师，为何不直呼人体胎盘？为何不用胞衣作为标签？而非要用紫河车这个隐性的药名！

最后我还是没问，因为心有隐痛，自己与药师是一丘之貉，只不过我用的是舌头与牙齿，药师用的是手指和钱包。我猜想药师不敢直呼其名，也许是承受不起乡风民俗的重压。在我眼里，紫河车只是给胎盘披了一件马夹，对食肉者来说，那是借用奇特的药名，撒一个弥天大谎。这样的开脱就像掩耳盗铃，无法消弭身上的罪过。

母亲带着一种负罪感走进了教堂，她开始忏悔，每个礼拜都会去一次。牧师很关注这个新来的教徒，发现她跟着唱诗班做完仪式，在乐声里总是一脸哀戚，有时甚至泪流满面。对于母亲忧伤，那群沉浸在圣乐中的姐妹毫无察觉，只有洞察人心的牧师透过管风琴的旋律，看到了母亲泣血的心肠。

手 术

我从小就有讳疾忌医的心理，一个本该早去做掉的手术，由于任性妄为，竟拖了整整三年。三年来，我一直心存侥幸，希望在某个清晨醒来，那个隐藏在鼻腔深处的囊肿烟消云散，不见踪影，从此没有烦恼，没有恐惧。

可现实毕竟不是梦幻，既然病已附体，就如泥沙淤积，客观存在，不管回避还是拖延，它都无法争辩和否认。人吃五谷杂粮，也生百病，这是最正常不过的事情。可是这些年我对疾病的恐惧与日俱增，甚至多次与医生发生争执。

当心态平和之后就会反思，感觉自己的言行非常荒唐，惊风听雨的内心有点像不听忠告的蔡桓公，谁说我有病，谁就居心不良。

苏珊·桑塔格在《疾病的隐喻》中写道："疾病是生命的阴面，是一重更麻烦的公民身份。每个降临世间的人都拥有双重公民身份，其一属于健康王国，另一则属于疾病王国。尽管我们都只乐于使用健康王国的护照，但或迟或早，只是会有那一段时间，我们每个人都会被迫承认我们也是另一王国的公民。"

患者对于自身的疾病总会有一种难以表达的忧虑和恐惧，在医生眼里，对于我这种可以拖延三年的手术，那是小得不能再小的手术，比从牙缝中剔除一根鱼刺还要简单轻巧。

可是进医院动刀子，那可不是闹着玩儿的事，在忌医者的心里显得比大山还要沉重。简陋的乡镇医院，我亲眼见过小手术酿成的大事故。由于麻醉不当，一名十岁的少年做小肠疝气手术时死在手术台上。这种医疗事故就像一场谋杀，一个活蹦乱跳的孩子，转眼成为一具僵尸。毫无征兆的意外让人难以接受，由此，在我心里留下终生不能消除的阴影。凡是进入医院的病人有两种可能，一种是康复，一种是死亡，站着出去与躺着出去那是两种截然不同的结果。

手术，一个让人心惊肉跳的名词，我一直褊狭地理解，那是专给病人设置的词语，一辈子不会和自己发生交集。谁知2015年春节期间，这个拖了几年的小毛病，终于顶不住大鱼大肉的侍候，与我较起劲来。

囊肿像一枚青果，一夜之间就进入瓜熟蒂落的采摘期。成熟的浆果不愿悬挂枝头，这次的意外成熟看上去像是偶然，其实它是必然。平时滴酒不沾的我，那天破例连干了三杯。五十六度的泸州老窖像一团燃烧的火焰，炙烤着体内每一个细胞。酒这种透明的液体像个双面间谍，心怀叵测，在我体内翻江倒海，在鼻腔内兴风作浪。潜伏的囊肿在酒精的怂恿下不再安静，像施用了激素，突然膨大，鼻腔往外隆起，左脸肿胀，整个脸部完全变形。

开始对于阵发性的胀疼我不予理睬，尽管妻子不断催促我入院就诊，但我拿出死猪不怕开水烫的姿态来对抗。事实上与疾病对抗其实是自我损伤的愚蠢之举，最终要付出惨重的代价。

持续升级的肿胀、发烧，让我无法安眠，几个晚上都是倚靠床头，没法落枕。只要躺下去，脸部就如绷紧的鼓皮，鼻腔内奇峰突起，胀痛难忍，后来连眼睛也很难睁开。反光的皮肤如充气的气球，找不到一点舒展的余地。

一个细小的囊肿，让我陷入了寝食难安的境地，熬到第五天还是进了医院。我一连找了三家医院，之前两家都像商量好了，医生统一口径，没有半点商量余地，像我这种情况必须手术。

其实第三家医院也一样需要手术，只不过态度温和的医生动用了缓兵之计，他说先观察两天吧！我正是被这句迷惑性的话深深地打动了。幻想两天之内会有变数，出现奇迹，免去挨刀之痛。

就这样最终选择了这家医院。

虽然我是以一个健康人的步伐走进医院的，但换上病号服，带上手腕标示，就成了货正价实的病人，出入须请假，每天要检查。

观察期过去之后，我终于醒悟，幻想与虚构是文艺的范畴，它不适合医院与疾病。医院只有僵硬的术语，特殊的叙述腔调，那种既定的运转轨迹，无法更改。称体重，量血压，测体温，问病史，这些琐碎的环节就如一场预谋，一步一步把我推向那个神秘的地方。

第一天输液消炎，早中晚三次观察：体温、血压、心跳。第二天安排B超、X光、心电图、验血。决定手术的前一天，查出我有窦性心动过缓，我不知道问题是否严重，总之，我的心跳与别人不是一个频率，不管过快还是过缓，那都是疾病。护士笑我是运动员心跳，我没听懂她话里有话，后来医生决定输液一天，推迟手术。

早上查房，医生了解我平时对鼻子有哪些不良习惯。我告诉他，最不好的一点是喜欢挖鼻孔，特别是冬天，鼻子痒，挠来挠去，把鼻子挠得通红。医生叮嘱这个毛病一定得改掉，手术后更不能挠，挖鼻挠鼻会刺激患处，引起复发。

医生临走时给了一本小册子，我拿起来翻了翻，对着一幅图片愣住了。那是一个没有鼻子的男人，野人一样露出两个幽洞的空洞，我不敢再看，赶紧把小书扔到病床另一边。小时候在家乡见过一位没有鼻子的老人，那个年代的穷苦山村，没钱购买口罩，为了掩盖丑态，老人只好用麻线串住一块布片，吊在鼻子上，遮住两个乌黑的鼻孔。有一天狂风大作，吹走了老人脸上的布片，刚好放学我们与老人迎面相遇。山路狭窄，几乎是贴面而过，当看到老人那个恐怖的模样，我们吓得哇哇大叫！老人提着沉重的包袱，双手不空，只能别过头去，无法用手遮掩，惊慌之下暴露了他真实面目。老人不仅没有鼻子，而且还有严重的兔唇。漆黑的空洞，惨白的牙齿，鲜红的牙龈，那一刻就像鬼怪现身，比我还小的几个娃儿，忍不住大声尖叫。

　　我看到无鼻老人浑身颤抖，孩子的尖叫对他造成了致命打击，从那之后，我仍乎再也没有见过那个老人。

　　我终于明白了人体的神奇，鼻子、嘴唇原来有如此重要的修饰功能，这是一个五官健全的人无法想象的。人身上没有多余的东西，连一根毛发都有其存在的意义，失去任何一个部位都是残缺不全的。我看到过切除乳房的女人，夏天包裹厚实的假胸，与她的脸色一样僵硬沉重。

　　突降的疾病总是出人意料，毫无征兆。没想到我和千里之外的妻舅会在医院相见。我们前后只隔十几个小时住进了同一家医院，而且还是通过同一个熟人介绍进院。他住在九楼外科，我住在七楼耳鼻喉科，我们的楼层都是单数，妻子在这两个楼层间奔波往来，传递各自的信息。妻舅做双腿静脉曲张手术，我做鼻腔囊肿切除手术，两人都属于小手术，在医院还能谈笑风生，不像重症患者，在昏迷状态中被推进手术室。所以在我们病房很少有前呼后拥的亲朋，只有独来独往的妻子。不过令人意外的是，在我秘而不宣的情况下，手术第二天，三位感情甚笃，亦师亦友的老乡，竟然侦探一样出现在病房，并幽默地说我是被领导气歪了鼻子。突然而至的乡音乡情，山泉一样滋润着我，在乡音的抚慰中，疼痛竟然明显缓解。

妻舅比我早一天动手术，他在手术的前夜十一点多给我打来电话，我已经入睡了，拿起手机才知道是他。妻舅告诉我，他被安排明早第一个手术。

安排第一个好啊！我几乎不假思索就说了出来。妻舅有点不解地问我：第一个怎么好啊？

我说第一个做手术设备消毒好，二是医生休息了一晚上，大脑清晰，精神状态好，手术精准率最高。如果排到最后一个手术，医生过度疲劳，体力不支，容易心浮气躁，手术风险无形中增大。

妻舅哦了一声，感觉有些道理。但后来他与我谈起这次手术，当时是想从我那儿获得一点安慰，他想把手术排到最一个，那样天亮睁开眼，他就没那么恐惧了。

手术前夜是最煎熬的一夜，夸张一点说，那是一夜长于百年，一分一秒都在无限拉长。这样的夜晚总会让人胡思乱想，心生幻觉。

夜晚的医院满眼苍白，如一座纸做的宫殿，散发着无处不在的惊恐。急诊室、抢救室、手术室、重症监护室、太平间，这些独享其名的房间将生死置于一条直线。每一个房间都是跨越天堑的桥梁，桥下恶浪翻卷，一脚踏空就将灰飞烟灭。路过灯火通明的产房，一声婴儿的啼哭，让我想起西方的说法：每一个摇篮都是一个坟头。

天亮了，终于到了亲身体验的时候。妻舅的焦虑恐惧如一场传播迅疾的流感，已传递到我身上。上午十点，护工把轮椅推到了病房，我害怕轮椅，心里一急，竟然与护工吵了起来。我能正常行走，甚至可以奔跑，干嘛要坐上轮椅？我极不配合，非要自己走进手术室不可。

无奈我遇上了一根筋的人，恪尽职守的护工坚持原则，那种固执劲儿如同一位革命者，以一种捍卫的姿态拦住我，不坐轮椅就休想出门。

真好笑，我问他为什么？他又说不出所以然，只是反复申明，叫我不要难为他，他得来这份工作不容易！后来听说所有做手术的病人都必须坐上轮椅，这是医院的规矩，在这儿是不允许病人自由行走的。

虽然我有飞奔的力气，但此时必须伪装成病态，手术需要这样的征服感。妻子在一旁嗔骂劝说："到了医院病人是犟不过医生的！"

僵持了一会，最后我还是乖乖地坐进了轮椅。

手术室在十二楼，护工见我上了轮椅，长长地松了口气，就如骑手驯服了烈马。他的身子立刻灵巧起来，推车的动作显得轻松熟练，在人缝中快速穿插，蛇形而去。我听到钢轮在屁股底下沙沙作响，前行右拐，转眼就滑进了专用电梯。

电梯徐徐上升，望着不停跳动的楼层数字，我的心跳也开始加速。到达十二楼时，电梯门吱的一声敞开，此时，心脏猛然蹦了起来，感觉喉咙已被堵住。

手术室门前围着一大堆人，从每一张脸上就能看到紧张和焦急。大家目正前方，盯着门旁墙壁上的电子显示屏，几号手术室，什么名字，在做什么手术，几点开始，一目了然。我突然想起了菜市场入口处的价目表，那流动的红色字幕在告诉顾客，活鱼、蔬菜、牛肉、排骨当天的价格。

护工在手术室门前作了交接，他的任务就算完成。一开一关的大门就如监狱一样神秘，身穿绿色手术服，头戴蓝色手术帽的医生，递过一本登记簿，我在上面确认签名后，像个囚犯，被全副武装的医生押向了密室。

悠长的走廊像一条阴阳相隔的天河，每一步都让人心惊肉跳，我的小腿在轮椅上颤抖。进入此地，不是所有人都能全身而退，有人奋力泅水，游到彼岸，挣扎着再也没有回来。我不知道自己能否回来，身后的亲人离我越来越远，迎面而来的医生、护士，面容恍惚、模糊不清。

到了这里才明白，金钱财富、地位名誉，那算个鸟，只有健康地活着才是最幸运的事情。没病没痛的人有可能粗茶淡饭，麻衣土布，但他们一生都不需要抵达这个地方。曾听人说，看一家医院的实力和大小，就看手术室的规模和配置。惨白的自动门整齐排列在两旁，匆匆而过，让人眩目。在这个狭窄的甬道里，我感受到了白色背后的恐怖。每一扇门的上端都有一个圆形的红色数字，它们从01开始排列，一直到20，走廊还没见到尽头，但轮椅在18号手术室停了下来。我心里咯噔一下，18可是个不祥的数字，让人联想到十八层地狱，念头一闪，满身都是鸡皮疙瘩。

刚才轮椅行进在寂静的走廊中，我听到左右两边的手术室传来奇怪的声响，那种叮咣作响的声音让我想起了切割分块的屠宰场，屠夫们手握利刃，开胸剖腹。

医生没有直接将我推进手术室，轮椅停放在18号门前，让我感受莫名的恐惧。过了一会门开了，那感觉就像进了剧院，帷幕徐徐收拢，露出完整的舞台，我即将走上这个舞台。

醒一醒，醒一醒，医生用手轻轻地拍着手术台上的人。细小的身子在像冬眠的虫子，轻轻蠕动，醒了。这时我才看清，原来手术台上是个小女孩，大约六七岁的样子。从麻醉中醒来的孩子不知身在何处，她睁开眼睛，不明白自己怎么会躺在这样陌生地方，而且身边没有朝夕相处的妈妈，也没其他熟悉的亲人。小女孩着急起来，双腿猛然一阵乱蹬，手在床沿边不停抓挠。开始是几声尖叫，接着号啕大哭……

已近天命之年的我，平时见过太多的哭泣，在印象中大人的哭泣显得复杂，伪装者会在哭声里掺杂使假，带进表演的成分。而小孩的哭泣是那样明朗直率，在尖锐宏亮的哭声里，大多数传递的是一些小痛苦和小忧伤。而此时，手术台上这个孩子，超大的眼睛，白多黑少，上下翻动时犹如漫天云水，我突然间想起叙利亚难民群中的儿童。

我从未见过一个孩子如此悲伤绝望的哭泣。刚做完手术的人就像蛋壳中孵出的小鸡，身体脆弱，不能有任何碰撞，可是小女孩在手术台上不停翻滚，剧烈挣扎，刀口极容易撕裂。看到如此闹腾的场面，我真的为这个病孩担忧。

几名医生手忙脚乱地上前呵护，可是惊吓过后的孩子犹如一条出水的鱼，不停蹦跳。医生只好按住她的头，抱住她的手，固定她的脚，像一头受伤的小兽，搬到活动床上，然后哗啦啦地推着滑床往前奔跑。

听着撕心裂肺的哭号声随急救床渐渐远去,那一刻我终于忍不住了,鼻子一酸,眼泪簌簌地滚落下来。

当时真想飞奔而去,以闪电的速度把孩子带出恐惧之门,让她一头扑进妈妈温暖的怀抱……

望着空落落的走廊,我愣在那儿,直至医生大声呵斥,这才反应过来。原来自己早已离开轮椅,穿着袜子跑向了走廊前方。低头看看双脚,终于记起自己是一个即将手术的病人。出发前,护工把我的鞋子脱落在病房,现在我懂了,凡是上手术台的病人必须轻装上阵,放下牵挂,如赤条条的婴儿一样,迎接一场新生。

我害怕孩子的悲伤,更不愿看见孩子的苦难。虽然只是在手术前惊鸿一瞥,但这一幕注定此生难忘。我真的愿意为她承担一点什么,如果可能,甚至愿将她的刀口添加到我的身上。

手术时间急促,必须争分夺秒,后面还有患者在排队等待。我虽然双眼通红,但来不及平复就被医生赶上了手术台。我在小女孩刚挣扎过的地方躺了下来,等待刀子的切割。

手术台虽然已经换过新的一次性垫单,一次性治疗巾,但我还能闻到小女孩的气味,好像她的眼泪正在我脊背上流淌,她的小手还在我的心头上抓挠。

终于在手术台上躺下来了,这是医院最神秘的所在,这里的画面一般人是看不到的。病人在这里既是一个整体,又是一堆部件,可以分离拆卸,也可以拼接组装。我环顾四周,那些陌生的仪器犹如待命的哨兵,蹲守在各自岗位。风平浪静的时候,这些仪器就如装饰的道具，看不到真实的面目。一旦病人危急，意外发生，就将启用，手术室立马就成了万马奔腾的战场，那种命悬一线的紧张，暗示着手术台上的生死距离。

我静静地盯着苍白的天花板，似乎看到了上帝贫血的脸庞。时间一分一秒地流逝，不足二十平方米的手术室，如同辽阔的荒野一般空旷。这是一个接纳疾病，见证生死的地方，同时它又是一个揭秘的场所，不管靓男，还是倩女，到了此地身体暴露无遗，再无秘密，不仅让人注视触摸，还要剖开切割。

我顺着无影灯的方向，看到了一个不为人知的细节，这是一个无法虚构的标识，这是病人独有的特权，只有躺上手术台，才能望到头顶的上方。在洁白的天花板上，有两行天蓝色的字：您准备好了吗？请全力配合我们！还一句：请放心，我们随时守护在您身边！

平时我们都是站着或坐着阅读文字，而上了手术台，视野完全改变，望着倒悬头顶的文字，有了一丝温暖。我看了一遍，再看一遍，看到第三遍的时候，心跳开始平缓下来，一群蓝色的精灵在头顶飞翔，那一刻感受到了文字的温情与抚慰，它给了我向死而生的信心和力量。

主刀医生开始工作了，一块天蓝色的无菌布从头到脚蒙住了我的身体，黑夜忽然而至，眼前一切都已消失。冰凉的消毒棉球伸进了鼻腔，医生告诉我这是消毒，刺人的碘伏溶液比辣椒水还要厉害，从鼻孔渗入到口腔。强烈的刺激使我急促地咳嗽起来，加上头上蒙着厚布，我感到呼吸不畅，后来甚至有了窒息的感觉。实在憋不住了，我只好用力掀开防护布，在黑洞中探出头来喘息。旁边的医生赶紧按住我的上身，叮嘱我不要乱动！

手术过后才知道，陪在主刀医生旁边的另一名医生是麻醉师，有人形容他是制造月黑风高的人。可是我无缘体会麻醉师手下的月黑风高与短暂失忆，因为我这类小手术只采用局部麻醉。人的意识始终是清醒的，可惜眼睛被厚布蒙上，要不我能目睹手术的全部过程。

在日常的经验里我无法体会，不知道视觉、听觉、触觉、嗅觉、味觉都能彼此打通，眼、耳、鼻、舌、身各器官功能可以不分界限。颜色似乎会有温度，声音似乎会有形象，冷暖似乎会有重量，气味似乎会有体积。手术让身体的感觉出现乾坤大挪移。

医生知道我情绪不稳，手术前一直宽慰我，说这是个小手术，很快的，只需几分钟就完事。然后告诉我打点麻药，我嗯了一声，算是回应，因为当时口腔十分难受，只能用喉咙发音。

过了一会，医生用尖锐物在患处刺了几下，问我疼不疼？我说不疼。话音刚落，刀子就动了起来。我感觉医生用的是电动手术刀，要不怎么能听到那种氧气焊接的滋滋声？

我很想摸一摸那把割过我皮肉的手术刀，看看它的色泽与形状。我相信这是一把成色上好的小刀，刀柄流畅，刀刃锋利，闪耀着工业时代的光芒。在嗜血如魔的刀类家族中，这是唯一拥有温情善意的小刀，它所到之处不是对身体的戕害，而是对患者的爱抚。

我曾查过资料，世界各国的外科手术刀都是模仿柳叶形状的，英国有一本叫《柳叶刀》的医学杂志，那是全世界最权威的医学期刊之一，悠久的历史，良好的口碑，被医学同行视为绝世的高峰。还有前些年一部由张建栋执导，王学兵、李光洁、张歆艺等主演的医疗题材的电视剧也叫《柳叶刀》。只是没想到，这种柳叶似的刀子，遥远而神秘，有朝一日会指向我的身体。

我喜欢柳叶眉，却害怕柳叶刀。手术之前以为采用微创技术，只要从鼻腔内开个小孔就行。心想鼻子外面肯定不能开刀，要不刀口会让人破相。手术时才知道，切口在唇龈部位，翻开嘴唇，刀片在牙龈处横着切开，把面皮翻展，再剥离囊肿。我不由在内心赞叹医生的高明，用曲径通幽的方法破解了想象中的难题。这种技术让我体会到，有时抵达目标的方式不一定都是正面直取，还有另一条迂回的通道。正像天下的河流，没有一条是笔直奔涌的。

开始医生的动作是从容流畅的，可是到了剥离囊肿的时候就显得急躁粗暴起来。我听到他与助手嘀咕：长得很深，已经深入到骨头里面了。

牛皮一样的粘膜，与囊肿藕断丝连，医生为了完整地切出囊肿，不断加大力度。手压迫着我的面颌，能听到颌骨吱咯作响，我担心骨头会被压断。很想喊叫一声，但说不出话来，这样的动作让我感觉场景已经变换，站在身边动刀子的不再是优雅的医生，而成了野蛮的屠夫。

总算到了最后一个环节，可这个环节并不轻松，因术腔处理至关重要，空腔不利于刀口愈合。另外术后容易造成鼻底穿孔，这些潜在的风险让我心存隐忧。

手术前我没有送红包，打点医生已成惯例的年代，我不知道医生是否会存在偏见，是否会有什么对我不利？

缝合的时间显得有点久，感觉是在故意拖延时间，就如救上岸来的溺水者，让他裸露沙滩。

缝合完毕，掀开蒙面的蓝布，我看到主刀医生端着一个长方形的托盘，一脸欣喜地站在我身边，像凯旋归来的将士手执战利品，炫耀的他的勇猛。医生用镊子翻动着果核一样的囊肿，告诉我，手术相当成功，囊肿完整地剥离，这是他从医十八年来第二例如此完整剥离的手术。

至此，那颗悬空的石头终于落地，我不由想起那句俗语：郎中父母心！之前胡乱的猜疑，真乃君子之腹，与小人心，那是对医生的亵渎。

前不久还听过一场讲座，那位医学教授说得多好："一个人找你看病，把所有的隐私告诉你，把衣服脱光了让你检查，把所有痛苦诉你，把生命都交给你，这种人是仅次于神的人，而不是一般的人。因为爱才有了医疗和医院，如果连这种精神都泯灭了那再不能叫作医疗，只配称作交易，它不可能有尊严。"

一次疾病的体验，是一次回溯再生，做完手术我以为万事大吉，可前面等待我的还有两道难关。首先是麻醉过后的疼痛与不适，一个坚硬的纱布团堵住了鼻腔，泪腺被压迫，眼泪泉水一样流淌，那一天一夜的煎熬，让我流完了一生的眼泪。

实在忍不住的时候，我去找过医生，医生说痛苦是为了更好的愈合。如果不压迫，切除部位就会出现空腔，影响刀口愈合。可是我当时难受的滋味无法向他形容，除了刀口的疼痛之外，还有另一层担忧，那就是等待病理结果。切下的囊肿取了标本送广州做病理化验，需要两至三天才能拿到报告。等待结果的时间显得特别漫长，虽然医生说恶性的可能性不大，但再小也有百分之一的可能。几年前肺部感染，突然咯血，亲友们第一时间就怀疑我是否癌症，在癌症村、癌症家族频发年代，这样的怀疑并非恶意。

等待结果的那几天,我没有一点胃口,妻子与我一起受着煎熬,但这些年我从来就没有正视过妻子腹部的刀口,似乎忘记了那是孪生女儿的生命通道。由于天然的母性,妻子的行为显得天经地义,她从不谈论横切的刀口以及持续的疼痛。如果不是遭遇手术,我对刀口的疼痛永远不会感同身受。

焦虑时我拿出了手术前签下的协议,仔细阅读条款上有关风险的评估:手术后会出现刀口疼痛、鼻腔疼痛、刀口部位因神经损伤,出现脸部麻木,感知迟钝,还有在不可确定的诱因下存在复发的可能……

医院的告知有点像推脱,这样看来把手术后所有风险都转移到了患者身上,万一出现上述情况,白纸黑字,事先作了说明,患者签了字,与他们无关。

看过协议,我陷入了无语的境地,不知道囊肿是否像韭菜一样,割了一茬,又长一茬,让人陷入无底深渊。想着人生在世,其实时刻都要面对风险,而所有的风险最终都得自己承担。

手术后第三天,终于和妻舅见面了。他腿上绑满了纱布,不能行动,创口不停地渗出淡淡的血水。而我的脸鼻尽管还在肿胀,但疼痛已经减轻,行走并无障碍。

回顾几天来的经历,让人颇为感慨。虽然我们不好意思谈论自己的恐惧,但谈论别人的时候,其实也就暴露了自己。妻舅说隔壁骨科有个病人,是一名年方三十的男子,患骨髓炎好几年,突然病情恶化。送进医院,经专家会诊,为保住性命,必须截肢。

手术的头天晚上,截肢的男子咬着牙关,走出病房。拖着病腿,顺着走廊,来来回回地走了一个晚上。一条大腿即将离他而去,男子的心灵要遭受怎样的冲击!与截肢男子相比,我们依然有着完整的身体,这种微小的创痛,几乎算不上真正的手术,只是局部处理,偶染小恙。

有了参照的例证,就能感到自身的幸运,为此,三天后取出鼻腔纱布,一周后刀口拆线,让我平静地应对了狂风恶浪。纱布与鼻腔粘膜粘连一块,拉动纱布就如拉动皮肉,可医生下手毫不犹豫,用力一拽,滋的一声,感觉脑袋快要爆炸,下意识地弯下腰身,鼻血一涌而出,很快流了一地。医生大声呵斥,快抬起头来,我抬起头,血又从嘴里溢出……

一周后面临拆线,5针缝合线已牢牢嵌进了牙龈深处,与牙龈连成了一体。现在要去拆除,每一根线头都牵扯着敏感的神经,只要抽动一下,就会传递锥心刺骨的疼痛。

拆线的女护士显得心慈手软,她让我躺在靠窗的治疗床上。那是一张狭小的铁床,用于抓手的钢管摩擦得锃亮,上面留下了患者疼痛的痕迹。当时阳光正透过窗户照进来,让我多了一份承受的信心和温暖。护士告诉我,她会慢慢地,轻轻地,一根一根地拆,如果实在顶不住的时候就告诉她,她会立即停下来,歇一会再进行。这是一名善良的护士,她的慈悲成为医界的另类。

一针,两针,三针……当最后一根线头抽完的时候,我感觉蹦跳的心脏被那根线头一起拉了出来。身体已完全掏空,连短暂的呼吸都有着隔世之感。没有麻醉的拆线,比手术要痛苦百倍,我感觉瞬间让我苍老了十岁。

虚脱过后身体在等魂魄归来,我在小床上躺了好一会,很久才睁开眼睛,用手一摸,感觉粘粘腻腻,说不清是汗水还是泪水。拆线的漂亮护士露出灿若桃花的笑脸,直夸我坚强。我无力地摇摇头,真想告诉他,我是个软蛋,但她已递来了纸巾,端来了满杯的温水。

　　我漱了口，抹去嘴上的血迹，用一种逃出苦难的目光望着护士，轻飘的身体像雨后的云朵，获得了新生。虽然剧痛已抽走了身体的重量，但心底还是弥漫着无边的感激与温热。我庆幸自己如同受洗的圣徒，以一个强者的姿态熬过了最后一关。至此，我才明白，活着即修行，在神的眼里，手术是身体的警示，疼痛是上帝的抚摸。

阉　割

　　我出生一个祖传三代的阉割世家，记得第一次手捏锋利的刀片，切割公猪饱满的睾丸时，那尖锐的惨叫，穿墙破屋，让我胯下的睾丸隐隐作痛。

　　当时正处在青春期，那种对性的朦胧渴望，加重了一个少年的羞涩与不安。专事阉割的结匠，如一张丑陋的标签，粘贴在我们父子的脸上，成为一张无法撕去的狗皮膏药。最要命的是那些貌美的姑娘，用一种拒人于千里的轻蔑眼神，一扫而过，那闪电一样的寒凉直逼胸腔，让人无处躲藏。每当这时，我受伤的内心无处言说，面对孤独无援的窘境，只好一口气冲上山顶，朝天大喊。可是喉咙如异物堵住，发不出丁点声息。

　　后来终于明白，是公猪的哀嚎和公羊的眼泪，替代了我的喊叫，那种乞求挣扎的眼神，传递了动物的疼痛、悲伤，还有绝望。整个夏天，我一直脊背发凉，望着走村串户收集而来的一大包睾丸，正散发着野蛮的血腥，这些割来的肉丸让我想起了父亲的嗜好。陈醋、米酒、蒜头、生姜、干红辣爆炒出来的睾丸，是他和酒友们津津乐道的菜肴，在食物匮乏的年代，那种生猛刺激的膻臊味道，撩拨着父亲的食欲，成为乡村酒徒壮阳滋补的至爱。

　　那段日子，我的身子如羊癫疯患者，不由自主地摇摆晃荡，草帽斜扣头顶，用犹抱琵琶半遮面的姿势走过鸡飞狗跳的村庄。

如今回想那神情，就如一条受伤的小狗，躲藏在父亲身后，拖着软塌塌的尾巴。

我不明白，父亲为何对这门手艺会如此热爱，自如至终，从不自卑，只有自豪。在他心里阉割是喂养一家老小的衣食父母，在缺衣少食的年头，提供着餐桌上的美味，那一包取之胯下的肉团，让家人满嘴留香。

由于内心的抵触，我的学艺过程显得异常笨拙，操作起来反应迟钝，表情木讷，那样子根本不像在阉割动物，而像在阉割自己。对于儿子的愚顽表现，父亲大失所望。有时候他会咆哮咒骂，甚至想给我两个耳光，可是我只要看见牲畜胯下的睾丸，听到刀片切割皮肉的声间，四肢立马就会发软，下意识地把手伸向自己那个部位。

那是一段无比煎熬的日子，鬼哭狼嚎的动物，想着它们血淋淋的样子，我就无从下手。恨铁不成钢的父亲在不停叹息，我知道他的叹息是源于内心的失落，眼看世袭的结匠，后继无人，这是令他痛心疾首的事情。一学打铁，二学劁结，三学茅里窟，四学打夜说……在乡民的眼里，手艺有明显的三六九等之分。结匠是一门活计轻松，收入不菲的上等手艺。可在我眼里，这种专割卵子的差事根本称不上手艺，带给我的只有别扭和难堪，那种切割比屠户还要粗暴野蛮。想着将来要以此为生，心里有说不出的纠结与惶恐，后来由为家庭变故，终于让我有了逃离的机会，没有继承父亲的衣钵，成为一名乡村结匠。

为了证明我的错误判断，父亲年逾古稀仍然跃跃欲试，当一群报晓的公鸡在万籁俱静的清晨集体齐鸣，成为噪音的时候，已习惯晚睡晚起的慵懒居民，差点就要疯了。紧邻乡村的小城镇，偏偏有强烈的贵族情结,渴望迅速漂白自己的身份,他们无法容忍农耕时期的声音。动物的报时功能,早有电子产品作替代,于是他们想到了阉割,只有结匠才能让打鸣的公鸡永远闭嘴。

那天,相忘于江湖的父亲,满脸兴奋,被人请去一试身手,他一次性阉割了三百多只打鸣的公鸡。从早到晚,一直没有停歇。我知道,再次出山的父亲非常激动,他要向我证明阉割是永不过时的职业!晚上,喝了不少白酒,向我展示了鼓起的腰包,还有大盆的睾丸。

一天六百多元的收入,让父亲双眼放光,他不时打量着我,当发现我对他丰厚的收获无动于衷时,他的脸上立马就布满白霜,然后痛苦地掐灭了眼里光亮,从此再不与我谈论阉割的话题。

成年的前夜,那特殊经历让我对阉割的感受有了无法抹去的印记,以至后来我一直在苦苦追问阉割的起源,寻找隐藏的答案。是谁发明了这种野蛮的方术?其终极目的又是为了什么?!

阉割作为人类进化史上一个奇特现象,它延续了数千年的历史,成为人类文明进程中一个疑团。中国的阉割术究竟先施用于动物,还是先施用于人身?这似乎成为一个二律悖反的问题,有点类似于先有鸡,还是先有蛋。

历史懂得大隐之妙,当事件陷入纠缠不清的时候,它就会施用隐身术,于是在某些关键处常常出现空白。现在可供查找的历史,都是打扮过的历史,甚至是阉割过的历史,除了通过实物遗迹去考证推理,已无法还原百分之百的真实。尽管考古学家从秦兵马俑一号坑中发现了只有阴茎,没有睾丸的马匹,并将其视为中国最早实施动物阉割术的考古证据。但在甲骨文镌刻的信息里,专家们认为还有更早的记录。

日本人川田熊清对我国古代家畜阉割术做过深入细致的研究，他认为中国是世界上是最早对马匹实施阉割术的国家。有关马的阉割，战国时期的《周礼·夏官司马》中即有"颁马攻特"之说，"攻特"便是马的阉割。秦汉时期，因为激烈的战争需要大批合乎条件的军马，这就要求择优汰劣，提高马匹的素质，要让体能巨大的雄性动物听从主人的召唤，由此，阉割就成了最简单易行的驯服方法。但在我看来，真正的烈马是不能阉割的，马一旦失去雄性的驱动，它就失去了飞奔的激情，消解了日行千里的神性。

某山区牧场，有位心性高傲的羊倌，曾放养了数百头山羊，那些大小山羊在方圆十几里的山岭上自由出没，从未有一只走失。每天羊倌把羊群赶上去，让它们白云一样在山头飘着，他便收起鞭子，返回村里，喝酒聊天玩女人。有一次他因女人的情事得罪了别的男人，于是就引发了一场事故。他放养的几百头山羊集体走失，他找遍了周围的大小山岭，竟然没有发现任何踪迹，羊群就如浮云一样飘走了。高傲的羊倌百思不得其解，后来很久才有人透露信息给他，原来他家领头的公羊被人给阉了。失去睾丸的公羊在疼痛中迷了方向，把羊群带进了深不见底的天坑……

这起事故对羊倌来说是一次致命的打击，不仅让他家财尽失，同时还让他嗅到人体阉割的极端暗示。

人畜一般，这是民间俗语，字面看似浅显，但指向多义，涵盖深广，充分说明性是人与动物共同的本源，它生生不息，永不消亡。

研究者从史料中寻找线索，发现阉割并非在动物身上完成演练后才加诸人体的行为。事实上，对人的阉割并不比对动物的阉割来得更晚，不说更早，至少也是同步。最早在殷商时代就有了阉割男性生殖器的意识与行为。据现代著名学者闻一多先生考证，商代甲骨文中就有对阉割的记载，这说明我国最晚在商代就发明了阉割术。

一个真正的阉割古国，并没有留下自豪的资本，更没有成为一项推动社会进步，促进生产力空前发展的伟大发明。反过来说，它只成为一种身体媚术和政治巫术，在王朝更迭、战争频发的历史流变中，阉割一直与权利欲望，与血腥杀戮纠缠不清。被扭曲异化的阉割术，不仅没有给我们的民族带来丝毫荣耀，反而制造出不尽的屈辱与血泪。当一个王朝的下行趋势进入临界状态时，一个民族从精神到肉体都被一同阉割。

历史在一些重要场合反复佐证：法国人有骑士情结，英国人有绅士情结，日本人有武士情结，美国人有勇士情结；而中国人却有着独一无二的阉割情结。我们的阉割从肉体开始，逐渐蔓延，蔓延到精神阉割、文化阉割、心理阉割，最终成为一个幽深的黑洞，蛀空我们的身体，滋生软骨的疾病。

最可怕的是阉割在看不见的地方出现，那些被拆旧建新的大小城市，就是被严重阉割的载体。1949年关于北京规划的争论就是例证，梁思成力主保护古城的呼声成为无力的弱势。他曾与时任北京市副市长吴晗争得面红耳赤。吴晗最后站起来说："您是老保守，将来北京城到处建起高楼大厦，您这些牌坊、宫门在高楼的包围下岂不成了鸡笼、鸟舍？有什么文物鉴赏价值可言！"面对这样的责备，梁思成当场被气得失声痛哭……

后来中央请苏联专家过来做旧城改造规划，梁思成四处奔走，希望崽卖爷田心不痛的苏联专家能手下留情，尽量保护京城的古迹。希望不要轻易拆毁几百年的古城墙、古建筑、王府、牌楼、四合院、街巷胡同等北京历史文化有关的一切。但是这位耶鲁大学教授、纽约联合国总部大厦设计咨询委员会的中华民国代表，平津战役中热情帮助绘制北平古物保护地图免受炮击的爱国者，只留下"梁思成哭古城墙""梁思成哭牌楼"的辛酸故事。回想二战期间美军准备轰炸日本时，专门请教梁思成，弄清哪些地方不宜轰炸？梁思成很快就划出了京都、奈良和大坂，并标出古迹方位，说明这是日本的古城，别炸。于是京都三千大小宫殿寺庙被完好地保留至今。一代建筑大师，危急关头抢救了日本的京都，和平时代却救不了北京古城。

"阉割"的英文单词（castration,castrate,emasculate），比汉字的字符更长，但他们指向更明朗，虽然人家的阉割术同样古老，但它往往表示一种宗教行为。早在基督教大兴其道之前，罗马人就开始了他们的"赛比利膜拜"。赛比利作为一个女神，在罗马与迦太基的布匿战争期间由小亚细亚传入罗马。女神为了阻止自己的儿子阿提斯染指其他女人，常常将他暴打。具有受虐倾向的阿提斯在棍棒下感受到了宗教般的狂喜，所以他挥刀阉割自己。"赛比利膜拜"的人们在阉割日疯狂地舞蹈，他们在一种狂喜状态下跑过罗马街道，并割下自己的阳具，扔到街边居民的家里。那些被扔进了阳具的家庭视为"幸运的居民"，看到血淋淋的东西后，立即拿出家中女人的衣服，送给自阉者。男扮女装的自阉者将女人的衣服穿在身上，并将终生守护赛比利寺庙。

审视中国的阉割史，没有任何宗教色彩，甚至没有任何底线，更多地指向一种刑罚，一种欲望，或者出于一种功利主义的算计。

　　阉割由刑罚而萌芽，因战争而扩散，往前追溯七千年，那时因部落人口渐多，出现了资源紧张。在部族首领的指挥下，开始向外掠杀，由此爆发了几场著名的战争。先是代表庙底沟文化的黄帝打败了代表半坡文化的炎帝，然后炎黄合力，擒杀了代表良渚文化的蚩尤。蚩尤的东夷部族投降后，好多部下思念旧主，不守纪律。黄帝于是请画师绘制了蚩尤的头像，高悬在旗子上。蚩尤旧部看到画像，心生畏惧，自感羞耻，于是不再闹事。相传后世以蚩尤为刑罚之神，就是源自于此处。

　　刑罚终于以一种庄严仪式在部落间出场，黄帝悬挂蚩尤画像是上古时期惩戒的特殊方式。那时人们使用的工具大都是木头和石器，后来才发明用泥土烧制陶器，不久发现了黄铜。但当时的冶炼技术尚处在萌芽阶段，可以洞穿肉体，致人死亡的金属刀具还没有铸造出来。不过离那个刀剑咆哮的青铜时代已经为期不远了，狂躁的心魔只是暂时被禁锢，它注定迟早都要越狱出世，吸吮肉体，与血结盟。

　　没有金属发光的木石世界，呈现着史前的初原状态，留存人类最后一丝平静和温暖。嗜血的利刃处在浑沌的前夜，因此，当时对部族成员的处罚只能采取象征性的愧心行为。

　　随着人类思维的进化，坚硬的金属从骨头里发出咣当的声响，没有污浊没有犯罪的美好世界，在刀光剑影的闪烁中，刺破了纯净的天空，散发出野蛮的血腥。渴望征服的首领，随着技术的进步，衍生出无法预知的罪愆。所以第一个挥动刀光的人是幸运的，但他却给这个世界带来了不幸。

　　当"木官示禁"这种象征性的惩戒已经无法让罪犯慑服时，

刑罚开始直指肉体。由"愧其心"变为"痛其身"。"扑作教刑"和"放逐"开始出现。"扑"是一种刑具，竹制，用来敲打罪犯的身体。放逐的意思是敲打罪犯，罪犯难忍疼痛，拔腿就跑，行刑者紧追其后，直至追出部落领地。

历史以寓言的方式预测当下，那些惊人的巧合如天衣一样毫无缝隙。行文至此，让我看到了人与动物之间更多的内在关联。在乡间，阉割动物颇有讲究，比如阉割非圈养的猫儿狗儿，首先必须选好场所，一般会选在离主人家较远的地方，因为那种致命的疼痛会让猫们狗们避之不及，如果在自己家中阉割，它们就会对主人失去信任，对这个割卵子的地方产生彻骨的恐惧。阉完后猫狗们将逃之夭夭，从此永远不进家门，成为流浪在外的野狗野猫。

所有动物都畏惧阉割，恐惧疼痛。这一点刚好满足了刑罚的要求，刑罚就是要让人产生恐惧，就是要"痛其身"了。庸城氏放逐季子；东里子放逐敖昏勒氏；黄帝放逐茄丰；颛顼时代。同胞兄妹性交，将被放逐；尧放丹朱；汤放桀；先秦时，卫放宁跪于秦，放公子黔牟于周；楚放屈原……

后来，放逐慢慢失却了它本来的意义，又跟流刑结合，统称"流放"。相对于三皇时期的清平世界，五帝时期可谓乱世，所以有"木官示禁"，有"五象之刑"；但对尧舜所处的"万国万邦林立"的龙山时代，五帝时期亦是治世。私有制在龙山末期已基本确立，父权制也已完全成型，民心不古，世风日下，各种争夺财产权和交配权的事情经常发生，"愧其心"已无法阻止男人们对财宝、对漂亮女人的迷恋贪婪或占有争夺，私有制的出现破坏了人的羞恶之心。

这个时期，南方有苗氏根据"五象之刑"化演出了五种"肉刑"：蒙黑巾在犯人脸上刻刺涂黑为墨刑；以草梗为帽带变为劓刑；以老苇做短裤变为宫刑；穿麻布鞋变为刖刑；穿无领衣服变为大辟之刑。直到先秦时期仍在广泛使用。

史家考证，中国真正意义上的阉割，产生于私有制之后。五帝时代的象刑可以称为刑罚，因为它是针对部落内部的；而针对外族的"肉刑"，即割鼻、割生殖器不能算作严格意义上的刑罚。根据刑罚的定义，应具备维护内部秩序这样一个基本目的，它的施行有赖于多数的暴政，或者首领的威望，甚至个人的羞恶之心，但决不是战争。

龙山时代针对部落内部的肉刑，实为私有制的结果。首先是财产私有，所以对任何冒犯私产的人都要处以重刑；另外，任何人的身体都属于部落首领，所以可以任意处置。财产私有制是那时候新生的秩序，于是必须用肉体惩罚来加以巩固维护。

在社会进程中，阉割如一条附体的影子，伴随朝代的变更，而每一次变更与前进都带着杀戮，历史是被血腥喂养出来的河流，而刑罚就是河流的拦河大坝。

人类从血缘家庭、氏族家庭、群婚家庭最终演变到对偶制家庭，依靠的是严苛的法制管束。对偶制家庭是私有制的代表性产物，所以通奸开始作为一项罪名，对它的惩戒方式就是——阉割。孔颖达在《尚书正义》中说："伏生《书》传云：男女不以义交者，其宫刑。是宫刑为淫刑也。"义者何解？秩序也。

阉割作为一种去除性别的方式，因为时间和场合的各异，所以它施行在人与动物身上的结果完全不同。阉割后的家畜，失去了生殖机能，性情变得驯服温顺，便于管理、使役、育肥和提高肉类品质，去除膻臊异味。有些眼红好斗的公牛，一旦被阉割，它就变得安静老实起来。同时还可以防止劣种家畜自由交配，近亲繁殖，对提纯复壮、改良畜禽品种起到重要作用。家畜阉割后大大提高了养殖的经济效益。《易经》中有"豮豕之牙吉"的句子，意思是阉割后的猪，性情驯顺，牙虽锋利，也不足为害。《礼记》中说"豚曰腯肥"，阉割后的猪长得膘满臀肥。所以在家畜中，猪的命运是最为惨烈的，除种猪之外，不论公母，一律要被阉割，因为母猪每月一次发情，会烦躁不安，不吃不睡，影响生长。大多数动物一生会有两次惨叫，一次被阉割，二次被宰杀。

　　家畜阉割技术的发明，是中国畜牧业发展史上的一次重大进步。阉割后的动物割除了性腺，体内的性激素减少，抑制糖类与脂肪的消耗，使糖类转化成脂肪，便于育肥。还有使役的公牛阉割后可以延长寿命。从这些方面来看，阉割动物似乎有诸多好处，作为万物之灵的人类，我们从来不会去理睬动物的感受。但在比利时，2011年因猪农会不使用麻药阉割小猪，引发比利时某动物保护团体的强烈不满，该团体号召四千多人不穿内裤，以此来抗议猪农的粗暴行为。

　　从我国的阉割历史来看，深度影响的不是在动物之间，而是在男人的身上。阉割施用于人体后，变成了催生宦官的土壤，当时把施行阉割的场所称为"蚕室"。因为宫刑是仅次于死刑的惩罚，颜师古释义为："凡养蚕者欲其温早成，故为蚕室，畜火以置之。而新腐刑亦有中风之患，须入密室，乃得以全，因呼为蚕室耳。"受宫刑之后容易中风而死，需要在像蚕室一样温暖而不通风的密室里养伤，待创口愈合后方能出室。下蚕室，这个听起很优雅浪漫的字眼,成为阉割的代名词。

　　古代的阉割方式大致有两种:一是"尽去其势",即用金属刀具将男性生殖器完全割除。《旧唐书·安禄山传》中曾记载一则阉割实例:"猪儿出契丹部落,十数岁事(安)禄山,甚黠慧。禄山持刃尽去其势,血流数升,欲死。禄山以灰火傅之,尽日而苏。"

　　从这儿可以看出,阉割过程是何等残忍,被阉割者会因失血过多或过于疼痛而长时间昏迷,最要命的是止血消炎的措施非常简单潦草,只是"以灰火傅之"。这个时候一般都是死生由命。

　　第二种是用利刃割开阴囊,剥出睾丸。用这一方法进行阉割显然并不需要完全切除生殖器,但同样可以达到目的。洪迈所著《夷坚志》卷八对这一方法有所记载。另古代还有所谓的"绳系法"与"揉捏法"。前者是在男童幼小时,用一根麻绳从生殖器的"睾丸"根部系死,既不影响溺尿,却可阻碍生殖器的正常发育。久之,男童的生殖器便失去功能,直至如一枚干果,萎缩脱落。后者是在男童幼小时,由深谙此道之人每天轻轻揉捏其睾丸,渐渐适应后,再加大力度,直至将睾丸捏碎。然而,专将睾丸捏碎,如果是业已发育之人,尽管能够避免授精,但其性欲及淫乱宫廷的能力在一定时期内会依然存在,甚至有些人变得更加强劲耐久。这种现象在阉割动物中时常有发生,由于没有完全摘除性腺,行话叫留"风水",这类动物整天都处于性狂躁、性亢奋中。所以古代宦官都是采用"尽去其势"之法,将生殖器彻底剔除,以免后患。

　　在古代医疗技术落后,阉割手术的死亡率居高不下。明代天顺年间,镇守湖广贵州的太监阮让,一次精选了虏获的苗族幼童1565人，将他们统统阉割，准备悉数呈献朝廷。但由于手术草率，医疗技术太差，在阮让阉割幼童到奏闻朝廷短短的时间内，幼童疼死、病死、感染致死者竟达329人。后来，阮让又重新买来一批幼童加以阉割，以补上死亡之数，送呈朝廷。阮让前后共计阉割幼童1894人，死亡率接近20%。

对于中国的阉割术，西方人曾产生过浓厚兴趣，尽管阉人并非中国独有的现象，在埃及、波斯、土耳其、印度都曾有过相同的做法，但这些国家的阉割没有像中国那样系统和持久。在中国似乎成了一种体系，在元朝中国还有过一个洋太监，高丽人，名叫朴不花。七岁那年朴不花被净身，作为番邦进献的礼物送进了宫中。

阉割可以变身，太监成为礼物，这是皇权之下出现的怪胎。虽然太监绝大部分身份低贱，一辈子活得无声无息，但在历史上也出现过一些名高权重的代表，如赵高、李辅国、魏忠贤、李莲英等，他们受到皇上的宠爱而权贵无比，甚至操纵皇权，祸害天下。正因为有佼佼者作为示范，向往荣华，渴望富贵的人们，便把孩子送去净身，以求飞黄腾达。

清朝末年，一些远道而来的欧洲人专门实地了解，并较为详细地描述了当时的阉割情形，在国外出版了不少论著。但这些描述大部分停留表面，甚至道听途说，远不及清末宫廷宦官以切身经历为基础的回忆翔实，其可靠性也值得怀疑。据清末宦官回忆，北京城有两个赫赫有名的阉割世家，号称"厂子"：一是南长街会计司胡同的毕家；另一个是地安门外方砖胡同的"小刀刘"。当时主持其事者都是得到朝廷认可的家族世传，六品顶戴，称"刀子匠"。两家据说各有绝招，但他们的技艺绝不外泄，只在家内循环，父子相传。

净身是一门手艺，更是一种权力，施行前有许多讲究。净身首先要选好季节，最好是春末夏初，气温不高不低，没有苍蝇蚊子，因为手术后约一个月下身不能穿衣服。净身者在手术前需履行必备的手续，其中最关键的是订立生死文书，并请上三老四少作为证人，写明系自愿净身，生死不论，免得将来惹出人命官司。

费用自然是要收取的，但净身者多来自贫困之家，一时半会拿不出很多银子，因而可以待进宫发迹后再逐年交纳，有些因为在宫内身份低下，找不到生财的路子，很长时间也没有偿还阉割的债务。

一具完整的身体，交付给刀子匠，生死成为一种未知的事情。不管结局如何，手术前有两样东西必须带着：一是送给刀子匠的礼物，一般是一个猪头或一只鸡，外加一瓶酒。二是手术所用的物品，包括三十斤大米、几筐玉米棒、几担芝麻秸，还有半刀窗户纸。米是净身者一个月的口粮，玉米棒供烧炕保暖用，芝麻秸烧成灰后用来垫炕，窗户纸则用来糊窗子，以免手术后受风寒。

刀子匠要准备两个新鲜的猪苦胆、臭大麻汤和麦秆。猪苦胆有消肿止痛的作用，手术后敷在伤口处；臭大麻汤的功用很多，手术前喝一碗让人迷糊，起麻醉作用。手术后再喝，让手术者腹泻，以减少排尿量，保证手术成功；麦秆的功用不言自明，即手术后插入尿道，相当于如今医院插的导尿管。

这种切除命根子的手术，在今天来说也属于大手术，所以手术时需要三四名助手。被阉者采用半卧姿势仰于床位，几位助手将他的下腹及双股上部用白布扎紧、固定，然后有人负责按住其腹腰部位，另外的人则用"热胡椒汤"清洗阉割部位，作为消毒。

做完术前准备，执刀者开始亮出了刀子，那把镰刀状的利刃，闪着嗜血的寒光，握在手上有一种收割庄稼的气势。据说那刀是用金与铜混合制成，可防止手术后感染，但使用时通常并没有特别的消毒措施，在火上烤一烤，就算是消毒了。

刀子用火烤过了，在手上发出滋滋的声响，双目紧闭的受阉者，听到嗖的一声，胯下像淋了一勺滚烫的开水，身子一阵抽搐。眨眼之间，那只父母所赐的阴茎连同睾丸被一起切除。

有些刀子匠会分两步进行：第一步是割睾丸。在球囊左右各横着割开一个口子，把精索割断以便把睾丸挤出。这一步与阉割牲畜几乎一模一样，首先需要阉割者身子打挺，小肚子使劲往外鼓，运用全身的力气把睾丸挤出，刀子匠会把备好的猪苦胆贴到球囊左右两边。第二步是割阴茎。这一步需要相当高的技术，割浅了会留有余势，将来里面的脆骨朝外鼓出，那样可能还要再挨第二刀，即宫里俗称的"刷茬"。如果割深了，痊愈后刀口会往里凹陷，形成坑状，解小便时呈扇面状，一辈子不方便。宫里太监绝大部分有尿裆的毛病，全都是阉割留下的后遗症。阴茎割除后，要插上一根大麦秆，然后把另一个猪苦胆劈开，呈蝴蝶状敷住创口。

史料中记载，也有用栓状白蜡针插尿道的，并用冷水浸湿的纸张，将伤口覆盖包扎，这大概是净身场所不同而出现的技术性差异。被阉者在手术后必须由人架持揿扶着在室内溜二至三个小时，然后方可横卧休息。手术之后三天，是阉割者最难熬的时光。在这三天里，他们躺在特制的门板上，四肢被套锁牢牢捆住，那形状就如受难的耶稣，无法动弹。固定目的主要是避免阉者用手触摸创口，引起流血和感染。为了在四肢固定的状态下完成吃喝拉撒，门板中间留有带活板的小洞口，供大小便时使用。

这是真正的向死而生，度日如年的煎熬，浓缩了所有的苦难。当时没有像样的止痛消炎手段，为了避免伤口感染，严禁饮水，就算干渴得嘴唇开裂，也不准饮水。待三天后白蜡针或麦秆拔除，尿液能顺利排出，手术才宣告成功。

这是一种摧毁生命的手段，然而为了享受荣华富贵，做父母的却不断将稚嫩的孩子送进蚕室。在他们眼里，蚕室的后面连着一条光明坦途，其实哪知道路的尽头沟壑遍地，甚至是万丈深渊。

推进火坑的孩子熬过数日，苦难还没有完全过去，最重要的是抻腿，每抻一次都痛得心肝破裂、肠断脑炸。这对阉割者来说是必须经历的过程，否则可能导致腰身佝偻，大腿弯曲，一生都不能直立。阉过的孩子必须忍受这种折磨，熬住钻心的疼痛，学会在哭泣中欢笑，才有进入宫廷的希望。

马德清是天津南青县窑子口人，他九岁那年，光绪帝刚过而立，有一天父亲哄着他上床，然后把他按在床上给他"净身"。多少年后，对于这段不堪回首的往事，马德清老人满脸悲凉地说："这件事，我从来不愿意对人讲，我并不是害羞，实在是太痛苦了，几十年过去，每当想起来，我的心就像挨针扎一样疼啊！"

可以想象，在没有麻醉，没有消毒的情况下，把一个活蹦乱跳的孩子强行按倒在木榻上，一刀下去，将他的命根子干干净净地切除。那种夺命的疼痛无法形容，简直心都要从嘴里蹦出来，马德清说他不知昏过去多少次。

割完后，那种长痛伴短痛的折磨，让他有一种生不如死的绝望。弱小的马德清像只微弱的蚕虫，要忍受几个月的"受罪期"。因为割掉阳具后，不能让伤口很快愈合，伤口完全愈合了就不能顺利排尿，所以必须先在尿道上接一根管子，然后让它慢慢烂下去，直到最后长出一条新的尿道来。

为了长出尿道，接下来就得经常换药，那药其实也并非什么金枪神药，只是涂着白蜡、香油、花椒粉末的棉纸。这种手法简直是往刀口上撒盐，痛肉上加刀。每次换药，都疼得他汗如雨下，死去活来。

这个时候的马德清已被完全掏空，身体虚弱成一根羽毛，连呻吟的力气都没有了，世界成了一张白纸，肢体成了一堆白骨。整天躺在土炕上，只准他仰面朝天，眼泪早就流干了，如一条化蛹的蚕虫，失去了水分。父亲的执拗与决绝，已经管不了儿子的疼痛，他必须要用这种死而后生的方式来塑造家族的希望。

仰卧太久，有时候脊梁骨折断了一般，他想翻个身，可哪敢动弹？只要略微欠一欠身子，伤口立刻就牵扯到前胸后背，那里面像有一只上帝的手，在狠狠地抓挠他的痛感神经。大小便只能躺着拉，屁股下面垫着灰土；灰土天天换，不过再怎换也是臭哄哄湿漉漉的。

马德清的伤口，四个月后才长好，从此他成为一个遭亲友们耻笑的人，在生活中得不到任何同情。十三岁那年，马德清被送进了清宫。

孙耀庭是马德清过世后存世最晚的一名太监，他尝到了末日太监的悲苦，他用一生的代价去追逐一个泡影。他曾伺候过端康皇贵太妃、末代皇后婉容，与溥仪接触甚多。他亲历了大厦将倾的皇宫最后的时光，目睹了溥仪被逐出紫禁城的凄凉一幕。

1902年，孙耀庭出生于天津静海一个贫苦家庭。童年时，父母沦为乞丐，迫于生计，他们决定送儿子去当太监。

八岁那年孙耀庭被父亲弄去净身，然而直到1916年才通过一位名叫任德祥的人介绍，进入宫中。任德祥也是一名太监，在宫中有些地位。孙耀庭进宫后，还是个黑户，不能使用自己的名字，更没有什么字号，只好以"徒弟"的身份跟随任德祥，整天伺候左右。

1917年农历二月，皇贵太妃在一次看排戏时，听说任德祥手下有个机灵的人，不知怎么开了恩，命孙耀庭参加戏班。对于一个干粗活、无名号的底层太监，这简直是鸿运当头，一步登天！

暮春时节，他又一次见到了皇贵太妃端康。这次端康太妃心情甚好，不仅夸他机灵，还赐给他一个名字：王成祥。这个带着美好寓意的名字虽然与的本名毫无关系，但却可视作一张进入宫廷的通行证，从此，他就有了正式的身份，成为宫中正儿八经吃皇粮的太监。

身份是生存立命的资本，为了这个获得这个身份，净身者怀揣梦想，把切下的阳具，称为"宝"，而在通常情况下刀子匠确实会把这东西像"宝"一样藏起来，被净身者反而无权要回。经过刀子匠的加工处理后，"宝"一般会放入"升"中，用大红布包好，小心地放置在室内高处，称"高升"，借此预祝净身者将来鸿运当头，步步高升。

这是一种双向的期望，等到净身者某日发迹了，将赎回自己的"宝",刀子匠就可以趁机量财索讨。赎回自己的阳具,阉者称为"骨肉还家"。这对他们来说,是一生中最大的喜事,仪式非常隆重,就如迎亲一般。也有由净身者的家人自己保存的,过去乡间贫苦人家,高处莫过于房梁,因而大都垂吊于梁上,每过一年升高一截,以祝愿孩子能够在宫里"步步高升"。

保存"宝"的原因大致有三:一是为了做宦官后升级时查验,以证明阉割身份,即通常所说的"验宝";二是将来宦官死后,要将"宝"放进棺木里一起下葬,因为宦官们希望自己到另一个世界或转世投胎之时能恢复男人的本色;三是中国传统中有身之发肤受之父母的观念,宦官作为刑余之人已属不孝,不能传宗接代更属不孝之大者,所以将"宝"加以保存,死后随棺而葬,也是一种心理补偿。

梦想总是美好的,阉割却是惨痛的,而且是背负风险的。不一定每一个被阉者都能顺利进入宫廷,历朝都有严格的选用制度与程序。总有一些时运不济者,阉去了命根子,到头来却瞎忙一场,那种悲凄惨痛,让人生不如死,绝望而终。

不过,无论进入宫廷与否,受阉之人从此就开始了另外一种完全不同的人生。也正因如此,他们普遍认为,人生的一切苦乐都是从受阉之日开始,而受阉之日就成为其新的诞辰日,日后测算运程生庚,也是依据受阉之日的天干地支而计。

有时候一个人的爱好不仅仅是自娱自乐的私事,还会与祸福相依,和命运紧密牵连,历史上常可找到这方面例证。《水浒传》虽然是一部文学作品,但对高俅的描写带有一种人性规律。高俅以一名市井小流氓的身份出场,他尽管不学无术,但却掌握了高超的蹴鞠技术，这虽然只算雕虫小技，但却博得到了喜欢蹴鞠的端王赏识。当端王登基继位后，高俅便跟着飞黄腾达，很快官至太尉，为他后面的人生仕途做了很好的铺垫。

而唐太宗时期，宫廷中那位名叫罗黑的优伶，就没有高俅那么幸运了。罗黑因善弹琵琶被宫内相中，遂遭阉割，并封闭在宫中教人弹奏。明代一个名叫王敏的军卒，因擅长蹴鞠而被明宣宗相中。王敏随即也被强行阉割，成为随从左右的内侍，在宫内专陪皇上蹴鞠。这样的生活应该不是他们想要的，可是由于一个爱好，却招来了阉割之灾，伴君如伴虎，一旦进入宫廷，谁也主宰不了自己的命运。

那个年代，生财有道者把目光盯上了阉割，除了去找正常途径净身之外，还有一种就是掳掠或贩卖边地幼童进行阉割，这种方式至隋朝以后已成为宫中宦官的重要来源之一。

自隋唐而至明清，之所以会有许许多多的宦官来自岭南、闽中，其缘由正在于此。唐朝时期的岭南、闽中不过是一片贫瘠之地，但这里的人却温柔、文静、俊美、灵秀。更重要的是内地禁止人身买卖，此等偏远之地则不然。因而自唐代以后，这里从事人口贩卖，尤其是从事幼童贩卖的市场始终兴盛不衰，并一直延续到了明朝覆灭。

有一些相貌俊秀、聪明伶俐的孩子被贩卖后，再被人阉割，辗转送入宫中。不少人因从事转手阉割的买卖大发横财，成为当地的豪绅大户。还有一种就是地方官员或藩属的进献。地方官员为取悦皇上而将民间子弟蒙骗或强行阉割后献给朝廷，这种勾当在唐朝和明朝时最为炽盛。唐代各道每年都有义务向朝廷进献阉割后的儿童，称为"私白"。大宦官高力士就是圣历年间由岭南招讨使李千里进献的阉儿。

明成祖时期，大臣张辅出使交趾时也曾顺便选了一批伶俐俊美的幼童带回京师，阉为宦官送入宫中，这些孩子大都聪敏过人，后来有不少德行甚高的宦官，在史书中千古留名。他们是：范弘、王瑾、阮安、阮浪、云奇、沐敬、兴安、怀恩、王岳、何文鼎、萧敬、黄律、吕宪、晏殊、孙裕、郑和、侯显、金英、覃吉、李芳、张永、陈矩、冯保、王安等。透过历史的迷蒙烟雨，审视他们的所作所为，完全称得上一代"贤宦"。

郑和，中国历史上最伟大的航海家，世界文明交流的先行者，他的经历十分特殊。洪武十四年（1381），明太祖朱元璋发动了统一云南的战争，郑和的父亲在战乱中死去，十一岁的郑和被明军俘获，随后被阉割送到当时的北平燕王朱棣府上做了宦官，并深受器重。

1405～1433年，郑和先后率船队七次下西洋，打通并拓展了中国与亚非三十多个国家和地区的海上交通，为世界航海事业的发展和各国人民的交流做出了不可磨灭的贡献。

七下西洋，不仅是郑和团队创造的绝世壮举，更是中华民族的精神荣耀。我们作为五百多年后的晚辈，只能自豪地遥想明朝时光，那碧蓝如洗的天空下，两百多艘航船组成宏大的编队，载着二千七百多名远行者，从太仓刘家港浩浩荡荡起航，那壮观的场面标示着东方帝国空前的威仪与国力。

郑和一生完成了十六万海里的航程，相当于环球航行四圈。那是世界古代航海史上人数最多、行动范围最广的远洋航行考察。按1405年首下西洋的时间来计算，郑和比哥伦布发现美洲新大陆要早87年，比达·伽马经过好望角要早92年，比麦哲伦环球航行要早114年，这样的壮举无疑在人类文明史及世界航海史上写下了最辉煌的一页。

郑和虽然遭受过宫刑，但与其他宦官不同之处，他并非为了获得显达富贵，而是被逼无奈。与之相反，历史上长期存在着自行阉割的奇特现象。这种自愿接受净身手术或者干脆自己净身的行为，目的一般都十分明确，即希望通过自宫而入宫做宦官，显然是由宦官制度以及宦官地位的提高而诱发的一种畸形社会现象。

坐享荣华富贵是滋生宦官的土壤，那些世代辗转于贫困而无法改变自己命运的人；一些天性懒惰而又不安于本分的人；一些无缘于科举而又祈望出人头地的人，纷纷自宫而进入宫廷。《清稗类钞》曾记载了清末一个姓张的宦官，他原本是个屡试不第的秀才，因参加乡试时被墨迹污染了试卷而再次落第。他苦思数日而无以排解，愤而自宫，幸得不死，最终辗转入宫做了太监。

古代历经寒窗苦读却屡屡受挫的失意文人为谋富贵而自宫的例子并不鲜见，同时一些郁郁不得志的现职官员也多有自残求进者。明代万历年间祸乱辽东的矿税使高淮，年轻时曾在京城崇文门一带负责征税，且娶妻生子，自阉入宫后得任尚膳监监丞，负责管理御膳及宫内食用。后来，高淮出任辽东矿税使，横征暴敛，祸害商民，最终因激起民变而被罢免回京。

这种失意文人与不得志的官员都有较高的文化素养，一旦进入宫廷，往往能获得重用。除了失意文人和自残求进的官员外，更多的则是那些与书无缘因而根本不可能走科举之途的无业游民，他们愿意为求晋身而选择做宦官这条门径。在这些人看来，一时痛楚难忍的宫刑，远比十年或数十年的寒窗苦读要轻松得多。何况一旦入宫为宦就可出人头地，不论身居要职的官僚，还是富甲天下的豪族，都要争相巴结于自家门下，任意支使。

这等尊贵，除了皇亲国戚之外，恐怕普通人是不敢想象的极致。为求得谋生而自宫，这类自宫者多出身于社会下层，自宫乃是出于谋生或求得一个寄身的地方。

从清末一些宦官的回忆文字中可以看到，当时绝大多数的宦官都来自京、津及河北、山东，而且原籍都相对集中。其原因在于，一旦有当太监的发了财，对周围的穷人便会产生很大的刺激，由此相互援引、推举、介绍，在当地迅速形成一种风气，这种风气就如现在的乞丐村、偷盗村、小姐村，不顾一切，追逐金钱。这类目的强烈的宦官，当失去阳具之后会变本加厉去获取，有时甚至不择手段。

还有一种捷径是成为宫中宦官收养的义子，阉割后入宫继为宦官。这类人虽说幼年即被阉割，但一般是成为养子在先，被阉割在后，大致上都出于自愿。古代历朝都不反对宦官养子，这一方面是基于宦官既不可能生育自己的子女，而又有养老送终的客观需要；另一方面也是伴随着宦官社会地位的不断提高，而至少在表面上希望能有正常家庭生活的心理需求。

在宦官势力较为显赫的汉、唐、宋、明诸朝，宦官的势力巨大，他们相互效仿，俗念缠身，娶妻养子相当普遍。上层宦官几乎人人都在宫外建有豪宅，都娶妻养子，而且其妻娶自高门大户者并不罕见。

唐朝权阉仇士良娶妻胡氏，乃是已故开府仪同三司、检校太子宾客兼御史大夫、赠户部尚书胡承恩之女，可谓家世显赫。唐肃宗时奸宦李辅国娶的是权臣元擢之女,家世同样显赫。娶了妻便要有子。当时朝廷规定高品宦官可以由养子享受门荫入仕、承袭爵位等特权,因而一些贪图富贵之人趋之若鹜,或径自卖身投靠甘为养子,或送子侄为其养子,心里痴想的无疑是入宫为宦后的荣华富贵。

朝廷规定宦官只允许收养一子,但事实上收养数子乃至数十子、数百子的大有人在。这些人以自愿阉割为代价,不惜改名换姓,谋求进达。唐朝权阉杨思晟本姓苏、高力士本姓冯、杨复光本姓乔、杨复恭本姓林、田令孜本姓陈,后来都随其养父而改姓。为宦的代价固然很大,但回报也同样可观。出于培植自身势力的需要,权阉养子往往都能成为高品宦官。大宦官仇士良有养子五人,除一个因年纪幼小未能入仕之外,其余四子皆承恩入仕且位高权重。

新老宦官的交替,利益的勾结滋生出复杂的裙带关系,形成了幽暗的人心世态。在自宫的庞大队伍中有一些不谙世事的幼童,他们或是被父伯、兄长送入净身作坊,或是由人贩子卖给净身作坊。这些幼童没有自我保护的能力和独立生存的能力,因而把握不了自己的命运,一切听任摆布。把自己的一切苦难都归咎于家人的狠毒。至于那些被唯利是图的人贩子拐骗而来的幼童,从小就失去了与亲人的联系,像一叶飘萍,随波逐流,孤寂一生,他们甚至长大后都不知道该去恨谁。

明清时代,一些自愿接受净身的人要经过报名和资格审查,时称"挂档子",主要是看相貌、身段、言谈举止。对那些已经成年,相貌丑陋或不够机灵的人,一般不给手术。可见做阉人并非那么简单,设有各种门槛,如果容貌俊秀、聪明伶俐的人入宫后很容易得到皇帝、后妃的喜欢，在经济和权势上也容易有出头之日，所以作坊主愿意为这些人做手术。相反，那些面相不雅又不甚伶俐的能够进宫就算是他们的造化，进了宫也往往很难生存。

遭受阉割之痛只是入宫的前提和必备条件，要真正进宫成为宦官，还得经过严格的筛选。自春秋战国时代起，宦官的选用就有专门的机构管理，阉人进入宫廷首先必须查验确认。秦王嬴政刚继位时，太后为了让嫪毐进宫以满足自己的淫欲，与吕不韦串通一气，先暗中厚贿掌施宫刑之人，又拔掉嫪毐的胡须，以遮人耳目，方得蒙混入宫。与之相反的例子是东汉时期的宦官栾巴，他本是天阉之人，后来生理上却出现变化，"阳气通畅"，因而被驱逐出宫。对于新进宦官，历朝还有年龄上的限制，一般说来，以十五至二十岁的青少年为多，娶妻生子后的成年自宫者，入宫的几率较小。其目的一方面是因为年少者便于管理和役使，另一方面也是出于宫廷安全的考虑。

处在权力旋涡中的宦官，绝大多数有畸形心态，他们时刻虎视眈眈。公元前645年，管仲病逝。在此之前，他的健康状况日益不佳，已意识到自己将不久于人世，看到功成名就、天下归心的齐桓公，进入了人生的巅峰状态，于是开始骄傲自满，飘飘然起来。无论是国君，还是草民，一旦骄横就会头脑膨胀，不知所以，就会走向自己的反面。处于病痛中的管仲，对这位国君，乃至对这个国家的未来，产生出深深的忧虑。一个过于自信的人，常常听不进任何反面意见，相反只会迷恋于那种肉麻的恭维和吹捧。让管仲最担忧的是齐桓公的周围，出现了易牙、竖貂，和公子开方几个曲意奉承，投其所好，巧言迎合，讨其欢心之类。

那天，来看望管仲的齐桓公问："将何以教寡人？仲父！"

管仲答:"请允许我向你建言,你身边的三位宠臣,易牙、竖貂和卫公子开方,作为陛下亲近的朋友,当无不可。但我还是建议你尽可能地疏远他们,如果做不到这点,至少从今而后,切不可让他们掌握政治权力。"

齐桓公一脸不解地瞪着管仲问:"这话怎么讲呢?"

管仲答:"因为他们的品德,不可信;因为他们的言行,不可靠;因为他们的动向,不可测。所以,的对他们的未来,不放心!"

齐桓公听了哈哈大笑:"仲父啊,仲父,你太过虑了。"

他告诉管仲,这三位亲信能够得到他的信任,能够受到他的宠遇,能够讨得他的欢心,因为,他注意到了多年来这三位对他的耿耿忠心,对他的唯命是从和无所顾惜。齐桓公说:"易牙是一位烹饪方面的行家里手,他总是在我想吃什么东西的时候,端来我正好想要吃的东西。哪怕半夜三更,我的胃口有一点吃的欲望,易牙肯定会适时地送来美味佳肴。有一次,我对易牙说,天底下的东西我都吃遍了,唯一没有品尝过的就是人肉了。当天的晚餐就有一盘异常鲜美柔嫩的蒸肉。易牙告诉我,这就是我想吃的人肉,而且还是三岁小孩的肉。我问他,你怎么能知道这盘肉,是三岁孩子的呢?易牙说,那是我的儿子。我说,这怎么可以呢?易牙说,忠臣心目中只有君王,为了君王,是不必顾惜家人的。

易牙烹其子以快寡人,犹可疑乎?接下来,齐桓公又夸奖竖貂,说他更是一位了不起的人,所以了不起,就是他的不惜牺牲自己,心甘情愿地割掉了传种接代的男根,这是何等舍己为人的高尚品质啊!他为了服侍寡人,为了贴身效劳寡人,为了能进入宫廷时刻效忠寡人，自愿接受宫刑，成为宦官，这可不是谁都能做到的。

竖貂自宫以近寡人，犹可疑乎？然后，说到公子开方，这样一位卫国的贵族，去其千乘之太子，而臣事君，十五年来追随寡人，连家都没有回去一次，这样的忠贞之士，怎么能不信任，不重用呢？

管仲听了齐桓公的话心情更加沉重起来，他说："天下没有人不爱惜自己的，而且爱自己永远超过爱别人；如果对自己身体都忍心残害的人，他对别人岂不更心狠手辣？！没有人不爱自己儿女的，如果连自己的儿女都狠心下手，那他还对谁下不了手？没有人不爱自己的父母，如果十五年之久都不想见父母一面，连父母都抛到脑后，他为了自己的野心，对其他的人又有谁不会抛到脑后？"

齐桓公问："这三人在我身边很久了，你从前怎么不提？"

管仲说："国君在私生活中，应该享有癖好，否则国君便没有丝毫乐趣了，但这些癖好，必须不干扰到国家大事。我死之前，还可以防止他们。我死之后，恐怕他们会像洪水一样地溃决。齐桓公一生都在管仲的指导之下，只有这件事他大大地不以为然。（柏杨《中国人史纲》）

管仲死后，齐桓公迫于管仲的遗嘱和大臣的压力，不得不将易牙、竖貂、开方三人免职，但因长期听不到他们拍马奉承的肉麻话，感到非常难受。过了不久，又将三人复职。这三人被召回宫廷后，沉瀣一气，朋比为奸，培养奸佞，打击忠良。

后来齐桓公病重，他们为了矫托王命把王宫用高墙围起，只留一个小洞，桓公饮食，全靠小太监从洞里送入。并很快连饭也不送了，桓公在饥渴中悲惨死去。桓公死后，众公子忙于争夺王位，直到六十七天后才在老臣的建议下发丧，其时，桓公之尸已腐烂不堪，虫蛆爬出户外，恶臭难闻。齐国霸业随之衰落。

清圣祖康熙皇帝在训诫臣下时，曾不无夸张地称明末宦官计有十万人之巨。无论是较为保守的"七万"，还是相对夸张的"十万"，明代宦官人数之众都是空前绝后的。

其实对于宦官的扩张野心，明朝开国之君朱元璋早有预见，他吸取以往历朝历代宦官祸国殃民的教训，在建国之初对宦官作了种种限制，规定不许宦官识字，不许兼任外臣，任职不许超过四品，并在宫门外立铁牌一块，上书"内臣（宦官）不得干预政事，预者斩"。

明朝初期对宦官的控制非常严格，但朱元璋去世后，情况发生了本质性的变化，明成祖发动靖难之役，继而从侄子手中夺取了皇位，宦官在其中曾起到不小的作用，因而他对宦官多有任用，宦官的地位也开始得到提高。

明宣德年间，宫中正式设置了宦官学校"内书堂"，选一些聪明伶俐的小太监入堂读书，并派大学士任教。由此，许多宦官能够粗通文墨，有的甚至能够通古晓今，拟旨援笔。识文断字给宦官提升了内在的功力，他们攻入皇室的营盘，寻找扩张的机会。正如当下手机段子所言：流氓不可怕，就怕流氓有文化。每当皇帝沉湎酒色玩乐之时，皇帝便会让侍候左右的司礼监太监替他批复奏章，日久成例，称为"批朱"。如此一来，司礼监的地位越来越高，权力越来越大，逐渐凌驾于内阁之上。伴随着宦官权势的进一步扩大，明英宗时期宦官王振专权的局面出现了。

王振系山西蔚州人，入宫前他不仅读过书，还当过几年教官。据称其任职数年，毫无建树，为逃避罪责而自行阉割入官，后来被派进东宫，陪太子朱祁镇读书。当时的太子还是个小孩，对王振既敬重又害怕，称他为"先生"而不名。王振也深知自己身边这孩子就是将来的大明皇帝，因此竭尽全力讨好太子，挖空心思博太子喜欢。渐渐两人变得形影不离，关系密切。此时王振的野心开始膨胀，他首先令人摘掉了朱元璋所立的限制太监干政的那块铁牌。此后见英宗未加责备，便肆无忌惮地公开树党，扩大权势，顺者昌，逆者亡。他的宗亲故旧首先得到了提升，一些投机之徒也蝇聚周围，为虎作伥。工部尚书王卺不趋附王振，被勒令致仕。侍讲刘球上书因反对王振提出的对丽川用兵的策略，王振便罗织罪名将其处死……

被人称为"立地皇帝"的刘瑾是中国历史上著名的权阉。他在明武宗统治前期完全操纵了明朝的大权，擅权乱政、排斥异己、祸国殃民，胡作非为之事不可胜数。公元1505年，太子朱厚照即位。刘瑾在武宗做太子时就备受宠信，武宗上台后耽于享乐，疏远托孤重臣，宠信刘瑾、马永成、高凤等八位宦官，这八位宦官得以欺上瞒下，任意妄为，成为祸害人间的"八虎"。

凶狠狡诈的刘瑾是"八虎"之首。刘瑾专搞一些声色犬马的勾当，投武宗之所好。胸无大志、厌倦朝事的明武宗乐得逍遥，对大臣们费尽心机书写的奏折，仅画上"闻知"二字，再无回音。武宗在刘瑾等人的怂恿下纵情淫乐，连例行的上朝之事也视同儿戏。刘瑾被升为内官监，总督团营，控制了兵权，为其后的专权奠定了牢固的基础……

"万岁爷"是封建社会皇帝的专有称谓，王公贵族有时被称为千岁。作为一个太监，能被称为仅次于皇帝的九千岁，这在中国历史上恐怕只有明朝的大宦官魏忠贤一人曾经做到过。

魏忠贤是无赖出身，为逃脱赌债而自阉入宫。魏忠贤大字不识一个，是彻头彻尾的文盲，但他博闻强记，尤善逢迎拍马，为人更是猜忌残忍、阴狠毒辣。围绕在魏忠贤周围的无耻之徒，为讨好魏忠贤，还想出了为其立生祠、塑雕像等无耻的招数。浙江巡抚潘汝桢在杭州西湖边为魏忠贤建立生祠，其规模超过了岳飞庙与关公庙。其后，各地都抚大吏，甚至一般商人、无赖都纷起仿效，还请皇帝为他们建立的魏忠贤生祠赐名。这些人对魏忠贤的泥胎三跪五拜，高呼九千岁，大江南北，一片乌烟瘴气。对魏忠贤的颂扬之声不绝于耳，这些人为了表示对魏忠贤的尊敬，不再呼其名，而称"厂臣"。如大学士代皇帝所批奏折上也写"朕与厂臣"，可见阉党魏忠贤的气势何其凌盛!

迷失方向的昏君，完全被阉党控制，当时兵强马壮的努尔哈赤来势汹涌，大将袁崇焕率军征战，喜获宁远大捷，可是忠将未能得激赏不说，而魏忠贤与满朝文武反而加官晋爵。此时，看似掌管天下的皇帝，其实他的权力和精神一起被宦官阉割。

阉割在我国历史上是一把双刃剑，有人在刀锋上狂欢作乐，有人却在刀俎下肝胆俱裂。作为刑罚，这种酷刑让西汉武帝时期一位太史令痛彻骨髓。他是一位伟大的史学家、文学家、思想家，被后世尊为"史圣"。他忍辱负重，创作了中国第一部纪传体通史《史记》，记载了从上古传说中的黄帝时期，到汉武帝元狩元年，在长达三千余年的历史脉络中，他以"究天人之际，通古今之变，成一家之言"的治史方法，完成了传世的史学巨著，矗立起一座巍峨挺拔的史学高峰。中国五千年历史，他一个人就写了三千年，真是了不起的司马迁！

公元前99年，在中国文化史上发生了最黑暗、最丑恶的一幕：出生在黄河岸边龙门古邑的关西硬汉——司马迁，遭遇一个让他刻骨铭心的日子。那一天，他彻底看清了身边那群没有骨头的同僚有多么丑恶的嘴脸。所有的大臣都黑白颠倒，睁眼说瞎话，朝议时他的心痛如刀绞。回想名将之后的热血忠勇，太史令好一阵心寒。在道德良心的推动下，他勇敢地站了出来，为被迫投降匈奴的李陵说了几句公道话。他认为李陵平时孝顺母亲，对朋友讲信义，对他人谦虚礼让，对士兵有恩有信，常常奋不顾身地急国家之所急，很有国士风范。李陵虽然出兵不利，但岂能落井下石，夸大罪名。他对汉武帝说："李陵只率领五千步兵，深入匈奴，孤军奋战，杀伤了许多敌人，立下了赫赫战功。在救兵不至，弹尽粮绝，走投无路的情况下，仍然奋勇杀敌。即使古代名将也不过如此。李陵自己虽陷于失败之中，而他杀伤匈奴之多，足以显赫于天下了。他之所以不死，投降匈奴，其意在于保存实力，寻找适当的机会再报答汉室。"

司马迁此番虽是肺腑之言，可言下之意似乎在说二师将军李广利没有尽到应尽之责。司马迁的诚心直言没有让武帝清醒，反而触怒龙颜，惹火上身。汉武帝认为他是在为李陵狡辩，混淆视听，有意贬低劳师远征、战败而归的汉武帝李夫人的哥哥李广利，一气之下将司马迁打入大牢。

生死关头，见风使舵，明哲保身的大臣们，没有人去劝说怒火冲天的汉武帝，帮助司马迁解围，而是反过脸来，朝司马迁的前胸后背万箭齐发，群起攻之。他听到石头落井的声音，文武大臣，趁机弹劾，纷纷指责司马迁执意为叛徒李陵开脱，又有诬罔皇亲李广利之嫌,按汉朝律令,罪当至死……

司马迁陷入了绝境,但他并不畏惧。汉武帝看见将负重刑的司马迁,仍然毫无惧色,一脸坦然,于是内心陡增愤怒。他感到至高的皇权遭到了挑战,天下仍有帝王无法控制和抵达的地方,那就是自由于肉体之外的思想和精神。所以此时汉武帝改变了主意,他不想让司马迁痛快淋漓地死去,要先给他足够的羞辱和折磨,想了想,最好的方法便是给司马迁施以"宫刑"。

这是一个帝王的变态心理。为了能让司马迁完整地领受"宫刑"的痛苦,汉武帝还特别提醒负责此案的酷吏杜周,告诉他:此人性烈,不要让他在受刑前死掉。他让杜周把可以免除"宫刑"的赎金提高到五十万两白银这样一个天文数字,并派人密切注视那些准备掏钱为司马迁赎罪之辈的动向,看谁敢与皇命抗衡,看谁敢与自己较劲。有钱人不肯相救,肯救的人却没有钱,况且皇帝也不愿意、不希望、不同意有人来救司马迁。在这种严酷的政治高压下,司马迁只能听天由命,任人宰割了。那年,汉武帝刘彻五十九岁,司马迁四十七岁。

一个"能三日不食,不能一日无妇人"的荒淫老男人,毫不留情地剥夺了另一个身体强健的中年男人性爱的权利。一个年近花甲,日薄西山,性能力逐渐丧失的皇帝,用这种歹毒的手段制裁一个血气方刚、如日中天且敢于讲真话、说实话的文人。

他这样做是为了什么呢?每一个生理正常的男人都能真切地感受到汉武帝对司马迁的妒忌心理,你司马迁不是自视正直无私吗?不是自视血性男儿吗?那我就将你连根拔起,把你的锐气扫平,让你失去作为一个男人的尊严,让你在屈辱中苟活,看你以后还有没有这份刚强和倔强!

呼风唤雨的汉武大帝这次失算了，虽然西汉年代的时光距离我们已经非常遥远，但那种无法消弭的疼痛却伴随一声绝唱，在后来者的心中经久蔓延，蔓延成一部旷世的史书。对一个男人来说，宫刑不但是一种仅次于死罪的酷刑，它更是一种奇耻大辱，它比死刑更灭绝人性，让受刑者生不如死。可是居心叵测的汉武帝没有想到，致人于绝境的宫刑，会反过来让司马迁流传千古，让他成为一名真正的男人！尽管汉武帝拥有至高无上的权力，但他却无法改变历史的走向，刀光闪过，帝王看似阉割了别人，实则阉割了自己，他让司马迁完成了涅槃重生。

我猜想，宫刑之前，司马迁是心存的顾忌的，因为《史记》要为当朝记录，这与其他史籍有着许多不同的之处，如肯定秦王朝的历史功绩，同情在汉王朝残暴统治下爆发的农民起义，不为汉朝统治者歌功颂德。一个极度专制的王朝，想让一部史书达到"不虚美、不隐恶"，达到实话实说很不容易！班固以后各代编写历史，都是一个王朝已经灭亡，后人给这个朝代撰写历史。而司马迁不是，他是从尧、舜开始，到汉武帝元狩元年为止，他是本朝人写本朝的历史。特别是写汉武帝这个时代的历史，其麻烦之多，风险之大，可想而知。尽管对于一个史官来说，无法应对这样的风险和难度，但是宫刑之后的司马迁已经放下了一切，包括生死，所以说，后无来者的《史记》是不可复制的个案。

阉割的本质就是支配与垄断，正如雄性动物，总想支配雌性动物。历史上任何皇权的争夺，冠冕堂皇的说法是为了江山社稷、黎明百姓；于人的内心而言，权力的风光之下是人的私欲不断膨胀，百转千回，最终绕回到人的原始本能。正如作家祝勇在《旧宫殿》中写道："皇帝是宫殿里住着的唯一长有阳具的人。

这有些奇特，尤其在夜晚，在那些品级不同的文武百官们过客般地消失之后，在白天的喧哗之后，七十二万平方米，八千七百零七间房屋的紫禁城内，共计只有一只阳具。这只阳具跃跃欲试，生机勃勃，威武无比，然而巨大无边的空间使它无所适从，茫然不知所向。繁密的后宫存在着某种巨大的空白，这些空白需要皇帝的阳具去填补。这是皇帝的权力，也是皇帝的责任。皇帝的绝对权威要求他的阳具像劳模一样勤勤恳恳，任劳任怨。除开国皇帝外，后世帝王往往生于宫殿，长于宫殿，他们的生命力呈递减趋势。皇帝的活力存在于占有欲和侵略性中，而宫殿对皇帝阳具的优惠待遇，恰好能保持了帝王的侵略性，尽管随着时间的推移，这种侵略性可能微弱到了只能对付女人，一出宫墙就弱不禁风，消弭无形……"

皇帝为了实现阳具的高度垄断和对后宫阴性的绝对占有，为了保证皇帝的血统绝对纯正，为了确保皇帝阳具的权威，必须阉割千万条阳具来供奉。数千年的历史，被割下的阳具已经堆成一座高山，在漆黑的夜晚与砍下的脑袋遥相呼应。

不可否认，对司马迁施以宫刑的时候，汉武帝心情极坏。李广利的兵败，李陵的投敌，得胜的匈奴军狂歌劲舞，这一切让大汉王朝颜面扫地，汉武帝心里万分窝火。更重要的是还有一道不能言说的暗伤，由于历年穷兵黩武，造成民不聊生、国库空虚，使大汉朝表面看起来风光依旧、轰轰烈烈，实则"内囊却也尽上来了"。而那一年，齐、楚、燕、赵和南阳等地相继爆发来势凶猛的农民起义，更让汉武帝心情郁闷，心理扭曲。在这种内忧外患的情况下，脸上无光的汉武帝最需要的是同情、支持和顺从，而不需要任何的规劝和指责，更不愿意看到别人怀疑他的雄才大略。这个时候，不懂军事的文人司马迁站出来，大胆地针砭时弊，正好撞到了帝王的枪口上。

透过历史的风云，我们可以窥探到事件的某些真相。其实真正促使汉武帝把司马迁推上断根台的不单是几句逆耳的忠言，而是"文人相轻"这个痼疾。汉武帝虽是马上皇帝，但他能吟诗唱赋，在众多场合他都以文人自居。毛泽东在《沁园春》词中就曾写到"秦皇汉武，略输文采"。试想，一个杰出的顶尖文人是不屑于同一个水平比自己低下的文人较劲的，但问题就出现在"略输文采"上。诗词歌赋都能来两下子的汉武帝，尽管在"文采"上"略输"，但他动辄以文人自居，自诩文采不凡，在文坛他仍然要做老大。各个阶层的文人之间大都喜欢较真，叫板，甚至妒忌或诋毁，上流社会更是如此。对于司马迁这样一位足以淹没皇帝"文采"的西汉文坛领袖，手握生杀予夺大权的汉武帝，如果发起狠来，自然会不择手段。

司马迁遭宫刑后，汉武帝仍然觉得不够解恨。他把身体残缺的司马迁放到太史令的位置上，这可谓用心险恶。因为太史令一职自创立以来，皆由太监担任，司马迁被"宫"后，干这个差事正符合他的身份。汉武帝对司马迁进行刻意的安排，既有知人善任的自我标榜，同时又有不言而喻的羞辱意图。司马迁坐在太史令的编纂室里，承受这份天大的羞辱，这种无形的折磨，只有当时身临其境的司马迁才能感受得到。正如他在《报任安书》中写道：……我虽然无才无德，但也曾听说品德高尚的长者遗风。只是自以为身体残缺、地位下贱，一行动就遭人指责，想做点贡献却反把事情搞坏，所以才心情抑郁，无人诉说。谚语说："为谁而干呢？又让谁来听呢？"钟子期死后，伯牙终身不再弹琴。为什么呢？因为士人只为知己者效力，女子只为喜欢自己的人美容。至于我身体已经残缺，即使怀抱像随侯珠、和氏璧那样的才华，行为又像许由、伯夷那样高洁，还是不可自以为光彩，这样反而会使人感到可笑以致自取侮辱……

我们不难看出司马迁在受宫刑之后，他的内心有多么疼痛和悲伤，更让他痛苦的是后来的事实，证明了他的推断是完全准确的。李陵在匈奴数年杳无音信，汉武帝派公孙敖带兵设法抢回李陵。公孙敖领命而去，无功而返，为了完成任务，采用欺骗手段，告诉皇上："听说李陵在那边训练匈奴兵，要攻打汉朝。"皇上听到这个消息，大为震惊，一怒之下命人把李陵母亲、弟弟、妻儿满门杀绝。其实，替匈奴训练士兵的人叫李绪，是一位早年投降匈奴的汉都尉，公孙敖显然是张冠李戴了。

就在李陵投降匈奴的前一年，苏武出使匈奴被扣。后来，李陵宴请苏武，李陵给苏武斟满酒说："你不降匈奴，忍辱负重，名扬天下，功劳盖世。"李陵推心置腹地告诉苏武说："我投降的目的原本是想找机会劫持单于，为国效劳。却不料汉皇不了解我的心志，杀了我的老母和妻儿，绝了我的归路。"苏武说："过去，我深知老友为人处世的态度，但现在你的处境不同过去，是非功过，也只好由人们去评说。但是我决不能做对不起国家的事。"

李陵听苏武说完后，长叹一声："比起苏君来，我这个人真如粪土一般。"说罢，热泪纵横，起身吟唱了一首《别歌》：

"径万里兮度沙漠，为君将兮奋匈奴。路穷绝兮矢刃摧，士众灭兮名已颓。老母已死，虽欲报恩将安归！"

一曲歌罢，李陵朝着南方跪拜不起，苏武望着他，叹息不止。这就是李陵"身在异族心在汉"的故事。

阉割的密史，满含血泪，数千年来，阉割对整个社会的影响无限深广，它像一根尖刺，深深插入了国民的心灵和肉体。历史已经走远，岁月掩埋了许多不为人知的细节，在奔腾的生命长河中，古老的阉割与宫廷的是非恩怨形成历史的对位，王朝更迭，虽然花样翻新，但本质却从未改变。面对权利与欲望的诱惑，阉人们如飞蛾扑火，前赴后继，拼死搏杀，陷入深深的旋涡。

历史是时间和空间的产物，它是线状的，也是线装的；是人写的，也是人创造的。它前行的步伐就像一把横扫一切的利刃，刀锋过处，无数的生命如麦子一样倒伏，而风雨之后又重新生长。皇帝一个一个，走马灯似的调换，一次次的改朝换代，纲纪变更，唯有奇异的阉割心理如鬼魅一样紧附人身，不愿离去。

对于我们来说，生理阉割并非是民族最可怕的重创，辛亥革命废除帝制，宦官太监的命运被迅速终结，现在生理阉割者基本绝迹，但另一种形式的阉割却阴魂不散，值得警惕。

面对当下，我觉得自己的内心似乎也有一种被阉割的疼痛。人类可以被阉割的不仅是最能代表他尊严和生命力的阳具，还有坚韧的精神和不拔的意志。中国的思想史，就是一部阉割史，在过去的岁月里，我不知道曾经阅读的经典，竟然是被阉割的版本，我们在经历阉割的过程中，毫无意识。因此，那种在精神和意识上奋起，行为和决断上主动介入的男人自古少见。屈原、司马迁、鲁迅、陈寅恪等人也许是少数健全的个体。文弱的太史公阉割之后忍辱负重，顽强地活了下来。成为流芳千古，精神不死的泰斗。

与太史公相比，我们虽然拥有健全的肉体，但在精神强光的照射下，如何面对赤裸的身体？也许我们只能弯下肢体，用双手捂住自己的下身。

从焚书坑儒、科举制，文字狱中可以找到精神阉割全部过程，在这种高压之下，培育出来的犬儒蛆蝇一样，爬满王朝的肌体，使这个庞大帝国鲜有慷慨悲歌之事。由此，对阉割群体来说不仅是简单的体外切除，而成为一种精妙的变性，这样的结果直接影响了中国文化的走向。

文化是政治的缩影，宋代以后，各种精英书写日渐式微，而民间书写则日益繁茂，特别是小说盛极一时，人们从说书式的艺术表现中找到了对现实的隐喻。如今学术腐败，新犬儒主义重新占据舞台，大学在担当道义的呼声下忸怩作态，而在思想文化统制的要求下半推半就，受犬儒主义支配的高校，最终为社会批量生产犬儒：培养社会精英的学府，成为欲望的繁殖场所，知识和权力并未在这里激战，更无法在此提升构造。他们在学术的舞台上表演做秀，他们在跳在笑，在资本上升的美好时代，不知疲倦地为民众制造噱头和乐子。他们炮制的产品被命名为论文或著作，他们的灵魂依附的不再是某种必须被信仰的理想，也不再是某种被勒令坚持的原则，而是职称、住房、待遇和享乐。当初用来约束身体的法则，如今被用来规训灵魂。房子、车子、票子……不再是身体的保障，而是灵魂的需求。犬儒们无需置身刀具之下，下体就已鲜血淋漓，这个时代在群起自阉。

2012年5月23日，韩国《中央日报》报道，韩国法务部召开会议，一致通过对四名儿童实施性暴力犯罪的朴某下达性冲动药物治疗命令。该罪犯成为韩国新法案施行以来首例"化学阉割"适用对象。古今中外各国政府对于屡教不改的强奸犯，实施了打击和惩处，可是这种兽性从来没有销声匿迹，韩国政府独辟蹊径，采取没收犯人"作案工具"的方法，这一举措在世界施法史上成为一种新的标本。

韩国政府这一法律的实施，在国内一些网站上引起了热议。支持的一方说：我国近年查处的腐败官员绝大部分与淫欲有关，他们包养情妇、二奶、三奶的屡见不鲜，如果在适度的情况下对这类官员施行化学阉割，相信会有很好的震慑力！饱暖思淫欲，那些贪腐者无不沉溺于荒淫无度、情感纠葛、包养情妇、第三者插足的生活中，当感情发生变化，女人为了报复，割伤、割断男性生殖器的案件屡见不鲜。

反对的一方则认为，让阉割重回刑罚的领域，这是重拾残忍和愚昧，是历史的倒退。随着正反两方争辩转为争吵，争吵升级成对骂。支持的一方骂反对的一方是贪官的后代；反对的一方骂支持的一方是太监转世，刀子匠投胎。吵吵嚷嚷的口水战，持续了很长一段时间，在胜负难分的拉锯战中，因为出现了新的热点，很快转移了网民的视线，双方这才偃旗息鼓，归于常态。而此时留存在网络空间的阉割二字，犹如一群隔世的饿殍，那骷髅般的眼睛，成为吞噬精神的幽灵。

绳上春秋

绳的身世

星月暗淡,万籁俱寂的晚上,晃晃悠悠的绳子带着一种无言的神秘,发出刀剑般的冷光。绳子是柔软的物体,但它深谙以柔克刚的妙术,貌似柔弱的绳子,内心隐藏着锋利的獠牙,在岁月的长河中,它吞没了无数坚硬的物质。

从新石器时代的石刀、石斧、石镰,到青铜铁器时代的长矛、板斧、利剑,绳子一直没有纳入兵器之列。也许是绳子柔弱的假相蒙蔽了人们的眼睛,自古至今,我们只知道畏惧刀剑,却不懂得躲避绳子。在历史深处,绳子以弱者的面目,完成了强者的使命。我不知道这是史官在有意遮蔽,还是无意间疏忽,抑或本身就是权谋者的心计与策略。

绳子,看似普通寻常之物,可是从成形的那一刻开始,它就注定无法平静。暗藏杀机的绳子在历史的影像中,呈现飘忽不定的面庞,左右摇摆的姿态。在重要关头,它可以是伏击对手的兵器,也可以是衡量准则的法器,更可以成为杀人不见血的凶器。因此,将绳子视为神器、暗器也不足为过。

当人类懂得控制和占有的时候,迫切需要一种物体来延长自己的手指,去体现自己的意志。在没有刀枪的时代,绳子成为最好的物件,无论是用树皮、藤萝、兽毛、野草编织的绳子,还是做成的鞭子,只要这种软体的带状物触及肉体,它的意义就会指涉灵魂，它的行为将穿透人心。

在我有限的视野里，绳子是一件始终没有远离的工具。最早的劳动方式——放牛，一头脾气倔强的牛，只要牵住牛绳，执住牛鼻，力气再大的牛，它也逃脱不了一个孩子的控制。绳子是绵延的历史，是一种古老的记忆，翻开史书，拂去久远的尘埃，绳子让我们找到了记忆的源头。上古无文字，结绳以记事。在漫长的历史中，结绳记事不仅凝固成一个众人知晓的词语，而且上升为一条考古线索。

为了让绳子具备记事功能，首先从材质上就有考虑。兽毛绳、树皮绳、草绳、麻绳等不同材质的绳子，就像点、横、竖、撇、捺的笔画，组合成记事的基本元素。然后在绳子的大小上又分为粗、中、细三种规格；在经纬上有横向和纵向两种走向，再分为主绳和支绳。

有了这些基本的功能，就能组成了绳结的词汇，词汇串起来就可达到完整有效的记载。比如甲部落打败了乙部落，甲部落获得了三十只羊，四十只鸡，二十个男性俘虏，三十个女性奴隶，这些过程用绳结怎么记载？

文献中有这样的推论：用一根横向的粗绳，上面涂上红色（红色代表喜庆胜利），下面系上四根稍微小一点的绳子。第一根是用羊毛编织的绳子，绳子上段打了三个小结，代表三，末尾打一个大结代表十，记载的内容为十三只羊。第二根绳子用麻绳编织，编的时候把鸡毛绑在绳上，然后上段打上四个结，末尾打上一个大结，记载的内容为四十只鸡。第三根绳子，用男人的头发混合麻绳，编织成中等粗细的绳子象征男人，上段打小结二，末尾打大结一，记载的内容为俘虏二十个男人。第四根绳子用女人的头发混合麻绳，织成细绳，象征比男人柔弱的女人，上段打小结三，末尾打大结一，记载的内容是俘虏了三十个女人……

为了易于辨别，绳子采用不同的外形来区分，单股的叫玄，两股的兹，三股的叫索或素。结绳记事的代表是女娲族。所以女娲族的首领又叫玄女，索女，素女，拿兹氏等。传说女娲造人，把人用绳子串起来，绳与人结合，形成了人事。

绳子多了，就要用杆子挂起来，杆子高大，连在一起就叫连山。每个杆子上的绳索叫挂，挂上的结叫爻。其中不打结的叫做阳爻，打结的叫阴爻。打圆结的叫动爻，打叉号结的叫静爻。阳爻代表即将做什么事或者未来将要发生什么事，阴爻表示过去发生了什么事。由绳演变而来的占卜出现了八卦，难怪古代典籍中有三坟五典八索九丘之说。

苍老的绳子如隐形的先人，诉说着无从知晓的往事。岛国日本，为了炫耀他们历史的悠久，曾对绳纹时代津津乐道，把绳纹陶器视为世界上最古老的陶器。而在印度，神秘戏法——通天绳，更让人匪夷所思。那巫术般的场面，完全称得上是一种人间奇观。戏法者一番动作，将粗大的绳子抛向天空，绳子如施了定身法术，在空中牢牢挂住，随即一个光脚的孩子抓住绳子，攀援而上。谁也不知道由来和原理，那根抛向空中的绳子是如何凭空挂住的？

绳锯木断，水滴石穿，那是执著与坚韧；攀援绝壁，行走钢丝，那是挑战生命极限。绳子从远古时期就深深地介入了人类的日常生活，古人为了记住一件事，就在绳上打一个结，以后看到这个结，就会想起那件事。大事打大结，小事打小结，那些大大小小的结，包裹着纷繁的往事，成为人们回忆过去的唯一线索。

典籍有载：仓颉造字，天地动容，鬼哭狼嚎。而打下第一个绳结的时候，天地之间是否也有过不同凡响的回应？当时没有文字记载，探问绳子，绳子不能回答。绳子不能回答，但它藏有隐语。绳上打结，蕴含的不仅是古风民俗，更是智慧结晶。"心似双丝网，中有千千结"。这是宋代词人张先笔下的绳结。在古典文学中，"结"一直象征青年男女的缠绵情爱，人类的情感有多么丰富多彩，"结"就有多么千变万化。"结"在漫长的演变过程中，被多愁善感的人们赋予了各种情感愿望。托结寓意，在汉语中，许多具有向心性的重要事件几乎都用"结"字作喻，比如有结义、结社、结盟、团结等。并且对于男女之间的婚姻大事，均以"结"来表达，如结亲、结发、结缘、结婚、结合、结姻等。结是事物的开始，有始就有终，于是就有了结果、结局、结束。结发夫妻源于古人洞房花烛夜，男女双方各取一撮长发相结，以示山盟海誓，爱情永恒……

重温结绳记事这个成语，我就想起席慕容那首题为《结绳记事》的诗歌：有些心情，一如那远古的初民/绳结一个又一个的好好系起/这样可以/独自在暗夜的洞穴里/反复的触摸回溯/那些对我非常重要的线索/落日之前，才忽然发现/我与初民之间的相同/清晨时为你打上的那一个结/到了此刻，仍然/温柔地横梗在/因为生活而逐渐粗糙了的心中。

那个时代，结绳记事无疑是一种先进的记录方法，其隐匿含蓄的意味，成为部落之间传递情感的密语，为世界展开了无限的想象。文字出世的前夜，绳子成为见证现实的祖先。

一个简单的绳结，融入了复杂的情感和谜一样的心事。没有文字的时代，眼睛在黑洞中焦虑，前方见不到暗夜的火光。要想记住一个事物，要想传递内心的情感，留下一些过往的痕迹，费尽思量，颇不容易。而现代化的便捷，让人不再珍惜情感的符号，泛滥的文字，铺天盖地的图片，遮蔽了头顶的天空。我们不能回到史前状态，所以无法体会结绳记事者的心情，如今人们看到的是绳子休闲的一面，它在秋千架上晃荡。那天，我见到一根绳子串着两只乌龟，弯曲的绳子，闭目不动的老龟，这是一个隐喻式的组合。两个年龄如化石般的物质，在暗中比拼，在相互较量，看谁更古老，看谁更长寿。

绳的心事

在色彩斑斓的世界中，绳子很难引人注目，大多数时候人们都会忽略绳子有刀斧一样威力。每当回忆四十多年前那一幕，就让我想起《百年孤独》中那个见识冰块的下午。那个下午我看到了绳子的凶猛，从那个下午开始，绳子就如钟摆一样，在我脑海中挥之不去，它不停摇晃，摇晃，摇晃，直至摇晃得像时光一样没有尽头。

那天下午，我与几个捉迷藏的孩子玩得兴起，钻进了废弃的仓房。破旧的仓房光线晦暗，在窗台拐角的地方，突然看到了堂叔。当时根本看不清堂叔的表情，但却看到了他手上的绳索，那是一根黧黑的牛绳，因为绳子沾满了泥水，在暗处闪动着微弱的水光。

游戏的号令已经开始，我急于把自己隐藏起来，于是转身跑向了另一间堆放农具的屋子。我不知道，就在我转身之后，堂叔踩着那条断腿的凳子，攀向了高处。

对于一个六岁的孩子来说，根器尚浅，混沌未开，面对这种赴死的举动，觉察不到丁点的危险。稚嫩的孩子理解不了一根绳子的恶毒与阴险，不知道堂叔会用一根绳子去结束自己的生命。

发现堂叔的尸体是三天之后，弥漫整个仓房的腐臭，泄露了死亡的秘密。堂婶呼天喊地的哭号，引来了左右邻居，有人帮着解开了梁上的绳索，放下僵硬的堂叔。窒息使堂叔的容貌完全变形，眼珠圆睁，往外爆突，头发朝天竖起，面部胀如气球。一张乌黑的脸膛布满淤血的尸斑……

噩梦似的记忆，无法轻易抹去，多年以后，那根杀人不见血的绳子仍然悬挂在一个孩子心里，于岁月深处摇摆晃荡。回想堂叔呲牙咧嘴的样子，就能想象出他上吊时的痛苦。舌头穿过幽深的口腔，小蛇一样伸出来，垂挂在下巴尖上，舌根深处一窝白森森的蛆虫正在轻轻蠕动。

上吊而死的人，面相十分骇人，从放下堂叔的那一刻起，勒住脖子的绳索就成了我一生中刻骨铭心的记忆。从此，我知道了绳子的可疑身份，那种人头攒动，群情激愤的万人批斗大会，必定与绳索有关。如果要追溯绳子的过往，从宗族时期的沉潭祭崖的家法处置，就离不开绳子的帮助。

上吊、溺水、服毒这些非正常死亡者，在乡村视作孤魂野鬼，就连亲人也很少会去祭奠。数十年的变迁，堂叔的坟堆早被雨水荡平，在荒野中找不到一点痕迹。可是那根夺命的绳子，却在乡村悄悄传递，不断有人追随而去。有一年，村口那棵古樟上就先后有三人上吊。也许是死亡的凄惨惊动了天地，次年春天，一声震天的炸雷，将古樟一劈两半。树死了，绳子仍在空中飘荡。

回想起来，环境对人的影响真的不可低估，大人们用丝网捕鸟，给了我们新的启发。我们用线绳系着成串的鸣蝉、螳螂、蚂蚱，啸叫着，在草地上撒野。当时最大的快意就是处死这些俘虏。看到这些不停鸣叫的虫儿，在荆棘、土块、乱石的撕扯中，缺脚少腿，肢体破碎，最后在折腾中慢慢死去。死了还没算完，要把它们的尸体分解开来，扔到墙根下，招引成群的蚂蚁。蚂蚁不知是计，牵着长线，倾巢而出，我和几个伙伴便一呼而上，团成一圈，掏出小鸡鸡，用一泡热尿遍地扫射，围剿受骗的蚂蚁。

这样的恶作剧一天不知要经历多少回，可是哪知道撒野是要付出代价的，这是我后来才明白的事情。首先是误杀了奶奶的大母鸡。当我们在山上、树上玩腻了后，开始将视线转向水里。那天抓了只蚂蚱挂在鱼钩上，准备去河湾中钓鱼，谁知出发前有个同伴带来了新做的弹弓。那把弹弓做得实在太过漂亮了！刚一见，差点让我的眼珠子蹦出来。孩子都有小猫钓鱼的特性，由于这把弹弓的出现，很快就转移了视线。手里拿着弹弓哪还记得钓鱼，几个人赶紧跑向树林里打鸟去了。

跑了一上午，连根鸟毛也没打着。眼看到了中午，肚子饿了，赶紧回家吃饭。可是前脚刚跨进家门，一声炸雷似的吼叫在耳边响起，差点让我瘫倒在地。紧接着劈头盖脸的耳光打得我晕头转向，我不知到底发生了啥事。

唾沫横飞的父亲，指着墙角的钓竿，让我赶快跪下。我把目光转向身后，立马就傻了眼。钓钩上挂着一只大母鸡，因为时间太久，母鸡已经死亡。

怎么得了？！这只产蛋的母鸡是奶奶的宝贝，平日里她老人家命根子一样护着。幸亏她去了县城的亲戚家做客，如果她在现场，我将招来更加疯狂的打骂。父亲担心奶奶回来不好交差，只好先揍我一顿解气。鱼没钓到,却把家里的母鸡钓死了。

好长时间我都无法明白,母鸡是怎么死的呢?后来通过推理加想象才完成现场还原:鱼钩连着丝线,垂挂在竹竿上,离地面将近一米,这个高度母鸡根本够不着。但食欲强烈的母鸡,发现垂吊在高处的蚂蚱正在蹦达,于是扑翅而起,张开嘴,用力啄向蚂蚱。母鸡吞食蚂蚱的时候,不知道里面藏着鱼钩,鱼钩挂住了母鸡的脖子,母鸡疼痛难忍,拼命挣扎,谁知越挣扎越痛,越痛越挣扎,直至挣扎得鸡毛满地,还是无法挣脱,最后在挣扎中死去。

第二件事我们搞得更加离谱。当时不知谁在瓦缸里逮住了一只老鼠,为了弄死这只老鼠,我们决定玩点刺激的恶作剧。首先用一根线绳,系住老鼠的尾巴,然后拿来家里的煤油瓶,把煤油淋到老鼠身上。老鼠的皮毛浸透后,拿出火柴,呼的一声点着。点燃的老鼠吱吱尖叫,在地场上奔跑,绳子拉着老鼠,一前一后,控制着它的快慢,大伙围着哈哈大笑。谁知火焰很快就烧断了绳子,失去控制的老鼠,拼命逃窜,一眨眼就爬上了屋顶。

事情真的就有那么凑巧,老鼠爬上去的不是瓦屋,而是茅屋。老鼠把火带上了茅屋,很快就呼哧呼哧燃烧起来。看到茅屋着火了,我们几个却傻傻地站着不动,既不知道跑开,也不知道喊叫,望着火苗在茅屋上跳跃、呼啸、奔跑。等田野里干活的大人们赶过来救火时,两间茅屋差不多已经烧光。

烧了人家的房子,逃不了严厉的惩罚,这一次让我尝到了绳子的厉害。父亲用一根崭新棕绳,将我勒住,反绑在磨盘上。硕大的石磨,沉如小山,绳头穿过磨孔,让我无路可逃。这天晚上我真切地体会到了绳子的威力,被捆绑的身体原来如此难受。

绳的叫喊

　　所有的生命都是渴望自由的，可是迷恋缚束的绳子，哪怕刚刚解开，它又将预谋下一次捆绑。从童年时代开始，我就没有摆脱绳子的阴影。当时的政治高压以一根绳子作为贯穿，绳子像一个革命者，目标专一，表情僵硬，在短暂的松懈之后，重现它的紧张和束缚。于是权力一直控制着绳子，大家都在迷恋一根绳子的功用。

　　那是一个荒唐的年代，绳子在所谓的界线、意志、立场、阶级的怂恿中，在权力的支配下，疯狂作乱。由于现行反革命、地富反坏右、阶级敌人等这些大而无当的词语，山石一样不停挤压，使仇恨发酵，夫妻反目，父子相残。学生捆老师，儿子绑老子，职工吊领导，绳子成为真正的专政工具，成了反观世道人心的镜子。无论大人还是小孩，对于利用手中的绳索去捆绑另一个生灵充满兴趣。从飞翔的小鸟，到钻洞的老鼠，再到行走的活人，都恨不得串在一根绳上，借助绳子去捆绑，去控制。好像只有绑住身体，勒紧四肢，那些生命才会臣服于你，掌控绳子的人才能以强者的姿态获得快意。正如马克·吐温所言："在所有的动物中，只有人类是残忍的。他们是唯一将快乐建立在制造痛苦之上的动物。"

　　绳子成为一块试金石，一旦绑上勒紧，就会知道这个人骨头的硬度。随物赋形的绳子在不同场合，表现着不同的意义，不过不管绳子如何强大，它永远控制不了人的思想、意志和精神。

　　现代汉语中，"绳"字作为动词使用的已极其少见，"绳之以法"是尚存的例证。这个最初出自《资治通鉴》中的词有这样的来由：汉朝匈奴人常常以其强悍的骑兵进犯骚扰，一个叫冯唐的官员有天向汉文帝进言说，魏尚有古代名将廉颇、李牧那样的正直、率兵打仗出色，那次只因为他斩获的敌人首级数目差了六个，就被陛下以法绳之，关进监狱，这样惩罚太重了，就算陛下得到廉颇和李牧，还不是一样吗？"汉文帝听了很有道理，释放了大将魏尚，还奖赏了冯唐进谏有功。从此留下了"绳之以法"或"以法绳之"这个成语。以法律为准绳，这是今天还在不断呼唤的话语，绳之以法，就是以准绳作为衡量法度；而结绳而治是法律终极的梦想。绳索套住脖子，穿过滑轮，实施绞刑；白绫或绳索悬挂房梁或树枝，那是缢死；五马分尸，那是酷刑。绳是法律，更是惩戒。

寻常、普通、毫不起眼的绳子，它的背后充满暴力。1951年春，阿婆身怀六甲，膝下还有一个嗷嗷待哺的婴儿，她在刑场目送了年轻的丈夫，看到他被五花大绑，痛苦地走完了人生最后一程。清脆的枪声响过后，一道影子栽倒在地，背上绑住的木板写着"地主恶霸吴某某"的字样。为了体现正义的强大，那个时代处决罪犯，绕开心脏，直击脑袋。但是那天阿婆收拾血肉模糊的丈夫时，感觉最为刺目的不是破碎的脑壳，而是那根勒进皮肉的绳索。黑如乌蛇的绳子像吸血的蚂蝗，爬满死者的身体，每一道勒痕都布满淤青。不久，阿婆再次见到这骇人的一幕，两个哥哥也如包裹粽子一样，被一根绳子牵往了刑场……

当亲人接二连三地消失后，阿婆对绳子有了毒蛇般的记忆。孤寡的阿婆为了消解怨恨，关闭了日渐荒凉的内心，诱导自己转移视线，宁可相信血腥杀戮与任何人无关，只是那些阴魂不散的绳子谋杀了自己的亲人。

让阿婆无限伤怀的还有一个不为人知的原因。阿婆出生的村庄是一个以编绳为业的村庄，山外人称之为绳村。这个村子的人，虽然身材普遍瘦小，但手脚灵巧，耳朵硕大，就如山林里的猕猴，而上下奔忙的女人犹如盘丝洞中的蜘蛛，编织着绳网。绳子与猕猴，两个看上去风马牛不相及的事物，如何产生了关联？这就是想象的力量，世间许多事物都是依靠想象来拼接完成。猿人进化的过程就是渊源，猴子在森林里借助树藤，秋千一样，晃来荡去，树藤是绳子的祖先。从藤条到草编，从草编到绳索，岁月长在草里，春秋系在绳上，这就是绳子的简史。

阿婆从小就熟悉制绳的全部过程。一缕麻丝，一根稻草，一条棕丝，单独放置就显得缺少韧性，孤掌难鸣，没有力度。可是只要把它们揉搓一块，拧捻成绳，那种刚劲的力度就会呼之欲出。搓绳不是单股的揉捻，而是多股力量的汇集，彼此纠缠，互为作用，你中我，我中有你，形成合力。聚少成多的过程，让细微的毛发也能迸发千钧之力。

在阿婆的记忆里，父亲、叔叔、哥哥和所有的村里人一样，都延续着祖传技艺，周而复始地制绳。棕绳、麻绳、棉绳、稻草绳，源源不断地送往集镇，然后再流向方圆百里的村庄。回想堆积如山的绳子，阿婆就忍不住去追问，捆绑丈夫和哥哥的绳子，是不是出自绳村？是不是出自亲人之手？无须多问，十有八九是出自绳村，这种反讽式的结局，让她难以接受。就像铁匠精心打制的镣铐，最后作茧自缚，囚住了自己。制绳为业的村子，想象不到每一根绳子都能控制命运的走向。

绳子在人们手上不断翻新花样，我不知道捆绑有那么深奥的技巧。小时候下田拔秧，首先要学会用稻草捆绑秧苗，收割水稻需要捆扎稻草，这是农活的基本功。绕两圈，一刮，一拉，一个拆解自如的活结就出来了，这些朴拙的农事看似漫不经心，实则充满匠心和智慧。

攀岩队员和消防战士，他们都是用绳的高手，他们能将绳子当成云梯，救人于危难。最绚丽的绳子是伞兵的降落，那云朵一样飘飞的轻盈，是绳子对生命的牵引。前些年，我曾见过安保培训，教官展示了一招制敌的神功后，随手解开一把绳子，魔术师一样的手法，让人眼花缭乱。只见绳如游蛇，绕行脖颈，穿过两腋，从手臂往手腕下方缠绕，然后围腰部交叉一圈，再钻过脖子一拉，一个大汉顿时干虾一样弯曲起来，不能动弹。那一刻，我真正理解了制裁二字的含义。

绳的陷阱

上山狩猎，下水捕鱼，这是以绳论道的古老方法。随着人类进化，从最初用石块、棍棒围捕，发展到下套子、挖陷阱，用标枪、弓箭射杀。自从发明火药后，捕猎技术出现空前飞跃。火铳、猎枪、炸弹，威力震天，从最初的人兽对峙，到绝对控制。面对枪弹，最凶猛的野兽也会闻风丧胆，在枪铳的威慑下，人类真正获得了万物臣服，占山为王的快意。

毫无节制的捕杀，不到百年，就让野兽数量骤减，豺狼虎豹基本灭绝。此时人们方才觉醒，猎枪、火铳被收缴查封，捕猎被立法禁止。在十几年里，一场浩浩荡荡的乡村迁徙全面铺开。首先是大量的青壮年农民进城务工，紧接着是城镇化建设，山区移民，整村搬迁。山村被掏空之后，人迹罕至，山林植被得到有效恢复，获得休养生息的野兽开始大量繁殖，满山的野兔，成群的野猪不再是稀奇景观。

　　野兽的身影经常在村头地脚出现，看见没人伤害它们，连谨小慎微的兔子也变得胆大妄为，经常在庄稼地里出没，在房前屋后现身。少数留守的山民，看见野兽到了身边，于是就有点按捺不住。这也难怪，每逢过年过节，街市上的野味十分抢手，价格天天见涨，让人动心。具有捕猎传统的山民，整天啃笋干，咽白菜，嘴里快要淡出鸟来了。于是抓几只野兔、山鸡回来，围着火炉，喝几盅白酒，唠一些家常，寒冷的冬夜不再乏味，日子显得不再漫长。

　　绳礼，一个游手好闲，以绳命名的中年鳏夫，喝酒，嫖女人是他人生中两大爱好。村里人说他一辈子没务过正业，老婆也被他活活气死。老婆死后，他更加肆无忌惮，好吃懒做的习性滋生出偷鸡摸狗，霸女欺男。就是这么一个行为放荡的人，最终也没能逃脱一根绳子的束缚。

　　那段时间，进山捕猎者大有收获：麂子、豪猪、野兔、山鸡不断背出山去，惹得大家眼热心跳。这样一来，进山放套子的人猛然增多，五花八门的下套方法，让人大开眼界。有些山民虽已迁往镇上，但仍然忍不住随大流进山放套，放了套十天半月也难得进山察看，他们放套似乎不仅仅是为了收获猎物，而是在行使主权，证明这些山地是他所有。

　　这些人下的套子套住了猎物也无人知晓，这样一来嗅觉灵敏的绳礼就有了可乘之机。一次、两次，三次，他都顺利得手。野物背到集市，换来了白花花的钞票，心里不知有多爽。特别是一些活物更加值钱，有广东老板在那儿高价收购，天天见涨的行情让他喜出望外。后来他带着绳索，背着蛇皮袋，漫山遍野搜寻。

绳礼不知道，在布满暗道机关的山林里，他每搜寻一天，就靠近危险一步。当套子随着竹片呼的一声弹跳而起，就如撑杆跳高的选手，一个空翻变成倒挂金钩。脚朝上，头朝下，猴子一样挂着。此时，他才后悔自己不该盲目深入，贪得无厌。

夜幕降临时，山风呜呜地刮着，他拼命哭喊，尖叫，直至泪流满面。可是在荒无人烟的山野中，就算喊破了嗓子，也不可能获得一丝回应……

发现上套的绳礼是十天之后了，进山巡视的汉子老远就一阵欢喜，以为套住壮硕的猎物，中了头彩。从山下往上爬，很耗体力，加上心里急切，当靠近目标时已经气喘如牛。走近了，看清了，巡山的汉子大叫一声，整个人都已吓傻，他实在撑不住了，双腿一软，瘫坐地上。

我的天啦！上套的不是兽，而是人！

绳礼死后，引发一场不大不小的风波。毕竟出了人命，上头肯定得调查，调查来调查去，虽然没有查出下套的人，但是所有山民都作为嫌疑者，集体承担责任。凡下过套的村民，每人都交了数额不等的罚款。虽然让他们交罚款很不乐意，但是大伙心里还是很感激那个下套的人，感谢他为民除害！让扰民的祸害一了百了。有了这么个安慰自己的理由，他们的罚款也就交得心平气和。不过山里再没有人敢去下套了，大伙都害怕重蹈覆辙。

绳子团成一堆，关进库房，绳子被看管起来了，但是绳子的魂魄如烟似雾，越狱而去，为此，索命的绳子一直没有停止游荡的脚步。

古语有曰："临渊羡鱼，不如退而结网。"网是绳编的工具，渔民没有网的帮助，出海再远也会空手而归。网是水里的陷阱，它能把水里的游鱼绑上岸来，不过出人意料的是网还能把岸上的人绑下水去。

胡建军，一位军校大一学生，暑假回老家，他想开开心心地玩一玩，留作青春的纪念。那天他带着邻居家的几名小朋友，一起到水库游泳。水性甚好的胡建军开始不停地给小朋友示范，仰泳、蛙泳、蝶泳、自游泳。做完这些示范后，他站到岸头的土坡上，给孩子们做跳水动作。谁知那优美的一跳，把自己跳没了。入水后一头撞向了水底的渔网。柔软的渔网带着一种黏性，牢牢地缠住了胡建军的双手，随着又蒙住了他的脑袋……

当岸上的孩子感觉情况不对，跑回去喊人时，时间已经过去一个多小时。村人把胡建军打捞上来后，就如一条入网的鱼，浑身被丝网缠绕。

入水时是一个活蹦乱跳的生命，出水时成为一具僵尸，一个正值青春年华的大学生就此消亡，让人唏嘘慨叹，他不知道故乡的水底隐藏着夺命的绳子。

绳的使命

绳子用安静的外表，遮掩叵测的内心，消隐了它的罪状。作为一种贯穿古今的生产工具，绳子始终坚守着实用主义的路线，它与人类的衣食住行紧密相连。在推动社会进步和生产力发展上，绳子一直在发挥不可替代的作用。野马无缰，那是一种行云流水，不受控制的动物。但是横空出世的套马索就如唐僧的紧箍咒，降服了海浪般的野性。有了绳子的控制和约束，再烈性的野马也变得服服帖帖。

牛在拉着犁铧，奋力翻耕，所有力量都系在一根绳上。如果没有一根连接彼此的绳索，牛有再大的力气也是一腔空叹。吃苦耐劳的牛，它并非天生这么听话，如果没有拴住牛鼻的缰绳，很难完成四两拨千斤的动物驯化。乡村的牛车，贵族的马车，都依靠绳子的牵引，从某种意义上说，一根绳子拉动了世界。

对于绳子的作用，船夫最有发言权。在船家心里，锚就是根系，绳就是树干，没有粗壮的缆绳，再平静的港湾也无法停泊。当赤脚的纤夫，吃力地拉动纤绳，一步一步向前迈进时，船夫感知了绳子的力度。纤绳如刀，深深地嵌进了他们的肩胛，每一趟行船都沾满血泪。

假如没有绳子，郑和的船队将无法完成青史留名的远航。桅杆不依靠绳子挂上风帆，它就是一根平常普通的木柱，只有桅杆和风帆巧妙结合，航程才能在前进的动力中永不止步。旌旗猎猎，没有绳子的提升，它就无法在高处飘扬。

井的生命与绳的长短有关，绳与井是一对恩爱的情侣，它们彼此呵护，不越规矩。回想老家那口历经过数百年时光淘洗的古井，井水一直甘甜清冽，可是在两年前忽然干枯。一口冬暖夏凉的古井为何会走向枯竭？原来是失去了绳子的牵绊。人们丢弃了取吊打水的井绳，改用大功率的潜水泵。最多的时候有六台水泵，毫无节制的取水，无异无杀鸡取卵，竭泽而渔，巨大的离心力使井中泥沙泛起，古井如榨干了血液的老人，面容枯槁，幽深的古井成为遗落大地的黑色窟窿。

绳是生命的经络，棉麻纺纱，织成布匹；兽毛聚集，捻成小绳。这些细若发丝的毛绳盘成一团，女人守着长夜，一针一针编织着温暖，针眼下滤下了她们无数的孤单。

走村串户的棉花匠，槌落弓响弹棉花，那颤动的绳弦，发出美妙的声响，让雪白的棉花如羽絮飘飞。绵延不绝的绳子，血脉一般悠长，它承载着巨大的生命信息，传递着古老的事物。想着这些古老的事物，我就思念起故去的阿婆，尤其想知道她的老家绳村的近况。

朝发夕至的列车缩短了千里之遥的距离，但二十年过去，故地重游，让人恍若隔世。日新月异的现代化进程，湮没了诸多古老的事物，此行目标虽然明确，但没想到已经来迟了一步，走过千年的绳村彻底消亡。

绳村百余户人家，大部分已迁走，有的移居镇上，有的入住县城，有的甚至随儿女去了上海、广州。一个村子的人，风流云散，各奔东西。村里还有少数几户留守，但早已不再制绳，他们用一种入世的心情怀念过去，又以一种出世的态度面对未来。鸡在屋场前觅食，狗在大门前把守。沿着那条绳状山径上与山村告别，看烟云缭绕，野鸟翻飞。

绳村之行，空手而归，相隔二十多年的时光，已经无法退回从前。虽然我带上了内存超大的相机，但没能派上半点用场，绳村除了唧唧的秋虫，啁啾的小鸟，已经见不到热火朝天的制绳场面。望着白云缥缈的山顶，望着山脚下细瘦小溪，望着瓦屋上柔弱的炊烟，我骤然明白，这辈子有些人和事，一旦错过不会再来……

从绳村回来，我一直在思索，古老的村落为何会突然消失？难道流传万年的绳子就这样走向终结？！我不相信这样的结果，事实也并这样的结果，比历史还要悠长的绳子，不可能突然消亡，比如春节，对于在外的游子来说，那就是一根割不断的绳子，它攥在父母手中，只有每逢春节，才能依靠这根绳子，拉回飘飞的风筝。

绳村的瓦解让人心头空落，它的消逝没有痕迹。某日电视中一个镜头让我顿开茅塞，那些铺天盖地，堆积如山的绳子，原来出自工厂流水线上，产于飞速运转的机器中。

尽管工业化进程一日千里，但绳子的功用并没有消失，只是对绳子的需求出现了分化。绳子由之前简单扭织，变成复杂的加工：三股、六股、八股、十六股、二十四股、三十二股、四十八股编织而成，使得绳子表面的纹路越来越细致美观，连颜色也变得五彩缤纷。由单色、双色和多色编织而成，让绳子有了视觉享受。

毫无疑问，这个时代草绳已淘汰绝迹，棕绳、麻绳也大幅削减，取而代之的是丙纶绳、涤纶绳、尼龙绳、石棉绳、纤维绳。还有最厉害的是金属编织的钢丝绳，这是刚柔并济的典范。现代工艺让最坚硬的钢铁，改变了性格，展示柔软的身姿。钢丝是绳子家族里的龙头老大，它能吊起巨龙般的跨海大桥，系住万吨巨轮，托举顶天立地的世界，成为拉动时代的牵引。

绳子不断变换着面孔，它从农业文明到工业时代，跨越了历史的时空。什么样的时代，就会有什么样的绳子。面对城镇化、工业化浪潮席卷而来，电弧闪烁，火星飞溅，无法逆转的现实，让绳村的消亡成为一种必然的宿命。

绳的不灭

在历史的长河中，绳子如同一则无声的寓言，不断给出暗示。它不仅束缚肉体，还能控制灵魂。在某个特殊的节点上，绳子不一定代表正义，它只象征权力和胜败，一根旧绳的消亡，就是一个时代的消亡。

在风波泛起的时候，幽灵般的绳子煽风点火，与捆绑、勒索、自缢、上吊这些词语纠缠不清，事实反复证明，人在绝望的时候会想到绳子。

宗祯十七年三月十八日，对于一个皇帝来说，那是最为漫长的一天。这一天绝望无助的崇祯帝强打精神，举行了最后的一次家宴。当夜酒宴罢去，崇祯帝即安排太子慈烺、三子定王慈炯、四子永王慈焕逃离皇宫。随后，崇祯帝在宫中持剑砍杀妻妾、女儿，幼女昭仁公主致死，长女长平公主断臂重伤，一生贤德的周皇后于坤宁宫自缢。

十九日凌晨，崇祯偕御笔太监王承恩离开紫禁城，登上皇家禁苑煤山，在一株歪脖子的老槐树下自缢身亡，时年三十五岁。死时"以发覆面，白夹蓝袍白细裤，一足跣，一足有绫袜"，衣上以血指书，崇祯帝的临终遗诏这样写道："朕自登极十七年，逆贼直逼京师，虽朕薄德匪躬，上干天怒，致逆贼直逼京师，然皆诸臣之误朕也，朕死，无面目见祖宗于地下，自去冠冕，以发覆面，任贼分裂朕尸，勿伤百姓一人"。

公元1644甲申年三月十九日这一天，明思宗朱由检，因李自成起义大军攻破北京，绝望中在煤山歪脖子树上自缢身亡。从此，中国历史上统治华夏长达276年的大明王朝彻底覆灭。在历史上这一天成为明朝的亡国祭日，每逢此日，黄宗羲、顾炎武等明末遗民必沐浴更衣、面向北方、焚香叩首、失声恸哭……

国破家亡的时候，绳索蒙上了一层魔幻色彩，它引诱一个至高无上的皇帝寻求解脱。超越时空和等级的绳子，与致命的毒药，嗜命的刀剑形成并列。

在飞速发展的时代，科技一日千里，热衷于颠覆过去，喜新厌旧的人类，至今没有摆脱一根绳子的束缚。当人们千方百计地抛开绳索，解除束缚和制约后，另一根隐形的绳索又悄然附体，将我们牢牢缚住。千丝万缕的有线通讯，铺天盖地的无线网络，无处不在的通讯录、朋友圈，把整个人类捆在一起，使地球浓缩成一个细小的弹丸，将整个宇宙收入网中。

物质不灭，绳子亦不灭。无论时光如何更替，绳子总会野草一样顽强生长。当旧的绳索消亡，新的绳索又会出现。河流一样的绳索不容中断，面对一根无法战胜的绳子，也许该用哲学家的眼光去注视，为何弯曲绵软的绳子会有如此强大的魔力？因为线装的历史本身就是绳状的结构，所以再强大的生命也无法摆脱这道魔咒。

绳子是先于我们生命的事物，每当抱起襁褓里的婴儿，就会摸到那根环绕的布条，布绳捆扎是为了保持温暖，而亲人只有解开这道布绳，才能见到粉嫩的婴儿。人无法抛开绳子，从降生的那一刻起，绳状的脐带就已经给出了暗示，所有的生命都系在一根绳上，而绳的另一端永远掌握在上帝手中。

窥听者

夜已深沉,楼道幽暗,白天无法察觉的声音,夜晚被无限放大。上半夜烙煎饼一样翻来覆去,刚刚有了一丝淡淡的睡意,一声孩子的啼哭如缯帛撕裂,让身体一阵痉挛。

突兀的哭喊,像一张黑网,将整个世界牢牢罩住,轻薄的睡梦瞬间被撕扯得粉碎,人在黑网中挣扎,无路可逃……

很多个夜晚都是如此,骇人心魂的哭声如受惊的小兽,横冲直撞,朝我的胸口奔扑而来。在剧烈的奔突中,我的魂魄一头跌倒,落入深不见底的峡谷,下坠的过程轻盈而缓慢,鸡毛一样,听不到半点回音。

真弄不明白,那孩子为何总在三更半夜啼哭?哭声凌厉,带着蛊惑怂恿的味道。正是深度睡眠的时刻,神经像易碎的青瓷,经受不起丝毫的碰触。而孩子面对寂静的午夜,如此啼哭,究竟是想反抗、警告,还是暗示?不得而知。

终于在门外的电线杆上见到了巴掌大的红纸,上书:

> 天皇皇,地皇皇,我家有个夜啼郎;过路君子念三转,一觉睡到大天光。

民谣如同咒语,神奇得不可思议。从此,夜哭的孩子安然入睡。

对于一个漂泊者来说，栖身在隔音极差的建筑物内，无法拒绝任何一丁点的声音。一阵风、一场雨，老鼠追咬、飞鸟扑翅……那些没有过滤的声音，无遮无拦朝扑面而来，把我的听觉磨出了厚厚的老茧。

声音是生命的象征，有时候我也会从内心去感激那些接近尘埃的声音，正因为有这些声音的存在，才能传递生活的质感，才使我获得一种精神慰藉。

当荷尔蒙达到一定峰值时，某种声音就会穿墙而过，让人春心荡漾，勃然亢奋。比如隔壁床板有节奏的响动，伴随着咿咿呀呀的快意，那样的声音会让人心旌摇荡，血脉贲张。男欢女爱的放纵转化成醉人的呼喊，无意中唤醒了另一个男人体内蛰伏的野兽。那只蠢蠢欲动的野兽，有着贪婪的胃口，它以肉食者的狂妄姿态，在火烧火燎的血管中拼命冲撞，嗷嗷怪叫……

卧室外侧是一架旋转的木制楼梯，楼梯通往头顶的房间，风吹日晒，梯子那侵蚀的颜色像一帧黑白照片，散发出悲怆的古典韵调。因年代久远，老旧的木板像缺牙少齿的老妪，榫眼松动，木梁摇晃，脚板踩上去，船桨一样吱呀作响。于是在清晨或黄昏，我的头顶经常会响起各种各样的声音，那是一些身份不明，经常变化的脚步。有时是合租民工驮着沉沉的包袱，有时是流浪歌手牵着他的情人，有时是涂粉抹脂的小姐引诱着她们的嫖客。

凌晨四点，一阵哮喘般的咳嗽声响起，豆腐坊那对中年夫妇起床开始忙碌。合上电闸，电磨呼呼地转动，浸泡多时的黄豆，撑着饱胀的身体，在一阵噪声里碾磨成白色的浆沫。黄豆由固体变成了液体，然后过滤、加温，盛进散发着杉木气味的木桶。

乳白色的浆汁，飘着黄豆的清香，女人往豆浆中加入石膏，或点上卤水，少顷，豆浆开始凝结成洁白的固体，用手一碰，轻轻颤动，像丰乳肥臀的婆娘。在漂浮着豆花的作坊里，物质在不停转换，名称不断不变化，饱满的黄豆变成了另外一种形态。作坊的声音平息之后，天慢慢放亮，豆腐在木厢中已经成型。男人把豆腐装上车斗，脚蹬三轮，穿过小巷，拐入正街。铃铛一路叮咣作响，——豆腐哦！豆腐！——买豆腐啰！吆喝声响彻清晨的长街小巷。

久居此地，我理解了声音与时间的关系，两者互相提醒，各有修饰，即便是闭着眼睛，也能摸清白天与夜晚的界线。声音是对生活最真实的再现，不同的生活，传递出不同的声音。

我从未抱怨过这些嘈杂的声音，相反我愿意生活在这种接近尘世的声音里，它让人感受到底层世界的真实和饱满。聚居一处，彼此不分高低，不问来路，图的是热闹和随意。虽然只是一块门板相隔的邻居，但为了生计，平日很少串门会面，更难得相聚对饮，开怀畅谈。频繁更换的住户，见面少有问候，热情者会点个头，算是招呼，但心头冷暖，在自由往来的声音里日日相会，时时交流。

我曾一度提醒自己别再窥听，可是窥听不等同于窃听，它无法约束，前者毫无意识，后者却有明显行为动机。在某种特定场景中，窃听成为一个特用名词，让人联想到行为诡异的间谍。那种捕风般的高超手段，那种像空气一样无处不在，如影随行的鬼魅过程，让人毫毛直立，防不胜防。

墙有缝，壁有耳，那种无处不在的窃听，已不再停留于伦理道德层面，而上升为一种关乎前途命运，决定生死存亡的斗智斗勇。窃听是主动的,有目的、有手段、有预谋的行径。而窥听则显得漫不经心,自然而然,它是被动而又无主观动机的,无恶意的非自觉行为。

可是无论怎样辩护开脱,窥听者毕竟是一个不雅的称谓,一种令人尴尬的行为,在很多时间都见不得阳光。然而,细细回溯这些年的生活片断,有些行为真的是身不由己,全是因环境影响,与人品道德无关。

初进城里,收入微薄,居舍只讲租金低廉,于是遍寻偏街陋巷、破旧棚区。穿行在墙面斑驳的胡同里,踩着湿滑的青砖,被房东引进一处灰头土脸的老宅。虽说是套间,但分割空间的物体是一些隔音极差的木板,老鼠、蟑螂自由往来,入耳的不仅是风声雨声,还有邻家的锅声碗响,小夫妻日间鸡毛蒜皮的拌嘴,夜晚缠绵恩爱时的耳鬓厮磨。睡眠不好的夜晚,众人静谧,唯有我双耳喧嚣。声源来自不远处的建筑工地,搅拌机隆隆作响,体积庞大的货车负重前行,受惊的地皮跟着颤抖。

当远处的声音渐次稀落之后,近处的声音接着轮番登场。开始是风吹树叶的沙沙声,然后是性急的猫狗趁黑纠缠,夜色里放肆追咬,兴奋喊叫。再接着声音抵近了身旁,左边的男邻居或许是酒桌上贪杯,鼾声雷动,空气里飘着淡淡的酒味。右边的女邻居,节俭度日,精于算计,水缸里叮当作响,那个哭泣的水龙头像纵欲过度的肾虚者,滴滴嗒嗒,从春到冬一直尿频尿急尿不尽。

其实在日常中,每个人都有可能身不由己陷入窥听的境地。听和看是两种截然不同的生活行为。闭眼像天黑,只要不睁开眼睛,你就什么也看不见,这是人对眼睛的有效控制。而负责听觉功能的双耳，从来就不愿轻易按受外力的管束，耳朵是人体最敏锐的器官，也是最忙碌的器官，它的倾听功能除了入睡时之外，在任何时候，任何场合，都是全天候运行，不知疲倦地将各种声音吸收过来。

耳朵对于声波的捕捉，像流水一样自然，我们无法关闭听觉的阀门，不能左右耳朵的使命，哪些该听，哪些不该听，无法选择。因此，当一些不该听到的声音，无遮无拦地进入耳膜时，窥听二字便在无意识中完成。

我曾在一个机关大院住过两年，房改之前，这个大院像一支高度纯洁的队伍，不允许家属之外的任何人入住。对于一个没有驻军的山区小城来说，担负近百万人口治安管理的县级公安局就是一个准军事化机构，一般人不敢随便入内。

由于受老城区地理条件的限制，小城的机关与居民挤挤挨挨地聚在一块，前面紧临大河，后面背靠大山，弹丸之地，确实找不到一点伸展的余地。为了利用有限的空间，每个单位都在想尽办法改造房屋，因此形成一个特殊的结构。临街的建筑是局机关办公大楼，大楼内分别挂着刑侦大队、治安大队、缉毒大队、经侦大队的牌子。前几年还有一栋红砖房子，驻守着消防大队，几辆消防车停在后院，有时候那刺耳的119警报会突然响起。再往后面就到山脚下，那里拆除了许多杂乱的建筑，建了两栋家属楼，前面上班，后面居家，民警得独享自家的便利。家属院再往后面就是海拔三百多米的凤凰山，山上植被完好，高大的马尾松一片葱绿。从平地往上望去，山腰处有一个特殊的建筑，那里高墙岗哨，一派森严，平日里极少见人光顾。很多人都不清楚，那几栋顺山而建的房屋是关押犯人的看守所，对于大多数守法者来说，看守所是一个既陌生又恐怖的地方。记得第一次站在山脚下仰望那处建筑，我就有一种奇怪的想法，想象那个犯人成堆的地方是否会发生点什么。没多久，事情还真的发生了。自然这是一种巧合，当时刚好看完昂利·沙里叶的自传体小说——《越狱》。我只是胡乱想象，并非具备特异的预测功能。某天深夜，一阵刺耳的警报声骤然响起，我在惊恐中醒来，强睁双眼，跑到窗前，还没等我明白怎么回事，发现四周围满了荷枪实弹的公安和武警。院内车灯闪烁，警笛齐鸣。如此兴师动众，一定不是小事。大家都困在屋子里，不许迈出半步。由于从未有过此种经历，心里不免紧张，于是轻轻推开窗户，向邻居打听。邻居的儿子是一名巡警，自然比我们外人更知道内情。夜色里，邻居一脸紧张，他压低嗓音，悄悄地告诉我："年守所出事了，一名杀人犯越狱逃跑了。"那个晚上我再也没能入睡，想着穷凶极恶的杀人犯，越狱逃跑，就像一头饿虎钻出了笼子，那该是一件多么危险的事情！

2008年，汶川地震后不久，这个院里又一次上演了半夜惊魂。如果不是这一次经历，警察身上的神秘色彩，勇敢、智慧在我心里会一直向前延续。一名居住偏远的乡村汉子，突发奇想，自编一条手机短信，深夜发给一位朋友，想搞点恶作剧。短信内容：*接上级通知，今晚1时至3时，我县将发生5.5级地震，请大家作好防震准备*。很快，这条带有弱智性质的短信在全县各地急速转发，有些动作缓慢，打字不熟练的老人，干脆直接拨打电话，打了亲人，打朋友，一时间地震消息成为战地空袭警报，从乡村传递到城里，从城里回流到乡村，潮水一样漫卷，惊慌的人群倾巢而出，寻找视为安全的地方。这一夜，惊惶失措，高潮迭起，电话拨打，短信发送，创下历史新高。县城居民潮水般往广场涌去，地势空旷的河边、街中到处都也挤满了人,曾温暖亲切,爱之不舍的家,被人们弃之抛之,像坟墓一样远离。普通百姓出现惊慌还有情可原,谁知院里的警察一样求生心切,带着家人火速逃离。面对这个从天而降的消息,没有一个人能冷静分析,没有一个人进行理性的质疑。关键时刻宁可信其有,不可信其无,先跑出家门再说。大人的惊呼,小孩的哭喊,乱成一锅粥。妻子抱着孩子准备出门,被我劝住了。我第一反应这是谣言,如果有如此精准的预报,那汶川地震就不至于出现数以万计的同胞遇难。惨烈的大地震使人们成了惊弓之鸟,尽管这样的谣言显得极为低级幼稚,但在危急之时,人的智商也会骤然下降,来不及验证消息的真伪,赶紧逃命吧!有些人家求生欲望过分强烈,连门窗也来不及关好,结果临危不惧的小蟊贼乘虚而入,金银首饰,现金衣物,悉数卷走,弄了个盆满钵满。这一夜,仅县城就有几十户人家被盗,还有许多患心脏病、高血压病的老人,过度惊吓,弄得病情加重,连夜送进医院抢救……

天亮之后,城市像退潮的大海,归于平静。刚刚过去的混乱、恐慌、焦急,像消失的夜晚,梦一样找不到痕迹。上班之后,这个谣言不攻自破,而且还上了省卫视新闻联播。被惊吓了一个晚上的人们,全都显得没精打采,十分沮丧。如此这般的恶作剧,就像一群大人被一个幼稚的孩子戏弄了一番。思维缜密的警察,一脸倦容,打着哈欠赶去上班。

我搬进这个院子时,正值盛夏,晚上几乎每家每户都会打开房门,坐到阳台上歇凉。房子是二十多年前建的,无论是布局设计,还是内部装修都早已过时,尤其是采光不好,客厅和卧室即使是正午时分也一团漆黑，像上海当年的地下旅馆，整天借助灯光照明。到了2000年后，公房转为私房，有了产权证的房主陆续转卖，从事不同行业的二手房主，先后走进了这个院子。我居住的单元靠左，二层，刚好对着治安大队的办公楼。那是一个闷热的夜晚，吃完饭，洗了澡，到阳台透风。推开门，对面灯火通明，一个带套间的办公室传来一声强过一声的怒喝，紧接着听到有人尖叫。打人啦！打人啦！警察打人啦……不一会楼层上响起了杂乱的脚步声，我从窗户上望过去，看到对面屋子里围满了人。有穿警服的，也有穿便装的。当喧哗声平息下来之后，有一名年轻警察走到了窗前，他的手机像夏夜的蛙鼓，响个不停。也许是陌生号码，手机响了许久，他就是不接，后来可能是忍受不了对方固执的拨打，终于接了。可是肚子里像有炸药，开口便火气冲冲。从他接电话的内容分析，我基本知道了事情的原委。一个买码（地下六合彩）的窝点被查，几名为首者带到了治安大队，正在听候处理。此时，外面求情的电话接二连三地打过来。这种案子比盗窃、抢劫、凶杀案件更有意味，在某种程度上会转化为一次交易般的讨价还价。一般情况下办案民警都会让当事人交一笔很重的罚款，然后拘留十天半月，再入放。从警察的口气中能感觉到，求情者与警察应该熟悉，不过交情一般般，或者对方也是个老"前科"。从警察怒气冲冲，骂骂咧咧的态度上足可说明，电话那边的人既不是官员，也不是大款，一直在哀求从轻处罚。可警察缺少倾听的耐心，很直白地说，上面给他们队里定了经济指标，现在时间过半，罚没任务却差得很远，涉及经济处罚的案子，一分不能少。公安局不是菜市场，没有讨价还价的……警察揿了电话，拉下了窗帘，那一晚，对面办公楼的灯光一直亮到深夜。

　　后来我无法知晓那个案子是如何处理的，到底罚了多少款？拘留了多少天？这些都不是我所关心的。不过，某些时候又让我多了一种探知的欲望。一位常在街头斗殴的混混，伤了人，被抓进来，紧接着发现混混的漂亮女友来了，她忙上跑下，四处求情。不知通过什么办法，一眨眼，真的把人给放了。尽管出入于这个院子，但我从来没有和这个院子里的警察有过直接的来往，或者精神交集。他们和我永远是两股道上的车，朝着不方向行驶。每天行色匆匆地往来于上下班的路上，我只关心物价是否上涨，孩子成绩是否稳定，领导对我的评价是否一如继往。清晨或黄昏，一些不知姓甚名谁的警察与我擦肩而过，他们手上拿着厚厚案卷，步履锵锵进入楼道。作为一个寄居者，栖身这个院落，我总感到自己像是混进队伍里的望风派，在窥听那些接近于机密的声音。

　　然而，这个依山而建的县城，很多部门都在一块拥挤。公安局的左边紧挨着人民医院，人民医院的左边紧挨着建设银行，建设银行的旁边是政府大院，再过去是第一小学和第一中学。当时规划是有意还是巧合？公安局与人民医院紧密相邻，从某种意义上来说，两者都是治病救人的机构，一个医治精神，一个医治肉体。而出入这两个院落，面对病人，他们都会发出呻吟。老父过逾七旬，平生第一次住进医院，老父的身体算是不错的，小病小痛不可能没有，但坚持到七十岁才住院，这很不容易了。当时医院病房紧张，老父的病房一共住了四人。入院的当天，同房病有一个胃出血的患者急需手术，一家人围在一起，个个面色凝重。他们是从一个很偏远的乡村来的，从患者家人的衣着上可以看出,家境并不富有。可是手术之前,他们凑在一块商量,尽管声音不大,但同一个房间,还是能清晰地听到。商议的话题是给医生送红包,开始是说主刀的医生送两百,助手和麻醉师送一百。有一位年轻后生说少了,至少要送三百至五百……

患者的儿子和妻子一脸茫然,对于这种突来的事情,没有任何经验。我不好意思留在病房内窥听,于是拿起开水瓶,装着打水,走了出来。类似的经历我也有过,那是外甥入狱被判之后,我和姐姐、姐夫去探监,为了让管教多多关照,姐姐与姐夫也在讨论送礼的事。无论是医院,还是监狱,都会听到伤心的哭泣,只是病房内的哭泣与监狱中的哭泣有本质的不同。回顾之前的经历,对于窥听好像是无意识的,真正让我感觉接近窥听者的行为,那是后来的事。一次是孩子半夜发烧呕吐,我急急忙忙地抱着孩子上医院。之前我不知晓我那栋楼的旁边住着一位主管计生工作的领导,单位准备提拔一位副局长,经过几轮筛选,最后剩下两人竞争,而这两人刚好是一对冤家。因此暗地里都在较劲,谁也不服谁,争抢职位很快进入白热化。其中一位因早年违反过计划生育,于是对方一封举报信寄到上级,计划生育是一票否决的,所以事关重大。我抱着孩子出门时,在走廊的拐角处,有一个黑影在晃动,听到那个超生的主任在向计生局领导打电话。当时碰巧领导不在家,显然主任是带着礼物来找领导疏通关系的。本来当时我可以佯装不知,径直走过去,夜幕里谁也不会留意这些。可我竟鬼使神差地停下了脚步,孩子蜷缩在我怀里,炭火一样滚烫,我本来一分钟也不能耽误。但那一刻不知为何,脚底像生了根一样,不能挪动,于是主任的心事在电话里被我一览无余。

后来有一次，我与主任独处一室，偶然谈起此事，他立刻对我亲近起来，言下之意是要我保守秘密，往后自然会有关照。第二次窥听就更是深感意外。那是一个秋天的雨夜，我从外地出差回来，有一些器材和资料需要放进单位。我没有多想，让出租车开到单位院内。打开院门，径直上楼，也许是我突然而至的脚步声惊扰了楼上的人。当上完最后一级楼梯时，我清晰地听到接待室关灯的声音。一手提着器材，一手拿着背包，我准备穿过走廊，直接走向办公室。但路过接待室门前时，还是忍不住，顺手在门把上拧了一下，门吱呀一声开了，我伸手按下了墙上的开关。

灯光一闪，成排的LED节能灯同时亮起，把室内照得如同白昼。几乎在灯光亮起的同时，一声女人的尖叫像电光一样划破夜空。接着我看到一对衣衫不整的男女，险些从宽大的沙发上滚落下来……

那一刻我反应极快，伸手立刻熄灭了灯光。退到门外能听到粗重的喘息声此起彼伏，我抱头鼠窜，逃离了单位。

从那一刻起，我相信厄运已经降临，于是我向办公室请了病假，告知出差时受凉感冒，身体不适，足足一周没去上班。装病不敢出门，窝在家里却十分难受，尽管一直羡慕宅男的日子，可心里头搁着事情，怎么也不能轻松。人像关在笼子里的困兽，躺在床上，一些奇怪的声音总是萦绕耳边，我用被子把头蒙住，可声音鬼魅一样，挥之不去，我担心这声音会永远存在，从此让我不得安宁，永无酣梦。那是一段备受煎熬的日子，我无法走出声音之外，更让人恐慌的是，我被声音包围之后，又听到了自己体内发出了另外一些声响：汩汩的流水声，枝柯清脆的折断声，还有惊涛骇浪，风卷残云的喘息声。所有这些声音，让我产生了一种虚幻，那是一片青草纠缠的山野，或者一川沧桑起伏的麦田，在巨大的安静之下，蛰伏着许多惊人的秘密，这些秘密，有的裸露，有的深埋，有的若隐若现，有的潜藏无踪，有的渐渐遗忘。声音漫过耳际，许多疼痛像雨后的蘑菇，从体内冒出。我蜷曲着身体，听见腰以下的部位发出嘶啦嘶啦的声音，这些声音，因为发生在静夜，所以异常清晰。我试图移动它们的位置，可是，每动一下，刺骨的疼痛便会断然阻止我的动作，那种疼痛带着无法更改的强迫和固执，使我明白，自己已弄假成真。蛰伏体内的毛病正式降临，接下来只能默默吞咽这枚自酿的苦果。我知道腰椎间盘突出的毛病又犯了，妻子在乡下上班，与我同一个系统，她每到周末才能回城一次，调回城里是我们多年的梦想，可是单位总是说缺编，名额紧张，无法解决。好不容易挨到周末，妻子回来了，她扶我去做体疗按摩，开了中药，买了止痛膏，还做了一桌子的好菜。疾病的到来，让我更加渴望妻子能留在身边，可我无能为力。也许是心情得到了放松，吃完晚饭，感觉身体舒舒爽了许多，疼痛也开始缓解。妻子打开电视，新闻已经播完，我盯着天气预报的风云图，脑海里不断翻腾。科学也是一种经验的积累，比如看云识天气就是传统经验与现代科学的完美结合，自然界中许多不为人知的秘密，其实都有着天然的规律，只是许多神奇之处还有待人类去破译。

　　我喝了口水，正想把这些天来发生的事情与妻子聊聊。突然门铃响了，妻子急忙过去开门，拉开门，带进一股凉风，哇呀！我们满脸意外，进来的人竟是我们局长。局长手上提着一个漂亮的果篮，另一只手捧着一束鲜花，他竟然探望我来了。局长登门,我不免受宠若惊,也许是太过意外,我和妻子一同愣在那儿,竟忘了接下局长手中的礼物,忘了给他让座。但局长并不计较,一脸憨笑,他没坐,局长说他很忙,他得赶回去开会。一局之长,肯定忙,于是我也不好强留,只好站起来目送局长出门。临出门时,局长拍着我的肩膀,语重心长地说:小詹啦!这些年你的工作我们都看在眼里,记在心上,早该重用啦!对了,你的夫妻两地分居的事,局里也正在考虑,争取年底把你妻子调进来……

局长的话让我目瞪口呆!看着他一摇一晃地走下楼去,身体在我的视线中一点点低矮起来。从高处往下看去,局长的头顶完全暴露在我的眼前,头顶上稀松的发丝像霜雪打过杂草,勉强覆盖着光滑的头皮。

听到楼下渐行渐远的脚步声,就像台风过境,感觉每一步都传递着难以言说况味。刚刚过去的一周,局长就像进行了一场马拉松长跑,消耗了所有的心力和体力。

第二辑

梦里故乡

安魂帖

每次回乡，我总要去看看堂哥那间作坊，作坊虽小，可它曾是一个乡间匠人的秀场。如今，作坊像一架锈蚀的钟表，凝固在某一时段，一动不动，永远指着不变的时间。墙面斑驳，布满坑洼，那是时光留下的老茧。

露水湿重的早晨，在山岭上眺望，山村成为一张陈旧的木版年画，在风吹日晒中褪掉了鲜活的颜色。

炊烟久久不见升起，光线轻薄地打在发白的纸上，风一吹便纷纷破碎，那是山村贫血的脸庞。阳光已经困倦，带着浮肿的眼神，在墙根下无力攀爬，泥地里不知是谁留下隔年的脚印，印坑里长满青绿的苔藓。抬头遥看，那些貌似山寨的屋场，依旧开满梨花、桃花和李花，春笋依旧刺破冻土，指向天空，可老屋如废弃的鸟窝，已成为丢弃的空巢。

堂哥是祖传三代的木匠传人，以前每次回乡我都会看到堂哥在作坊中挥汗如雨，吭哧吭哧地刨着木板或木方。动感的堂哥带着一种天然的美感，让我看到劳作的美丽。刨花海浪般翻卷，柳枝似舞动，我站在作坊外深深地吸一口气，感觉每一粒微尘都满含鹅黄的木香。在堂哥眼里，乡村是一个木制的天地，而城市却是钢铁的世界。

堂哥虽是出色的匠人，可散落在山野，就像一粒草籽，一生都在风沙里翻飞。曾经熏风和畅的农耕乡野，堂哥依凭祖宗三代的上等手艺，很长一段时间都活得很有尊严，很有脸面。婚嫁喜庆，丧葬入殓，家家户户都离不开他精湛的手艺。可是数千年的积淀，在短短的几十年里突然沉寂，工业化浪潮的风起云涌，让无数匠人渐行渐远。处在科学技术统治的时代，世界文明的机制和设置在科技的操纵之下，变成千人一面。我们穿一个品牌的服装，吃相同口味的食品，住布局雷同的楼房，用一种款式的手机，科技的强权将人连根拔起，然后又把人抛入无家可归的境地。面对一个巨度的时代，堂哥纵有出众的才华，绝妙的手艺，也无力为自己构造独一无二的世界。传统匠人被高速的流水线生产模式而挤兑，退居边缘。那些铁匠、木匠、篾匠、染匠、漆匠、弹匠、裁缝，他们的背影日见陌生，日见瘦小，最终将在乡间旷野中销声匿迹。

　　我在夏秋时节踏上了回乡的山道，老远就能望见屋后几畦碧绿的菜地，门前一垅泛黄的稻田。一种小桥流水，老树昏鸦的古典意境，立刻浮现眼前。如果刚好是瓜果满园、丹桂飘香的仲秋，山野的天空湛蓝如洗，小河碧清透亮，屋顶炊烟袅袅，几声鸡叫，几声牛哞，简直让人听到了天堂的声音。这般唯美的田园无不令人神往，外人无不羡慕山野中人。可过客们哪能理解天远地偏的山野中那孤寂落寞的滋味？

　　堂哥有顶好的木匠手艺，大伙都说，如果堂哥愿意出去闯荡，早就是百万富翁了。初闻此言，感觉并不靠谱，像是投其所好的恭维，或贪杯之后的胡聊海侃。堂哥乃山野村夫，一介种地为生的农民，放到城里也只属引车卖浆者流，上不得台面，称不上档次。因此，别人对他压根就用不着吹捧和讨好。说他本可成为千万富翁,那也是有根可寻,有据可依的事儿。他带出的十几个徒弟,当初个个都是穷光蛋,远行他乡也多半是被逼无奈,当时外出并不敢妄想日后能富贵还乡,养活一家子老小足矣,可一个个都有所成。

徒弟们年轻,年轻人有梦想,有野心,有胆识,年轻就是希望。与众多创业者一样,他们的发迹史大同小异,都是从最底层开始,吃别人不能吃的苦,遭别人不愿遭的罪。他们有过皮开肉绽的伤痛,断过指头,受过威逼,遭过谩骂,饿过肚子,睡过坟地。有个别人手指还断过两三回,最后连整只手掌都被机器吞下、嚼碎,成为一摊肉酱。他们没日没夜地加班,从一个普通打工仔开始,一点点掌握窍门,一点点积累经验,直至摸熟了行当,练就了本领,再大着胆子出去单干。

二十几个春秋过去,徒弟们不再是当年的穷木匠,他们在广东一个叫顺德的地方开起了各种名号的家具厂。徒弟当上了老板,订单从国内做到了国外,资产从几万上升到十几万,然后再到几百万过千万。每当逢年过节,徒弟们衣锦还乡,开着豪车,腆着发福的肚子,手提好烟好酒,上门看望灰头土脸,胡子拉碴的师父。先是一番感恩,接着是一番感慨,最后发表一通感想。徒弟们坐在师父贫寒的土屋中,每一句话都透着世事如梦般的吁叹和惋惜。而那间培养过不少富翁的作坊,已经蛛网密布,一派萧条,像掏空的鸟巢,羽毛丰满的鸟儿已远走高飞。

站在作坊外,徒弟们免不了要多看几眼,温故当学徒的岁月。当年昼盼夜想,渴望早日拜师名下,祈求忝列其中,纳入门墙。而学成之后又是那样的急切,急切地逃离这扇屋门,寻找更广阔的天地。望着那扇门,徒弟们有隔世之感。他们都是从那扇破烂的木门中走出去的山村匠人，当春天汹涌澎湃地到来时，山村却在一天天瘦弱苍老，但从他们脸上却见不到一丝难过的表情。

已近花甲的堂哥，没有太多的想法，自己做了一生的穷木匠，儿子嫌老爸做木匠没出息，彻底与木匠行当"拜拜"。技校毕业的儿子，正好十八岁，骨子里全是与传统格格不入的叛逆，舅舅买给他的长途车票，成为送给侄儿最好的成年礼。

十年的光阴流变，其间有多辛酸和血泪？这个恐怕已无法统计。只有老板那双与众不同的眼睛，尖锐如芒刺，不时扎着一位打工仔自卑的身心。梦想是困境中唯一的安慰，微光始终在光顶闪烁。二十八岁，那是冲向"而立"的最后两级台阶，这一年曙光初现，打工仔终于成为五金作坊的小老板。尽管最初的技术和订单都是从老板那儿"剽窃"而来，但对于一个挣扎在底层的打工仔来说，这么做也属被逼无奈，如果死心塌地做个打工仔，那将永无出头之日。

儿子两年前结婚，去年生了孩子，把孩子放回老家来养，显然儿子和儿媳妇都不放心。山村偏僻，远离现代生活，购物、就医、入托都是空白，只有让父母过去帮着看孩子，那才是唯一的选择。

儿子正处在创业初期，小工厂的事情千头万绪，做老板身兼数职：从采购装卸，到进厂加工，验货包装，事必亲躬。什么都得自己管，所以儿子希望母亲过去帮着带孩子，让他们夫妻俩一心打理工厂。

堂哥开始坚决反对，认为养个孩子用不着如此兴师动众，不放心送回老家，就请个保姆在身边。可堂嫂疼爱孙子，请保姆她放心不下，于是夜夜都在枕边吹风，想尽办法劝堂哥与她一块过去。堂哥哪能跟她过去，首先不说舍不得屋舍田土，就连伯父的难题也无法解决。伯母过世得早，伯父一直没有再婚，老人又当爹又当妈，把一双儿女抚养成人，兄妹俩上完了中学，能写会算。后来伯父又让堂哥随自己学了木匠，娶亲生子，操劳一世，老人不易容，堂哥哪能扔下老父不管不顾？

说起山村的变化，那是从堂姐出嫁那年开始的。堂姐是山村第一批外出的打工妹，在温州一家服装厂搞刺绣，一做就是八年。八年的时光让堂妹从一个稚嫩的中学生，变成了一个成熟的大姑娘。那年冬天回家过年，堂姐身后跟着一位瘦高的小伙子。小伙子皮肤白净，戴着眼镜，斯斯文文，眉眼间充满了怯生生的表情。初次拜见准丈人，小伙子像个做错事的学生，红着脸、低着头。进门时躲躲闪闪，进门后站着不敢说话，与现在胆大妄为敢爱敢恨的小青年相比，简直有天壤之别。

一开始这门婚事就遭到了父子的强烈反对，特别是堂哥，像见了八辈子仇人一般。尽管人家一脸虔诚，备了重礼上门，但他态度决绝，表情冷漠，仿佛别人根本不是来相亲，而是来寻仇。堂哥不给胆小怕事的眼镜男子一星半点的面子，逼着他当晚就要离开。堂姐只好寻死觅活，与堂哥大吵大闹，堂哥这才同意暂且让眼镜男子在家留宿一夜……

后来因此事堂姐与堂哥大吵过几次。堂姐说堂哥心怀鬼胎，怕她远嫁之后撇下老父不管，侍候老父的事就会落到他一人头上。其实堂哥的胸襟并没那么狭隘，他是不忍妹妹就这么突然离家而去，远嫁他乡，像一朵飘走的云彩，不见踪影。特别是他没有见证妹妹朝朝暮暮的恋爱过程，不了解眼镜小子的底细，心里不踏实。说到底就是不忍割舍这份亲情，嫁出去的女，泼出去的水，往后相互来往多不方便！最让他感到别扭的是说话，亲人之间交流起来还要"用广播声"（普通话），一个人离开了乡音，亲情也就显得生疏起来，乡音才是传递情感的密码，丢了乡音，也就丢了故乡。

　　堂哥没想到妹妹会那样揣摩自己。妹妹的话像一把刀子，往堂哥胸脯上直戳而来，堂哥被戳痛了。后来堂哥像受了内伤，竟没有太多的阻拦，妹妹在抗争中获胜，嫁到了邻县。

　　在外漂泊多年的堂姐，最终随丈夫回到了故乡。如今堂姐的儿子已上初中，夫妻俩用务工的积蓄在老家盖了楼房。房子盖在公路边上，夫妻俩开了个小饭馆，因价钱公道，口味纯正，有不少司机专门绕道过来吃饭，生意越做越旺。堂姐在后院养了鸡鸭，在再远一点的地方养了猪羊。亲家公特别勤劳，种了不少的田园蔬菜，栽了各种瓜果，饭馆用的食材大部分属于自产自销。小饭馆很快就火爆起来，周末或节假日，城里人专门开车过来尝鲜。

　　堂哥看到妹妹一家日子过得有滋有味，心里不免暗暗佩服妹妹的眼力，当年她认准这个戴眼镜的胆小男人可以依靠。姑娘嫁人其实也是一件颇有风险的事儿，几乎称得上浴火重生。不幸的婚姻会毁灭一个人，而幸福的婚姻可以再造一个世界。堂哥看到了妹妹的幸福，他打心眼里高兴，回想自己当年那么反对妹妹的婚事，心里不无愧疚，所以当自己想求助妹夫帮助的时候，他总感到不好意思开口。

儿子的电话像催征的战鼓，堂嫂还未起程，堂哥的内心就变得复杂起来。伯父身体不好，特别是近年来又患上了老年痴呆症，常常会半夜出门，到外面瞎逛，有几次险些跌入水库。堂嫂离家时，堂哥显得依依不舍。两人属典型的先结婚，后恋爱。在一张床上睡了几十年，平时从没说过甜言蜜语，可夫妻俩一直公不离婆，秤不离砣，情感全都沉淀在心里。现在堂嫂突然远行千里，而且一时半会还回不来，堂哥心里顿感空空落落。

除了感情上的依恋之外，还有一个问题，那就是堂哥不会做饭。尽管堂哥十分能干，无论是木匠手艺，还是干农活，里外都是把好手。可偏偏不会做家务，甚至一碗面条都下不好。堂嫂走的那天晚上，她依偎在堂哥胸前，问他："我走了，你一日三餐咋办？"

堂哥装着一副无所谓的样子，轻松地说："放心吧！我和老爹不会饿肚子的！"

堂嫂走了，堂哥像个刚入门的新媳妇：喂猪、做饭、洗碗、洗衣，从头开始，他一样样摸索。开始显得手忙脚乱，很不适应，慢慢也就习惯了。每天早上，堂哥先把煮好的稀粥盛给老爹，自己再凑合着吃点，然后急着出工。

日子一天天过去，惊蛰前后，堂哥把屋后的一垅地翻垦过来了，他赶着季节栽上红薯，种了玉米。菜地减少了一些，他扩种了花生，家里只剩父子二人，蔬菜也吃不了多少，多种点红薯，能当猪饲料，年底卖几头肥猪，这是堂哥家里的经济来源。

门前的水田原来是种双季的，现在家里已经不缺吃了，人工、种子、化肥成本不断上涨，堂哥干脆把双季改成了单季。端午节前，几亩水田全部栽插完了，忙乎了几个月，堂哥终于可以歇口气了。

端午节前一天，伯父跟堂哥说，他想吃粽子。当时堂哥一听有点为难，包粽子是个技术活，他从来就没弄过，既然父亲想吃粽子，肯定得满足，好在这也不算个难事。堂哥想了想，到村头把徐婶请来帮着包粽子。徐婶比堂哥要小几岁，她儿子是堂哥的徒弟，平时两家关系处得不错。徐婶是个很会过日子的人，这些年儿子在外挣了钱，家境一年比一年好，无论是吃穿，在村里头都属上等水平。她家里有现成的粽子，提了一篮子给堂哥。堂哥再三推让，可徐婶执意要给，堂哥只好收下。那些天徐婶也正有急事要找堂哥。原来徐婶家的小孙子某夜在外受了惊吓，高烧不退，满嘴胡话。村医上门打针服药，可高烧仍持续不退。徐婶六神无主，万分着急，后来邻居给她建议，让她火速去请黄大仙施法。

堂哥一听就明白了，黄大仙是山里的巫师，每次施法都得雇请"阳兵"。黄大仙自己称当"阳将"，后面跟"阳兵"，隔三差五就会在山村里鼓捣一回。做"阳兵"必须是阳气十足的精壮汉子，只有威猛强壮的"阳兵"，才能压住阴气。山里壮少稀缺，堂哥被人家请得多，每次做完都要给他酬谢，老人们都知道，做"阳兵"会损耗阳寿，所以充当"阳兵"都视作积大德的事。

深夜，大仙在旷野中烧香燃纸，时而辅以各种夸张的手势，完毕再朝孩子受惊的方向一通默念。"阳兵"则列队在后，跟随大仙往回直行，无论泥水河坑，均不得曲行。他们沿途大声呼喊，把孩子走失的魂魄喊回家去。

在民间自古就有这样的信仰，人需要魂魄才能安身立命。一个人如果失魂落魄,那将成为无根之草,没法生存。孩子受了惊吓,那就是魂不附体,轻则大病一场,重则危在旦夕。在此之前我从不相信,一个活人还有独立于身体之外的魂魄,还有出窍游走的替身。可当山村空落,疾病缠身之时,我开始相信了,相信世间万物都有如影随行的魂魄,就像故乡不愿附体的魂魄,急需安抚,也像流散稀落的故人,等待召唤。

每到年头岁尾,堂哥的内心就无法平静,既让快乐滋润,又被焦灼牵扯。那些功成名就的徒弟像走秀的模特,轮番登场。他们把豪车停在后山的路边,手上提着贵重的礼品,牵着漂亮的新媳妇,上门慰问师父来了。徒弟放下礼物,稍坐片刻,然后一番安慰劝说,请师父到城里看一看,走一走。

徒弟走了,堂哥拿出包装精致的烟酒,埋头品尝妙不可言的茅台、醇香入肺的五粮液,抽着五元一支的中华香烟。开始堂哥不知道徒弟孝敬他的烟酒价值几许,享受起来非常从容淡定。后来到城里,逛了商店,见到明码标示的天价,堂哥心疼上火。走出商店,无法平静,像是犯下了弥天大罪,久久不肯原谅自己。一根香烟能买一盒快餐,真是口食如火化!

当把烟酒慢慢品完之后,一晃已是初秋。忙乎了大半年,眼前已是一派丰收的景象,不久红薯、玉米、大豆、水稻都将采收归仓。可就在这个节骨眼上,野猪突然疯狂起来。开始是远点的红薯给毁了,再后来成片的玉米也毁了。野猪婆带着野猪崽,肆无忌惮,到处游逛,把整个田野菜地当成了它们的练兵场。

堂哥很着急,可又想不出好的办法。早年土铳管得松,山里几乎每家都有一两支土铳,几个汉子带一群狗,上山一围,就能击毙几头野猪回来。现在枪支管制严密，所有的猎枪土铳统统被公安机关收缴，山里已找不到一个真正意义上的猎人。

山寨本来就地广人稀，加上青壮年全部外出，更显沉寂冷清。砍柴伐木的少了，草木疯长，植被得到了恢复，野猪趁机繁殖，成群结队。

没有见识过野猪的人想象不到野猪的凶猛和厉害。当老虎成为珍稀物种，退隐山林的之后，野猪便悄悄强大起来，成为唯一敢与人类对抗的猛兽。野猪有力大无穷的嘴巴，坚固锋利的獠牙。特别是一身被松油树脂包裹起来的皮毛，像刀枪不入的铠甲，让人百般无奈。村民布下套索，安放铁夹，不曾想，套索被轻易拉断，铁夹上只剩一条断腿。夹断了蹄子的野猪，瘸着三条腿照样在山里自由奔跑，往来如风。这种受伤致残的野猪最为可怕，遇上行人它不仅不避让，还会主动进攻，甚至趁着夜深人静，冲进村里进行报复。与野猪正面交锋的村民非死即伤，那匕首似的獠牙，只要把人轻轻一咬，就会肚腹洞穿，留下两个血窟窿。

毁了玉米、红薯、花生之后，野猪的胆子越来越大，它们成群出没，开始围攻刚刚灌浆成熟的稻子。这个时候堂哥急坏了，眼看着一年的收成就被野猪糟蹋殆尽，实在没有办法，堂哥只好采取最原始，也是最笨的土办法——挖地窖，设陷阱。

陷阱设在野猪出没的必经之路上。那是一个垂直挖掘的土洞，深度达四五米。土洞不能太浅，太浅了野猪即使落进来也能逃蹿而去。陷阱还要做得十分隐蔽，不露一丁点痕迹。地窖的形状像一只葫芦，下大上小，底下布满了锋利的竹扦。

土洞挖好之后，在洞口用一层茅草秆儿掩着，秆秆上再铺一层青绿的草皮作伪装。野猪途经此地，只要一脚踏空，便会一个倒栽葱落入陷阱，无处逃蹿。

堂哥忙碌了半个多月，一共挖了八个陷阱。心想有了这些暗道机关，那些贪吃的野猪应该在劫难逃了。可堂哥低估了野猪的智商，野猪并不蠢笨，不知它们是依靠灵敏的鼻子，还是招风的耳朵，总之野猪具有极强的反侦察能力。八个陷阱分布在四条不同的要道上，可狡猾的野猪轻易识破了堂哥的诡计，在此出没竟绕道而行，从不中圈套。

堂哥眼看着那些开始泛黄的稻谷，一夜之间毁掉一大片，心疼得不行，几亩地基本毁光了，他再也想不出什么办法。

野猪好像特意与堂哥作对，庄稼毁完了，下一目标对准了碧绿的桑园。家里养的蚕正在关键时期，只需几日就可上簇结茧，可桑园毁了，饥饿的蚕儿昂着无力的头，蠕动着水汪汪的身体。几天后，蚕儿一身透明地死去，最后烂成一堆臭虫。

看这架势，野猪非要把堂哥逼走不可。辛辛苦苦忙了一年，几乎颗粒无收，再守在这儿与野猪较劲也没啥意思，于是与妹妹联系，决定把父亲寄养到妹妹家。

安排好老父，堂哥松了一口气，他准备到广东徒弟开的工厂去做找点活干。堂哥是个看重脸面的人，马上过年了，总不能两手空空等着儿子来供养。

简单收拾了一下，堂哥在镇上给婆娘挂了电话，告诉她自己准备到徒弟工厂去干点活，家里的庄稼全被野猪毁了，留下来也找不到活路。婆娘让他过去儿子那边帮忙，堂哥说儿子开的是五金厂，他是外行，过去也搭不上手，再加上父子脾气不对路，隔行如隔山，怕越帮越忙，还是去家具厂干活会顺手一些。

对于人过中年的堂哥来说，进城是一次艰难的抉择，这并不亚于一场空前的革命，这场革命既是精神的，也是肉体的。他对城市虽然一直深感怀疑，可最终还是来了城市。

事业有成的徒弟对师父很是敬重，一日为师，终生为父。当听说师父愿意南下广东时，徒弟们乐坏了。为减少师父旅途的劳顿，徒弟们早早订好了机票，请朋友开车送到机场。

这样的远行或许一辈子也只有一次，当飞机在跑道上轻盈地滑行时，堂哥已经如入梦境，泪流满面。他那双一辈子没离开过大地的双脚，突然变得轻飘起来，万物降落到他的脚底，身体像白云一样飘升。飞机在白云机场降落，几个徒弟同时出现在航站楼里，与师父紧紧拥抱……

接风宴选在一家五星级宾馆，徒弟们众星捧月般把师父拥进了豪华包间。一桌子玉器一样精致的山珍海味，令堂哥久久不忍下箸。徒弟们不停地劝酒、搛菜。几圈下来，师父有点醉意，有位心细的徒弟知道不能空腹喝酒，赶紧给师父剥了一只大龙虾。澳洲大虾价格昂贵，生猛异常，肥硕的身子像孩子的手臂，煮熟了还透着一股子野蛮和霸气。

堂哥从未见过如此巨虾，一只大虾就填饱了肚子。闹哄哄的一桌人，不停斗酒调笑，各种来路的黄段子满桌飞。堂哥听不懂那些时尚的笑话，他自然也不便向徒弟们探问，久居山里的师父有点闭目塞听，他感觉徒弟们各方面的本事都远远大过师父了。

吃饱喝足之后，大伙抢着买单，服务小姐拿过单子，告知连同酒水一共三千二百元。堂哥一听立马就蒙了！他急得一蹦而起。一顿饭三千多，这是山里人一年的收入。堂哥身子一抖，立刻满脸不悦，他生气了，指着徒弟大骂起来："谁让你们如此铺张浪费,是钱多得没地方去吗?!"徒弟们嬉皮笑脸,内心却倍感温暖,知道打是亲,骂是爱,师父永远是他们的师父。

依旧前呼后拥,寸步不离。他们把师父送进了电梯,电梯上升到四楼,醉醺醺的堂哥被徒弟们扶到了休闲中心。堂哥对休闲二字并不理解,他只知道劳累了,那就该坐到树阴下歇歇,摸出烟杆,迎着风,吸上几口。扑面的山风会让人浑身舒爽,就连树叶也在头顶谈笑风生。

他从未去过这种灯红酒绿的场所,走进铺满地毯的过道,望着粉红的灯光,半明半暗的门帘,堂哥好像进入了梦境。长发飘飘,胸脯高耸的技师带来一股扑鼻的香风。技师进门先朝堂哥深鞠一躬,嘴里甜甜地一声问候:老板好!然后请堂哥躺上按摩床。墙上的电视调成了静音,技师开始宽衣解带,钮扣一粒一粒蹦开,卸去了薄如蝉翼的衬衫、短裙……

身穿三点式的技师,肤如滑脂,手如柔荑,指尖像灵巧的小蛇,贴着堂哥紧绷的肌肉游走。一股电流弥漫,堂哥浑身燥热,呼吸粗重,血流加快。

技师非常专业,先从上到下,再从下往上,从头顶到脚底,像勤恳的农夫在田野上春耕,每一个关节,每一个穴位都到边到角。

第一遍按完了,接着开始第二遍。这一遍技师主攻重点穴位,指尖上藏着只能意会,不可言传的挑逗。手指在堂哥身上滑动,当滑到男根部位,那手竟停留了片刻。堂哥终于抵挡不住,体内的雄性激素挣脱了大脑控制,男根勃然而起,支起了帐篷。技师感觉火候已到,伸手解开堂哥的内裤,翻身上马,骑了上去。堂哥像被马蜂蜇了一口,吓得身子猛然哆嗦,赶紧用手抓住裤腰。别别别！声音里满是惊恐和哀求。技师噗哧一声，笑了出来，在这种声色犬马的场所，她还从未见过如此害羞的男人。技师告诉堂哥，这是外面两位老板安排好的，你是客人，他们吩咐要把服务做到位，如果偷懒耍滑将被投诉，老板会炒她鱿鱼！

堂哥攥紧裤腰，很坚决地说：不不不，这个免了！免了！

堂哥匆忙结束服务，他急得满脸通红，逃离般冲出了按摩房，径直穿越过道，找徒弟们问罪去了……

堂哥给徒弟一顿训斥，并宣布如果再这样"侍候"，他立马就坐车回家。徒弟知道师父真的生气了，不敢再给他提供特殊服务。堂哥闲不住了，吵着要到厂里干活，他是出来打工的，不是过来游山玩水，吃喝玩乐的。

堂哥急着要下工厂，他以为只要拿起斧头，推着木刨，拉动锯子，远去的岁月就会重回身边，让他找回曾经的荣耀与尊严。当他走进机声轰鸣，刨床飞转的木工车间时，堂哥傻眼了，埋藏于心底的梦想瞬间破灭。他望着排列有序的机器，方寸大乱，脸一下就阴郁起来，像一片晒蔫的树叶，无辜地悬挂枝头，空负一身才艺。

时代在急遽变化，让堂哥深感惶然，在犁庭扫穴般的全球化时代，带给人们的远不止乡土的遗失和精神的叛离，仿佛千百年来的积淀一夜之间全部归零，一个国家从精神到肉体被彻底清洗了一遍。堂哥既是一个乡土的失守者，又是一个进城的迟到者，他整整迟来了三十年。

伯父的老年痴呆大多数时候属阵发性，清醒的时候与好人差不了多少，但一旦犯起迷糊，他就会做出稀奇古怪，不敢想象的举动。

伯父一生倔强,早年身体硬朗时,他从不服老,只要干得动,他从不求人。可年岁一大,身体一天不如一天,构筑的堡垒一个个沉陷,城池一座座失守,守军一舍舍退败,最后丢盔弃甲,人仰马翻,不得不进入疾病丛生的王国。衰老是苍天下达的追捕令,谁也逃避不了,就像一场兵不血刃的战争,也像一场无声的屠杀。在每一道肉身面前,岁月总是锱铢必较,针脚细密,从不疏漏,从不遗忘,它将带走能够带走的一切。

空闲时,老人佝偻着腰身,拄着拐棍,在乡道上踽踽独行。每次路过水库坝顶,他总会停下来,望着水面发呆。有风吹来,水上的涟漪像脸上的皱纹,迅速扩散,水可为镜,照着逝去的岁月,原来水老得比人还快。回想起来,一生就在眨眼间,暮年的伯父已把黄昏丢在身后,把往事遗落在路上,只有踢踏不停的脚步声,不时贯入耳膜,他在走,证明他还存在。

堂姐发现父亲走失之后,第一时间就告知了堂哥,堂哥当时没想到会有如此严重的后果,更不理解一个木讷得近乎痴呆的老人,对故乡会有如些强烈的情结。

堂哥在家时伯父也常常半夜出走,不过大多数时候他又会自己回来。因此,他接到电话后没有太过紧张和慌乱,而反过来宽慰妹妹,告诉她不必惊慌,多派几个人到附近找一找,老人家应该不会走远。

伯父一天一夜没有回来,堂姐开始慌张起来,她把店门关了,发动所有亲戚朋友,在方圆十几里内挨家挨户搜寻。不知跑了多少路,问了多少人,可没有半点音讯。

事情过去三天三夜了,伯父依旧没有回来。堂哥在那边再也坐不住了，于是连夜买了车票往回赶。

堂哥回来也没有别的办法，同样是没日没夜地寻找，到处张贴寻人启事，通过电视、报纸求助。作了种种努力，可伯父就像人间蒸发，没有留下半点蛛丝马迹。一个年过古稀的老人，他能去哪呢？

堂哥一直找到大年三十，仍然没有结果，伯父活不见人，死不见尸。堂哥悔恨自责，不能原谅自己，他坐立不安，执意要回自己老家。堂姐一再挽留，让他一起过年，嫂子远在温州，家里冷锅死灶，独自回家会更加孤独痛苦。堂哥执意要走，妹妹怎么也劝说不住，他说自己根本没有一点过年的心情，想着下落不明的老父，他心如刀绞。

腊月的夜晚，寒风扑面，滴水成冰，堂哥踏着夜色，埋头赶路。小径盖满了落叶，脚底像稀泥一样松软，一条坚硬的山道突然变得贫血般虚弱。屋舍越来越近，却没有猫狗的叫唤。堂哥摸出生锈的钥匙，捅进锁孔，门锁弹开的刹那，夜光潮水一样，奔扑而来。吱呀一声推门而入，堂哥看到老父一脸笑容，静立在相框中。这一刻堂哥再也忍不住了，泪水奔涌，号啕大哭……

除夕之夜，鞭炮此起彼伏，那些在外发达了的人家成捆成捆燃放烟花，爆炸声里飞溅出五颜六色的火光，烧红了山村的夜空。堂哥连灯也懒得打开，他不吃不喝，沉在黑暗里，直挺着身子，躺在满是灰尘的床上。

大年初一，村里有上门互相拜年的风俗，堂哥没有开门，他没有脸面接受人家问好！他从后门溜走，顺着小路，朝山头一步一步攀爬。

这条路直通自家的红薯地，上次他就在这条路上挖了两个陷阱。往坡上行了一段，地上发现有野猪的粪便和脚印，前面的陷阱已经塌陷下去，像一个疮疤，露出了黑森森的口子。堂哥的心突的一声，往上提了起来，他紧走几步，以为落下了一只野猪。

十米、八米、五米、三米，他风快地接近洞口。突然一股刺鼻的腐臭味直冲而来，堂哥用手掩鼻，走近洞口，弯下腰身，往洞底望去。天啦！堂哥声音打颤，忍不住惊呼起来！他只喊一声，就感到双眼发黑，天旋地转，差一点儿就栽下洞去……

陷阱内的伯父已经腐烂，他脸朝下，背朝上，好像在用力往泥土里钻。醒过来的堂哥双腿跪地，抱头痛哭，哭声惊起成群的小鸟。

撕心裂肺的哭声在山村回荡，惊动了村人，一些亲友闻讯赶来。老人的尸体已无法收殓了，亲友们建议，在此遇难，不如就地安埋。可堂哥死活不肯，非要把老父弄上来。他通知堂嫂和儿子连夜赶回，他要给老父做七天七夜的道场。

做道场孝子必须一直跪着，堂哥跪得太久，腰腿麻痹，直不起身来。后来他只好倒伏在地，直至两个鼻孔流血不住，家人吓得乱作一团，可堂哥仍死活不愿起来。

堂哥想狠狠折磨一下自己，惩罚一下自己，以肉体的伤痛来减轻内心的罪孽。可是有些罪孽像子弹射穿了心脏，永远无法消弭。

只有跪在父亲灵前，堂哥才懂得老人的内心，看到了老人隐藏在灵魂里浓郁的返乡趋势，让老人离开山村是他一辈子不能原谅的错误。

守灵七天七夜，道场完毕，可堂哥还是不肯将伯父安葬。亲友担心堂哥悲伤过度，会引起神志不清，不停地劝他，让老人入

121

土为安。堂哥的脑子并不糊涂,他知道人死归土,可他不愿看到自己的老父与故乡一起下葬。

守到第十天,伯父终于下葬了。葬好伯父,侄儿开始启程,他必须返回温州,那里有他的事业。临行前,侄儿非要堂哥一同过去,可堂哥对儿子的话没有一点反应。一夜之间堂哥就衰老了,眼窝深陷,头发白了一半。侄儿在祖父灵位前上了一炷香,磕了几个响头,然后回过头去拉父亲,要他一起走。可跪在地上的堂哥挣脱了儿子的手,很坚决地摇着头,不愿走。堂嫂立于一旁,抹着眼泪,不知如何是好。儿子树桩一样站在父亲面前,他在等待。等了很久,父亲才仰起头,一字一句地对儿子说:"我哪也不去!我决不做游魂野鬼,把自己的尸骨抛在外头!"

儿子望着父亲,无奈地摇摇头。他知道这个山村是安埋祖先的山村,祖先在此以骨击鼓,刀斧碰撞,锄镐飞舞,撞击出难以言说的纷繁往事。但在新一代人眼里,从来就没有永远的故乡,只要在异乡立稳脚跟,创下家业,无需百年,异乡就是故乡。

作为捣弄文学的人,多想为家乡的河流撰一部史记,替萧瑟的村寨填一卷咒经,可我笔力不逮,只能暗自忧伤,一腔空叹。

面对奔涌向前的时代,真该读一读黄梵的《繁体与简体》,至少能在怀想故乡的词语世界里九转回肠:"繁体适合还乡,简体更适合遗忘/繁体葬着我们的祖先,简体已被酒宴埋葬/繁体像江山,连细小的灰尘也要收集/简体像书包/不愿收留课本之外的东西。"

从甲骨文里镌刻出来的故乡,像碑石一样沉重。现在该重温一下功课了,记往故乡二字的写法。当喧嚣散去,独处异乡时,我会在心底探问:何为故乡?故乡就是故去的家乡吗?马尔克斯在他的《百年孤独》里说过，有一个死去的亲人埋在这片土地上，这就算是故乡了。西班牙诗人希梅内斯说："因为在任何情况下，我们也不能使人脱离脚下的土地，他终归要在自己的土地上扎根。"而沈从文却说："一个士兵要么战死沙场，要么回到故乡。"

而在大多数人眼里，哪怕是蜗居斗室，跌进尘埃，只要有一个至亲之人，长期生活在身边，一起吃饭，一起睡觉，这便是真正的故乡。

瓦盆里的水稻

婆娘喜种花草，可又抽不出时间。作为一对贫贱夫妻，每天都在尘世中忙碌，对于生计之外的事情总是疏于打理，于是对花草很不上心。为了既养好花草，又不花费太多时间，婆娘专挑烂贱粗放一类的来养。如仙人球、仙人掌、吊兰、文竹、水仙、蟹爪兰、太阳花、昙花、杜鹃、金盏菊。

去年家里装修，让清洁工将花盆移至户外，那些或圆或方的盆盆罐罐，被扔在平台上，像弃儿一样无人看管。甭说浇水松土，一两个月连看都懒得看上一眼。那些被我们抛弃的花草，究竟能否熬过一个漫长冬天，是生是死，全凭它们的造化。

转眼又是一年，三月的春夜，几声清脆的蛙鼓突然响起，小区那方浅浅的池塘便有了灵魂。涟漪四散，蛙声荡漾，像大隐于市的乐坊！

那天正午，阳光明媚，阅览室一如既往地安静，每一张书桌都匍伏着一片脑袋，诵经者一样，神情专注，目光留连。每到周末，我就会选择那个靠窗的位置，沉潜书中，慢慢打发属于自己的时光。

阳光如水，穿越玻璃，洒落书页，像一群小兽在纸上漫步。一阵轻风，掀动纸页，我听到身后刷刷的翻书声。声音在耳边回旋，像犁铧插进泥土，那一刻空气里满是春天的气息。

房子装修完工后，厅堂一下显得空旷起来，朋友赠送的十字绣裱进了镜框，上墙之后的效果十分理想。一丛富贵花开的牡丹，姹紫嫣红，带着俗世的愿景，营造出花团锦簇的世界。在花的提示下，婆娘突然想起了自己那些花草，于是像个探监的母亲，急奔屋外平台。还好，那些流放多时苟且偷生的花草没有全军覆灭，还有四五盆幸存。

花卉是有个性的植物，一年二十四节气，每个节气都有一种花与之对应。即便是冰天雪地，腊月寒冬，万物早已萧疏，可傲骨的红梅却选在寒气逼人的时节怒放生命。

望着遍体鳞伤的花草，婆娘满是愧疚，素有怜悯之心的婆娘，当初为何那般粗暴，让花草遭受了无妄之灾。看来一朵花，一株草也是有命运机缘的，它生长在不同的家庭，就会有不同的遭际境遇，我等寒门，真的侍弄不了娇艳的花朵！

植物也有等级之分，虽然婆娘养的花卉都属命贱一类的植物，但经过恶劣环境的考量，谁是真硬汉，谁是软骨头，高低立判。植物与人有类似的性格，由于基因不同，物种差异，没有可比性。花草在被遗弃的日子里，想要存活，仅凭一两个条件还远远不够，必须旱不死、涝不死、晒不死、冻不死。稍微娇弱一点的就无法挺住，弄得枝枯叶黄，完全失去了生命迹象。

望着死去的花草，婆娘好一阵惋叹。有几个花盆已经空空荡荡，尸骨全无。婆娘赶紧把几盆幸存的花草移于室内，也许只有失去之后才知道它们的可贵。

抱回花盆，一番精心打理，修剪、浇水、松土、施肥。数日后，花盆内开始芳姿卓约，魂兮归来。而那些枯死的花草便随盆罐扔在平台，任由风吹日晒，再无心过问。

又是周末，我依然坐在阅览室那个固定的位置，突然窗外传来一阵布谷的啼叫。开始我以为是自己的幻听，接着又是一阵急切的啼叫，这才确信那是布谷的声音，当时不由双腿一抖，身体像漫过一股电流。我赶紧放下书本，下意识地探出头去，想看一眼进城的布谷。

葱笼的树冠在窗外绿得发亮，枝叶婆娑，密不透风，阔大的叶片像肥鱼一样摇头摆尾。我睁着有点近视的眼睛，在树冠上反复逡巡。努力了很久，始终没有发现布谷鸟的影子。明知它躲在浓密的枝叶间，可就是看不见它漂亮的羽毛，只闻其声，不见其形。

咕咕，咕咕，布谷鸟清脆的叫声穿越窗户，在阅览室内水波一样回荡。读者神态依旧，或看书，或玩电脑，根本无人在意布谷鸟的叫声。布谷的声音离开了乡土，失去预报农事的功能，清纯的乡间小调，敌不过粗犷的音乐。在遛鸟大爷的眼里，它是一只啼血的杜鹃。我相信世间所有的鸟类都带着特有的乡音，所以满口方言的布谷在城里找不到一丝回应。远离稼穑的市民听不懂布谷声声，那是催耕播种的信号！

站在高楼立林的都市，我想知道布谷鸟的心事，它为何从乡村飞进城市？为何躲进城市的树林急切叫唤？它飞行千里，也许是想唤回离乡的子民。但从它的叫声里似乎还有比唤醒更急切的含义。望着窗外林桩支撑的大树，我猛然醒悟，布谷鸟是在寻找进城的大树！

鸟与树是一对热恋的情侣，从乡村连根拔走的大树，那是布谷鸟的生死恋人；细小的树洞是它们营建的别墅，树上的鸟窝，那是它们订婚的钻戒。鸟和树在旷日持久的依恋中，产生了绝世的忠贞爱情，它们相互依偎，彼此温暖，今生今世谁也不忍撇下谁。

　　布谷鸟飞向了另一片树林，已经听不到它的叫声了，我只好把目光从窗外收回，收回到提供阅读的空间。电子阅览室一网知天下，可是任由我怎样点击，始终找不到有关农事的章节，看不到与季节相连的内容。顶多能在自带的电脑上找到可供偷菜的开心农场。在信息时代，四腿不勤，五谷不分，已非贬义；而不懂微信微博，不会网购网聊，那才会使人惊奇，让人取笑。

　　作为一个游走于城乡之间的行者，背景切换，物种移植，常常让人产生时空倒置，视觉错乱。乡村随处可见城市的模仿者，而城市又总在怀念乡野情趣。出没某些高档小区，新开楼盘，随处可见人造的田野庄园，成功人士用与众不同的风景标榜自己的品位，用财富建造寄托乡愁村庄。

　　这些年，我像一只迁徙的候鸟，栖居南方的城市，一年到头见不到霜雪，四季早已模糊。就算重回乡村，季节也被大棚搞乱，温室种植反季节果蔬，即使时值冬天，也能见到夏天的西瓜。当四时秩序颠倒，缺乏农村生活经验的人，谁还能说清哪个季节该种哪些蔬菜？

　　春末的一天，我爬上平台，想找个瓦盆种植水仙。绕过一堆杂物，猛然发现了奇异景观。十几盆枯萎的花草竟然死而复生，一派盎然。花依偎着草，草紧挨着花，彼此搀扶，惺惺相惜。这种穿越死亡的重逢，让人震撼，我忍不住一声惊叹，从心底佩服植物的倔强。草死根还在，人死永无踪。无法想象走出温室的花草，竟以死亡的方式获得了新生。望着脱胎换骨的枝叶，我深信它们就是不死的还魂草！

　　我们把复活的花草搬回了屋内，开始对它们细心养护。一天

127

早上，我代婆娘浇水，发现那盆仙人掌旁长出一株碧绿的秧苗。我仔细辨别了一番，它既不像野草，也不像麦苗，凭我十年的耕作经验，最后断定那是一株水稻。我弄不清这粒稻种的来源，是花盆放置平台时飞鸟衔来的，还是装修工袋子里带入的。总之，这粒稻种在花盆中等待了一个冬天，终于在春天里破土而出，长出了两叶一芯，三片碧绿的叶子。

由于这株秧苗的存在，我每天都抢着给花草浇水。那段时间弄得婆娘十分高兴，不时夸我大有转变，主动分担家务。而我只好嘿嘿一笑，显出天机不可泄露的神情。

由于浇水太勤，大约半月后，那株满身带刺的仙人掌开始脚底打软，脸色发黄。最后连扎人的毛刺也失去了先前的劲道，变得疲软起来。我没有理会它的不适，虽然它与水稻同生一个瓦盆，但我对水稻有明显的偏爱，自然注意力全都集中在水稻身上。

勉强支撑了个把月，那株仙人掌终于在水深火热中完全腐烂。后来才知道，这种被墨西哥称为国花的植物，还有我所不知的一面。它具有超强的耐旱性，即使处于寸草不生的沙漠，也能顽强地存活。所以仙人掌是适合懒人种养的花卉，平时无须经常浇水，浇水太多不仅不利于它的生长，反而会使仙人掌根部溃烂，最终导致死亡。

仙人掌死亡后，虽然挨了婆娘一顿臭骂，但我还是感到很值。无意中给水稻争得了更多的空间。一个怕水，一个要水，这两种植物个性迥异，生性相克，它们生长在一起本身就是个错误。一个瓦盆中，二者只能选其一。

在水流丰沛的南方，水稻是维系农事的主线，它贯穿了一系列劳作场景。翻耕、催芽、下种、插秧、耘田、灌水、施水、杀虫、收割、翻晒、碾米。那是一条比生命还要漫长的路，它早在数千年前的新石器时期，在河姆渡遗址中就作了见证。五谷使社稷兴旺，六畜成群，丰盈的稻谷化作果腹的阳光，照耀耕作的长路。多少乡野少年在这条路上出生、长大、成熟、衰老，最后消亡。

在轮回播种，耕耘收获的往复中，水稻始终保持着纯正高贵的血统，它用朴素的果实，养育了强大的生命。从祖先到后代，它以谦卑的姿势生长，最初以一株草的模样出现，然后抽穗、灌浆、成熟，输送生命的精华。

水稻遵循四季规律，是一个挑战耐心的作物。它无法速生速长，即使是选育出来的早熟品种，生长周期也要突破百天。而周围的月季、芍药早就花团锦簇，开了一轮又一轮。

自从毁了那株仙人掌，婆娘便提高了警惕，对花草开始严加看管，时常监视我的一举一动。我担心婆娘为了死去的仙人掌，会对那株水稻实施报复。毕竟她没有农耕的经历，对水稻不可能有我这种农民式的情感。

我在城区农贸市场见过工商与城管的厉害，他们对占街卖菜的小贩下手极狠。从最初没收秤盘扁担，到后来掀翻菜担，踏上双脚，把鲜嫩的蔬菜踩得一团稀烂。我看到沾着露水的黄瓜、辣椒、西红柿、空心菜在皮鞋底下粉身碎骨，痛苦呻吟。不禁惊讶于他们竟敢如此暴殄天物！我能断定，他们能做出如此粗暴的举动，一定没有体验过，甚至没有看见过农民锄禾日当午，汗滴禾下土的劳作过程，不懂得稼穑艰辛，耕耘不易。

我对婆娘的防范纯属多心，一个锅里吃饭的两口子，还不至于如此小心眼。但为稳妥起见,我还是把水稻移进了书房。晚上,我伏案临池,毛笔在宣纸上逶迤游走,血液于周身汩汩流淌,紧绷的内心很快获得一种沐浴般的松弛。此时,吊灯如太阳悬于头顶,那株瘦小的水稻像沉寂的祖先,不声不响,立于瓦盆。我感觉那是乡野最为传神的剪影,在浓缩成寸的稻田里成为耕耘者不灭的符号。

宁静的夜晚,水稻与我默默对视,晶亮的水珠在狭窄的叶片上来回滚动,闪烁着珍珠一样的光泽。虽然它不能与我交言,但有一种真切的感受在迅速传递。面对颜风柳骨的字帖,我找到了"谷"与"粟"的隶篆演变;我看到它们遗失在甲骨、兽皮上的身影,凝固在竹简、陶罐中的时光。面对农事的繁体书写,只有水稻能理解一个乡野人葱笼的内心。在万物急遽变化,众生急着赶路的年代,我更喜欢缓慢平和的事物。缓慢不是迟疑慵懒,而是沉潜与安详,就像飞扬的浪花终归平静,悬浮的往事渐次沉淀。

不论多忙,每天我都把浇水这一事务作为自己的功课,借此来重温耕作的过程。水注入瓦盆,渗入根系,在泥土中发出咕嘟咕嘟的声响,就像布谷鸟在头顶欢唱。当回味赤脚走上田埂的时候,我就能想象米浆里流淌着奶水的颜色,散发着血液的温度。水稻是谦卑的作物,它低着头,弯着腰,给土地鞠躬。记得法国作家安德列·纪德在《地粮》中有一句耐人寻味的话:"而在那儿,甘美的粮食等着我们饥馑的来到。"读着这样的句子,让人震惊,读者手捧《地粮》的时候,应该像牧师手捧《圣经》。

水稻像鱼儿一样喜欢流水,也许水稻的前世就是一尾游鱼,一尾禾花鱼,它才会如此恋着一方水土,长出一方性格。它在水里生，水里长，水里繁殖，一生不离水土。

水稻不停生长，从一拃来高，长到了两拃多高，接着开始分蘖，茎秆也有了筷子般粗大。水稻每日都有变化，秆子从扁形变成圆形，圆秆的水稻孕妇一样腆起了肚子。此时，我只要低下头颅，就能听到它拔节的声音。我的心情像农夫一样急切，推算它何时抽穗，何时灌浆，何时成熟。甚至还担心会不会有虫子、老鼠来侵害，会不会突然枯萎！

在乡村那些年，劳作之后我喜欢遥看风吹稻花的田野，波浪翻滚的麦地，如雪似银的棉花。行走在大地之上，我感觉最美的景色并非高耸入云的大厦，而是匍匐地面的庄稼。可惜仅靠一个瓦盆，一株水稻，无法构成波澜壮阔的农耕场景，无法重建牧歌悠扬的盛大天空。

去岁春末，我独行古村，田野荒疏，路旁一丛丛藤花攀附着老树。春阳斜照，山风轻拂，藤条钟摆一样晃动，落英似雨滴颤颤飘下。我抬头望天，飞鸟掠过，白云悠悠，云天之下，山川河谷各有层次。

顺山前行，前方出现一条岔路，一条通往村舍，一条通往山丘，村舍住着乡邻，山丘葬着祖父。路旁不见牛粪、羊迹，一切像回到了史前状态，只有清凉的山风从后颈中神秘荡来。想着此行负有祭祀的使命，不由感慨伤怀，内心漫漶，顿觉四野清寂，挽歌般的乡愁无法言语。

这是一个后乡村时代，曾经千秋怀抱，鬼魂游荡的山寨，渐次空落，村民已整体搬迁。望着几间残破的瓦屋，我止步不前。本想近前探望，但想起村头坍塌的神庙，墙角锈蚀的锄头，案几上破损的算盘，内心顿感寂然。站在进村的路口，我选择了回头。也许只有回头，才能存留最后一点幻想，有了这丝幻想，就能虚构一个完整的山村。

当我转身离开的刹那，天空突然下起了小雨。烟雨如丝，我看到了一条被雨水淋湿的乡道，游蛇一样伸展在山野的尽头，那些废弃的院墙、平整的晒场、残存的土坡，散落成山村的遗骨。

回程的路上，我突然羡慕起枝叶繁茂的草木，它们虽然弱小，但显得地气充盈，自由自在，它们都是有根的植物。

雨雾朦胧，屋场前那个搬家的老农已乘车远去，不知道他是不是最后一个离开山村的老人，从他茫然的眼神里，我不知他能否顺利找到另一片属于自己的田野，找到农耕者的快乐。千万别像我一样，蜗居高楼，用一个瓦盆来怀念水稻。

回乡的螃蟹

很少有动物像螃蟹一样，一生都在回乡。

我一直认为，菊黄蟹肥这个词，不适合用在饕餮者的餐桌上，而应该指向江南水乡的河湾中。生长在湖汊水库池塘边的孩子，很小就学会了一句谚语：秋风响，蟹脚痒。一个形象化的"痒"字，道出了螃蟹内心多少秘密？这种自然的生理反应并非夸张，而是写实。就像夏空观月，那意境似写意的国画，寥寥几笔，神韵毕现，跃然纸上。

开年之初，春雷雨响，细小如指甲盖般的蟹苗托着轻盈的身体，蜘蛛一样列队前行。小蟹们从海边滩涂中逆流而上，昼夜兼行，它们结伴寻找一个适宜生长发育的地方，经风沐雨，去感受成长的季节。忙碌的小蟹，心中有一个温暖的去处，再苦再累也不曾却步，为了抵达辽阔的远方，它们漠视了脚下的距离。

小蟹成群出发，分散休养，化整为零，栖息在内陆各地的水田沼泽中。经过春夏两季的滋养，螃蟹已经发育成熟，于是就有资格开始繁育后代，当上蟹爸蟹妈了。七月在田，八月下河，九月螃蟹爬满河。螃蟹性子偏急，开春时急着来，入秋时急着走，它无须召唤，也不听挽留，它们急着赶回出生之地，去孵卵繁殖，去寻找故乡温暖的产床。

动物都具有共同的天性，把繁殖后代作为第一要务，于是螃蟹们急切得什么也不顾了，匆匆上路，逆水而去。它们哪知道，一路上三步一岗，五步一哨，层层关隘围追堵截，可谓陷阱遍地，险象环生！那些馋涎欲滴，觊觎已久的捕蟹者想诱其深入，在张网等待，伺机捕获。

记得那年回乡，正遇捕蟹时节，村里男女老少都在忙乎，我手捧迎考的书本，眼望窗外，热火朝天。外面谈笑声海浪一样，一波一波地涌来，面对诱人的场景，我无法平静地安坐。秋阳从窗口的罅隙间泻漏下来，投下或圆或方的光斑，变幻成迷眼的万花筒，像神灵的眼睛，在书页中留连，那摇曳的身姿，如刚刚睡醒的小兽，在字里行间亲吻漫步。站在熟悉而又久违的空间里，我的目光顺着墙壁一路游走，猛然间，亮光一闪，获得了一种穿越的感觉。古朴的蟹灯依然悬挂于门梁，如豆的灯火仿佛在遥远的秋夜里点亮，忽闪的火苗瞬间拉近了时光的距离，重燃少年心底的快意。

捕蟹既辛苦，又有乐趣，傍晚出门，夤夜才归，捕蟹人守着灯光，守着激动。那个时候河蟹的身价远非今日这般昂贵，捕蟹目的也远非当今简单直裸的钱财二字，其间有外人无法体味的兴致和乐趣。如豆的灯火，倒映水中，那是人间的星辰，是水乡人醒着眼睛。

初秋的夜晚已有些许凉意，潮湿的水边昆虫蹦跳，蛾蚊纷飞，忽闪的流萤在随水滑翔，黑幽幽的水面便有了光的反射。池塘成了微缩的银河，水底升起节日般的焰火，水波荡漾，秋虫唧唧，组成一派纷繁迷人的景象。

捕蟹是一项很有特色的技艺，网是捕蟹的手段，灯是捕蟹的灵魂。捕蟹的技法全在心里，一招一式只能细心领悟，少有空泛的言传。上了岁数的老人，手法极为纯熟，换成少年后生就难免心浮气躁，急于求成。往往是期望愈多，收获愈少。

捕蟹之前要准备好竹竿、蟹灯、蟹篓。蟹篓是特制的大肚带回口的那种，螃蟹只能进，不能出。最关键的是必备一盏玻璃罩的煤油风灯。天刚擦黑，捕蟹者咕酒数口，抹嘴拈衫，提着捕具从家中鱼贯而出。他们昂首阔步，胸有成竹般的往采点之地匆匆而去，那衣角翩飞的姿态显得怡然自得。

捕蟹人白天必须为夜间的埋伏作好准备。俗语说："虾有虾路，蟹有蟹路，蛤蟆没路，连跳三步"。捕蟹人凭经验判断哪条水道是蟹们的必经之路，然后落水下网，扼守咽喉要地。选好的地方一般都用铁锹锄头铲去了杂草，整理出一小块平地，既是收网的平台，也是有人占据的标志。

家乡河湖港汉纵横，池塘密布，那是难得的天然蟹场。捕蟹人手执蟹灯，置于水边，夜色里一豆微光，虽不灼目，但足以成为蟹的诱惑，成为蟹的指引。将篾篓半截沉进水里，长长的竹竿儿把丝网逐段放下，此时捕蟹的第一步就算完成。白丝网接近水的颜色，它无形无色，就像一道隐形的墙，把水面切割成若干的豆腐块，每个豆腐块都是一个暗道机关，悄无声息地悬挂在蟹灯的前方，那一线光明并不是送给螃蟹正确的指引，而是误导它们投入罗网的迷惑。

捕蟹人借助星月的微光，察看水中动静，经验丰富的捕蟹者仅凭声音就能判断水下的情况。当然，经验是依靠时光去积累的，没有岁月的打磨，历练不成捕蟹的高手，在这里没有捷径可觅，无法天生速成。

丝网入水，不露痕迹，只有漂荡于水面的浮标随时传递出水底的信息，为捕蟹人提供收放的抉择。螃蟹并不呆傻，它们同样懂得侦察，也会派出探路前哨，如果性子过急收网太快，那就会失去一次捕获的绝好机会。

水底的丝网像埋伏关隘的重兵，拦截途经此地的蟹群，切断它们的去路。细密的丝网有着良好的柔性，<u>丝丝缕缕</u>，融入水光山色，不知有诈的螃蟹张牙舞爪，摇晃着旁逸斜出的身躯，爬进了网格，毫无知觉就落入了迷魂阵。进网的螃蟹有点着急，伸出爪子拼命撕扯，可越扯，爪子缠得越紧。此时，螃蟹知道遭遇了天罗地网，想抽身后撤，为时晚矣，收网起水，无一逃出……

在弱肉强食的生物界，弱小的动物终生都在学习自我保护，回乡的螃蟹明知路上埋伏着九九八十一难，但它们还是义无反顾。有孕在身的螃蟹，每行进一步都显得小心谨慎，稍有响声，或有人影晃动，便会迅速改变前进的路线，立即避让。因此，捕蟹人拼的就是耐力和坐功，往往一坐就是几个小时，有如老僧入定，连身影也不曾晃动一下。

网儿躺在水底，若有蟹类触网，浮标会立刻颤动，火候就靠各自掌握了。下网后并没到点，年龄大的捕蟹者便安坐着一旁，拿出纸烟，轻轻抿在嘴上，点燃，深吸一口，猩红的烟头一明一灭，吸烟人双眼微闭，许久不见烟雾溢出，一副相当享受、相当陶醉的神情。有嗜酒者，摸出酒瓶子，小呷一口，酒香在夜色中水一样弥漫。

捕蟹人最得意便在这个时候了，他们好像不仅仅是为了多捕些蟹，而更像是借这个机会在享用秋夜的静谧，享受一份难得的凉爽和惬意。

后生们就显得目的直接，他们双眼紧盯着网索上那根翎毛，常常因用眼过度，看得双眼发花，出现幻觉，误以为翎毛在摇晃，便疾速收网，嘴角还挂着几分得气！可是丝网露出水面，却空空如也，一无所获。此时，后生脸上便蒙了一层羞涩，只能佩服姜还是老的辣！回头瞧一眼不动声色的老者，看似心不焉，实则早有准备，只要一拉网，准是沉甸甸的收获。见此情景，后生们只能自叹弗如！

水乡人几乎家家都有一盏蟹灯，所以蟹灯成为我们儿时的伙伴，它不仅可以在夏秋季节用于捉鳝捕蟹，在寒冷的冬夜还能陪伴我读书温课。那时候凑在昏黄的蟹灯前翻看过几十本连环画，至今还能想起蟹灯的气味。

记得上初中的那年，成绩冒尖的堂哥没钱上学，我们家也因孩子多，负担重，无力援助。快开学了，堂哥急得哭泣起来。伯父早逝，伯母守寡举步维艰拉扯三个孩子，已经是不堪重负了。父亲为了让堂哥有学上，他只好狠心当了一次梁上君子，斗胆偷了一回蟹。事后他叮嘱堂哥，长大后定要报答父老乡亲！堂哥当时鸡啄米似的不停点头，后来不知堂哥是否兑现了自己的诺言。

那是上世纪八十年代初，虽然各家都承包了责任田，但村里的蟹塘却还暂归集体所有，年底作为大家的福利进行分配。

蟹塘水深，四周还设有木栅栏，怎么偷蟹？为了不弄出声响，父亲不敢用网去捕。他从家里抓了一只公鸡，宰了，把鸡血用水稀释后洒在稻草绳上，草绳一端系一个石头，轻轻沉入蟹塘，岸边放一盏小小的蟹灯，另一端拉到草丛中，把绳放进一只大口的木桶内，木桶盛了小半桶水。

一切都准备妥当后，父亲带着我和堂哥，埋伏在草丛中。我

137

紧挨着父亲，能听到他粗重的呼吸，也听到自己咚咚的心跳。夜晚的杂草中蚊虫飞舞，闷热难耐，只猫了一会儿，就被咬得浑身奇痒，我想逃走，但为了堂哥，还是咬牙坚持了下来。不多时，听到木桶内吱咯作响，父亲激动地说：蟹儿上来了！我把耳朵贴近木桶，果然听到桶内哗啦哗啦的响声，好一片欢腾，不一会就爬上了大半桶螃蟹。

毕竟做贼心虚，做事颇有底线的父亲，绝不存在半点贪婪，懂得点到为止，见好就收。夜色里父亲佝偻着腰身，迅速摸近蟹塘，赶紧将草绳从水塘中拉出。熄灭蟹灯，收拾现场。我的心狂跳不止，看到父亲手上拉着沉甸甸的草绳，从上至下爬满了成熟的肥蟹，那根绳子像一根挂满葡萄的藤蔓，在夜色里闪烁着珍珠般的光泽……

父亲连夜赶往外乡集市，将蟹儿出了手，堂哥这才顺利入学。我们在学校领回新课本的时候，兴高采烈地跑回家，父亲翻开课本，开篇就画着一只大螃蟹，当时我发现父亲身子猛然哆嗦了一下，像是尿急了一样。多年以后我才理解，父亲为何会有那样的反应。

开学不久，秋风渐紧，校园内的枫叶也红得如血似火了，早晨的露水日见湿重起来，上学时已添加了厚实的秋衣。每当背着书包路过蟹塘，我就听到心脏在扑咚直跳，仿佛同伴们已窥视到了我内心的秘密！每晚入睡之前，我总爱趴在窗前，仰望湛蓝的夜空。宝石般的星月烘托着寂静的水乡，有时云翳较重的夜晚，偶然会发现田野上有一豆灯火，其实那光并不强烈，但我感觉它已经灼疼了我的双眼。

一汪池塘，一豆灯火，滑行的流萤组成了繁星般的世界，每一颗星都像藏着不同的心事，隐含着不便言说的秘密。

拂晓前是人睡得最香的时候，但我还是被恣意的声音惊醒了。耳边传来隐隐约约，叽叽喳喳的声音，那便是捕蟹人收网回家了。倘若有说有唱，甚至打着响指，吹着口哨，那一定是大获丰收！倘若哈欠连天，脚步拖沓，一片零乱，那应该是一无所获，空手而归了……

小时候我也加入过捕蟹的队伍，图的是看个热闹，可守着蟹灯，一动不动，确实乏味透顶，夜深时瞌睡袭来，找着一堆稻草，倒头便呼呼大睡。不知过了多久，大哥大叔们才将我们摇醒，开始收网回家。

此时月儿已经隐去，村庄里鸡叫声此起彼伏，树林和房屋掩没在夜幕中。捕蟹人手提蟹灯，肩扛竹竿，竿梢上挑着丝网和蟹篓。蟹灯提得如小腿一般高，捕蟹人上半身便隐匿在黑暗中，只有那两条腿，一伸一缩，拖出又粗又长的影子，从地面扫过，卷起一股煤油夹带腥味的风。我们听得见肥蟹在篓子里哗啦作响，滋滋地吐着泡沫儿。

又是秋阳高照，稻子熟的时候了，沉甸甸的谷穗低垂着头颅，一层层簇拥着，看着十分喜人。此情此景让我渴望重温一次捕蟹的经历，可时光一去不返。凝视着无边的暗夜，我感悟到光不但是希望和温暖，更是一种牵引生命的力量。对于光，动物和植物仍然保留着最初的本源，连《圣经》里也把光视为第一神迹。可是夏秋之夜，我走遍乡村，再也见不到一星如豆的蟹灯，就连过去田野上星星点点的杀虫灯也早被淘汰出局。农药的强大威力，使灯光诱虫的笨拙方法淡出了人们的视野。事实证明，半个多世纪前,美国海洋生物学家、《寂静的春天》的作者蕾切尔·卡逊(RachelCarson)的担忧并非多余。这位瘦弱、身患癌症的女学者,无意间向人类的基本意识和几千年的社会传统发起了挑战。《寂静的春天》出版两年之后,她心力交瘁,与世长辞。作为一个学者与作家,蕾切尔·卡逊所遭受的诋毁和攻击是空前的,但她所坚持的思想终于为人类环境意识的启蒙点燃了一盏明亮的航灯。

有一个沿湖的村子,盛产虾蟹,结网捕捞难度不小,懒惰的村人为了节省上涨的人力,买来一种叫"杀灭菊脂"的农药,倒入湖汊池塘,一眨间,大小虾蟹便浮出水面,站于岸上便可随手捕捞。水位退却后,死去的虾蟹密密麻麻地淤积在泥沙中……

离开故乡已经二十多年,父母已经苍老,我却远在他乡,虽然朝发夕至的高铁如风而过,但我却缺少螃蟹那样的回乡情结,只能在风尘入念的世界中回望那盏虚拟的蟹灯。

在俗世中行走

回家那夜,风雨交加,我彻夜失眠。密集的雨点拼命地敲打着单薄的瓦屋,我担心苍老的泥屋熬不过那个夜晚。

雨像个张狂的泼妇,一夜未曾停歇。风助雨力,雨借风势,一个劲地摧残着房前杨树的枝条,纷乱的枝条如凌厉的马鞭,狠命地抽打着低矮的瓦屋,老屋不停地颤栗呻吟。

拂晓时分,风累了,雨困了,世界变得安静起来。我歪着头,终于有了睡意,迷迷糊糊中却被一阵急促的敲门声惊醒。擂鼓似的敲门声从我胸脯上滚过,我一个激灵蹦了起来,趿着鞋将门一把拉开,姑姑一个踉跄扑进了房内。

格伢,快点,我们都在等你了!

我强撑困意,睁开睡眼,这才想起自己昨天约好一早去神山寺烧香。近年老妈日见孱弱,三天两日就打针吃药,已是神山寺俗家弟子的姑姑,几个月前在寺里为老妈求过仙水,现在老妈的身体果然有所好转。

刚到家时,姑姑就一脸严肃地对我说,她在菩萨面前许过愿,如能保佑我老妈平安,到时一定重谢!

姑姑又在呼喊了,我潦草地洗漱了一下,钻出了大门。姑姑、婶婶、伯母们早在就候在路口了,几辆摩托车停在路边嘟嘟地喧闹着。车前都挂着一块红色的牌子,上书"神山寺专线"。姑姑、婶婶们每人手提一壶金龙鱼油,依次上了前面的摩托。后面还有一辆待在哪儿,显然是在等我。

"摩的"司机戴着鲜红的头盔,像太空人一样,根本看不清他的表情。我屁股刚挨着车坐,司机便一拧油门,车子像受惊的烈马,咆哮着朝前一蹿,箭镞一样射向了前方。

正是晚稻收割的季节,雾幔中依稀可见金黄的稻子铺满无边无际的田野,坡地上间或闪出一两块碧绿的桑园和淡绿的苞谷,把山野点染出朦胧的诗意。路边村舍中不时传来清晰的鸡犬之声,却看不见牲畜的踪影,更无法望到袅袅升起的炊烟。

自从漂泊在外,多年不见家乡的秋色,可那如火的枫叶常在我心头飘摇,望着四季分明的村庄,我的内心漫过一层露水般的潮湿。

坡道陡峭起来,摩托车的嗓音明显变得粗重。当艰难地爬上山梁的时候,太阳撕破了雾气的包裹,探出了血红的脸庞。云雾眨眼散去,村舍豁然开朗,阡陌纵横,山川河流明镜一样。

弯曲的山路在林间盘旋,摩托车拐弯时的过度倾斜和猝不及防的离心力让人一惊一乍,戴着头盔的汉子却依旧不减车速,游蛇一样逶迤前行。有几次在弯道上避让对面来车,感觉好像滑到了悬崖的边缘,我只好闭上眼睛,吐出舌头,拿一副听天由命的姿势。

走完古丈崖险段,那颗悬着的心才慢慢趋于平静。此时仰头望天,天蓝得发亮,一只老鹰像一组特写镜头,静静地漂在空中,伸展着船桨一般的翅膀,凝固着,许久也不见它扇动一下,只见大朵的白云在鹰的头顶奔走。

路上有香客陆续返回,来来往往的摩托车吐着青烟。进神山寺有二十多里山路，这么早就有人返回啦？我忍不住询问摩托司机。摩托司机却语调平谈：这算个啥呀！有些婆娘早就回到家了！那帮婆婶常常半夜动身，摸黑赶路，为的是能抢上清晨的第一炷香。

摩托车的速度明显慢了下来，越往山里走，人越多，就像进了赶集的街口。我没弄明白，那天究竟是个什么日子，不过年不过节的，怎么会有那么多人涌来拜佛？在我的记忆中，初一十五才是拜佛的日子。我拿出手机，查看了一下日历，手机显示农历九月十九。我的记忆里对这一天没有任何印象，真不知道这天是个啥节日。后来问姑姑才知道，农历九月十九是观音菩萨出家的日子。

神山寺很多年前我就到过一次，那是一个极不起眼的所在。一间灰头土脸的小庙低矮逼仄，一位从异乡云游到此的瘦弱和尚神情木讷，不善言表。有时香客抽了签，请他详解，顶多给个只言片语，从不多吐一言。佛堂的地面上安放着几个细小的蒲团，惟独不见供人捐奉钱款的功德箱。

在我等凡人眼里，小小寺庙毫无灵光，像一个贫寒的老夫，蜷缩在山脚一隅。直到前些年，一位进山采药的老人，在山里失踪三天三夜，村里人口吹牛角，敲锣鸣铳，寻遍大山的旮旯，仍一无所获。正在家人悲号啼哭时，困在某处山崖中的老人，在夜幕下眺望到了前方一点如豆的灯火。老人朝着光亮，一步一步爬到了过来。在神山寺的台阶上，和尚救下了气息奄奄的老人。从那之后，香火逐渐旺盛，信者成众。

嘀嘀……摩托车开始从山岭往下滑行，站在高处往下望去，像航拍一样，山下的景色尽收眼底。

　　破旧的寺庙早没了踪影，取而代之的是一群金碧辉煌的建筑。那位形单影只的瘦弱和尚已不知去向。听说当年投资者并没有与和尚讲经斗法，而是像大厂兼并小厂，出手大方地砸出一捆钞票，让外来的小和尚一脸茫然。条件是转让"神山寺"名号，让小和尚远走他乡。

　　财大气粗的投资者担心小和尚纠缠，可是小和尚对那堆钞票连看也没多看一眼，只拿起几本破旧的经书，背起落满尘土的黄布包，不声不响地走出了山门。没人知道和尚从哪来，也没人知和尚往哪去，也许云游就是这个和尚的宿命。

　　新起的寺院气势恢宏，占地足有几十亩，飞檐翘角的建筑错落有致，院外车声轰鸣，人流涌动。

　　下至山脚，进入寺院的正门，立有一块丈余高的塔形碑石，碑文记载：神山寺始建于唐乾宁二年（公元895年），至今已有1100多年历史。一直以来禅风甚盛，并不断扩大规模，殿宇、客寮、斋堂、库房等计有数百间，占地35亩。嘉靖万历年间因局势混乱，几经兵燹，佛法逐衰，神山寺亦渐颓废，公元2007年再次重建……

　　看过碑文，我终于明白了投资者的良苦用心。只有千年古刹方显灵光，寺院讲究的是悠久的历史，缺少历史渊源的东西很难让人信服。新修的寺庙金碧辉煌，气势再大，投资再多，那也只是一处肤浅的风景；惟有厚重的历史才能托举超越凡俗的梦想。

　　面对历史，在这个飞奔的年代，至高的权力只能叹息，耀武扬威的资本也黯然失色，无可奈何。历史是无法速成的东西，它必须遵循自然规律，需要每一寸光阴的无声浸染，需要耗费一个又一个鲜活的生命才能缓慢构成。因此，把神山寺的衣钵继承过来是权贵者的智慧。移花接木或借尸还魂，我为人性中的另类聪明而惊悚！

寺院顺山体呈阶梯状延伸，左右两侧分立大雄宝殿、观音殿、法王殿、藏经楼、厢房等。姑姑在寺外备好了香烛和供品，提着纯净透亮的金龙鱼油，顺甬道直插进去。

姑姑以一个俗家弟子的便利，把我带到了藏佛楼。我抬头看看，这幢建筑造型独特，一层没有门厅，也不对外接待香客，只有姑姑她们这种身份的人才能自由出入，类似于某些消费场所的VIP。

一进门，老远就闻到一股扑鼻的香油味，从门厅后顺着木梯上行二楼，当眼睛与楼面平视的一瞬间，我的双眼被光亮灼痛。楼面上千百盏油灯正跳跃着欢快的火苗，如荷花盛开的池塘。姑姑把一桶金龙鱼放进旁边的储藏室，不用表白，不用登记，一切都在不声不响中完成。

我朝里打量了一眼，不免发出惊叹！堆山塞海的食用油已经码放到了房顶，旁边一间屋子里空出的油瓶更是难计其数。这千百盏二十四小时不灭的长明灯，正滋滋作响，火苗像贪婪的舌头，不停地吸吮着灯油。

佛像前一跪一拜一长头，香客正在列队等待，没有人监督，但个个都自觉排列，无人喧哗。一个上去，祈祷，长头跪拜，完毕出来，然后另一个再接着上去。姑姑在前，我在后，她给我作示范，我跟着学了一遍，做完发现脸上火辣辣的，显得十分别扭。做完跪拜，姑姑带我下了楼。

姑姑到了寺内如鱼得水，整个人都活泛了起来。这一刻我明白姑姑为何热衷到寺院来。一直以来,强势的姑夫压迫得姑姑透不过气来,杀猪卖肉做屠户的姑夫,打人、酗酒、偷情毫不含糊。姑姑多次在床上抓过他的现场,甚至拿走了两人的衣裤,让偷情者赤条条躺在床上。可姑夫过后依旧本性不改,在那个缺衣少食的年代,屠户总有着俘获女人的便利,一点小恩小惠便让女人松下裤带。

为了孩子,姑姑忍气吞声。一晃几十年过去,如今孩子大了,均自立门户,不用她操劳担心了,于是寺院就成了她的精神寄托。姑姑信佛之后内心没有从前那般的苦了,现在的奔波辛劳与原来的痛苦是完全不同的两个概念。在这里她终于找到了精神安放的地方,一字不识的姑姑,隐忍孤苦地熬完了大半生,终于找到了通往信仰的路径。

观音殿前人头攒动,早就水泄不通了。姑姑塞给我一块塑封的牌子,拉着我的衣袖从旁门钻了进去。我心里不免一惊,烧香拜佛原来也有开后门可走?

上完香,许好愿,姑姑让我朝体积宽大的功德箱中扔了钱,然后依旧从旁门退出。姑姑说引我去拜见她的师父,也就是神山寺的住持。

顺着麻石铺就的过道,绕到了大殿的背面,一方小院静静地立于山边,颇有曲径通幽之感。透过茂盛的重阳木、香樟、桫椤,一辆锃亮的新款别克像一块耀目的银镜,停放在院子的正中。车子刚用水洗过,银灰色的金属漆在阳光下闪着明亮的光泽。眼前一字排开的房间分别是清洁工、厨师、司机的办公室。姑姑告诉我这是师父的住处。走廊上全自动洗衣机正在呼呼洗着衣服,院里的晾衣杆上挂着几身灰色的僧袍。姑姑请师父给我老母求个平安符,说是早有预约。

等了好一会,看到休息室里出来一位一身富态的大光头,灰色的僧袍与电影中的住持完全两样。他边走边接着手机,等他接完,姑姑立刻拉着我迎了上去。姑姑才叫了声师父,师父的手机又响了起来。

电话终于打完了,姑姑伸手拉住我的衣角,示意我赶紧朝师父跪下。我感到此举有点突兀,便迟疑了一会。姑姑发现我没有反应,便着急起来,不停地拽着我的胳膊,侧目一看,姑姑已憋得满脸通红,那样子恨不得替我跪下。

见状不好再扛了,我只好双腿弯曲,突然听到了浑身的骨头咔嚓作响,腿上像有蚂蚁在爬。此时姑姑终于松了口气,看到我已经跪在光秃秃的麻石上了。

跪下之后,我把事先包好的三百元红包双手举过头顶,奉送给大师。区区小钱,代为香烛,请大师笑纳!大师是代佛行事,所以他没有吐出凡俗人嘴中的多谢二字,伸手接过便是。

我们在门外等了许久,大师才从禅房里踱出来,手心里握着一个很小的红布包,一脸神秘地递给了姑姑。我问姑姑是啥?姑姑一言不发,一副天机不可泄露的神情……

从后院出来的时候,我产生了逃离的心态,抢前先行,把姑姑远远扔在后面。不知为何,我心中堵得慌,以至对林子里桂花的香气也没有太多的感觉。侧目佛厅,两个念经的小沙弥显得心不在焉,只要见过道上有步态优雅的女士,只要听到高跟鞋一步步敲打着地面的声响,面朝佛祖的双眼就会反过来骨碌碌地转悠,眉眼拧紧,一脸俗态。

本想再在寺院转转,但从后院出来后,我对这个崭新的寺院已经没有了当初的兴趣。姑姑还有很多事务，她需要留在寺里帮忙，我只好先行告退。

看着姑姑风风火火的背影，我心里有一些东西正在翻腾，也有一些东西正在沉淀。像她这样的俗家弟子和香客还有许多，她们从不计较得失，风雨无阻，长年起早摸黑为寺院义务打理杂事。自己平时省吃俭用，家里炒菜也舍不得多放一滴油，而每月初一、十五却眼睛也不眨一下，一桶一桶地把油往寺院送。

多少乡间妇女，从春到冬，一趟趟往寺庙里赶，见不到她们有什么物质上的收获，但是从俗世中来的妇孺们，灵魂里却增加一层柔软的东西。在日复一日的信仰中，化解了无数的积怨和仇恨。就像姑姑，谅解了那个破坏他们感情的女人，那女人四十来岁就患上了子宫癌，姑夫早就与她断了往来，对她的疾病不闻不问。倒是姑姑在那女人临终前专程去看过她，姑姑握着那女人骨瘦如柴的手，说了一些让自己也吃惊的话。

信仰让姑姑增多了慈悲和宽厚，一些看似无法化解的仇怨，突然间烟消云散。那女人破坏了姑姑的家庭，在弥留之际不知想到了什么？也许姑姑的宽容是对她最大的惩罚。

人在尘世中挣扎，说不清在挣扎些什么，只有双手空空而去之时，才明白需要的是什么。这些一字不识的妇人，为了某个寄托，在通往佛殿的路上，她们的内心悄然开朗起来，那一刻已经获得了佛光的照耀，看到了佛祖慈悲的脸庞。

在寺院外我顺手拦了辆"摩的"，摩托佬是个精瘦的汉子，我睇了一眼他的摩托车，车前并没有悬挂"神山寺专线"的牌子。

我猜不透他与上午那些摩托佬有何不同。上路之后才知道他也是寺院里的俗家弟子，对于那住持师父视若神明。他说师父神通广大，佛法无边。神山寺扩建短短三年，现在是闻名江南的宝刹，不仅寺院一再扩建，香客也遍布皖、浙、闽、粤、湘、鄂、赣数省。浙江的大老板出手尤其大方，一次给寺里捐款了上百万。寺里三年获捐上亿元，仅车就换了三部，最早坐的是二手普桑，接着是帕萨特，现在是崭新的奥迪。师父自己还考了驾照，遇有急事无须劳驾司机，自己亲自驾车……

摩托佬与我谈起师父，浑身兴奋，车速也跟着提了起来。我赶紧提醒，悠着点！悠着点！路况太差，我有心脏病的！他却说：老板你就把心放宽吧，我的车技是超一流的，从没有过闪失，再加上有佛祖在心，时刻保佑，错不了。你可能不知道吧！去年两个香客乘"摩的"翻下山崖，你猜怎么着？奇怪吧，两人毫发无损。车子摔下山崖变了形，人却落在树枝上晃悠……

吱的一声，摩托车停住了，因为风尘太大，我一直双目微闭，当摩托车停下后才睁开眼，只见夕阳已经染红了半边天空，家就在眼前了。

哦，就到家了！我赶紧把手伸进荷包，问他多少钱？没想到这位俗家弟子竟然对我客气起来了。连说不用给！不用给！我说这哪成呢？大老远跑一趟，现在的油价这么高！

我刚说完，他马上顺风接过话头，那好，那好，既然老板真有佛心，要讲客气，那就收个香火钱吧！

早上去时听姑姑说了价钱，一般是八元至十元之间。此时我手上正好拿着一张面额五十元的，我把钱递了过去。

他的摩托没有熄火，伸手接过钱，风快地把钱塞进了荷包。

那个动作干脆利索,与住持师父如出一辙。

我原以为他会按照行情找回多余的钱,没承想他竟全部笑纳。俗家弟子最后连谢谢也没有说一声,只见他油门一拧,摩托车轮子猛然一转,像扬起的马蹄,呼的一声冲去老远。

我站在原地,怔怔地望着夕阳中那个越来越细小的影子,久久没有挪步。

进城去种田

　　进城去种田,你信吗?你肯定不信,你不信,我也不信,寸土寸金的城市,哪里有田可耕,有地可种?

　　但是,于表哥来说,这话并非胡言乱语,制造噱头,他的确是在城里种田。

　　这些年乡村正发生着前所未有的变化,农民的身份就如山间云雨,飘忽不定,一日三变。有可能早上出门还是搬运工,下午就成了快递员,明天又转为管道工。他们像一支潜伏在城里的游击队,永远捉摸不到下一步的行踪。

　　漂在异乡的故乡人,只有回家才能相聚。回乡那夜,月朗星稀,我与表哥背倚古樟,盘腿而坐。夜风在耳边蹑手蹑脚地吹拂,像在偷听我们谈话。可惜我们的交谈缺少山风的灵动与率性,反而有点如岩石一样沉闷和拘谨。特别让我难受的是,那些市侩般庸俗的气息,飞蛾一样扑向灯火,暴露出虚伪的内心。

　　可能是相隔太久了,貌似无话不谈的兄弟,突然间多了一层客气,就是这层客气,阻碍了情感的交流,使我们的夜谈无法深入彼此的内心,抵达那个朴实柔软的部位。我知道这是时间在作祟,悄无声息的时间,不仅会改变一个人的心性和容颜,而且还能消解业已沉淀的情感,淡忘往昔的真情。两个素不相识的陌生人,能在时光中慢慢靠近;而两个熟悉的人,在天长日久的相隔后,有可能重返陌生,重现距离。

在急遽变化的当下，一些曾经拥有的事物，随水而逝，找不到片鳞只爪。这个过程就如悄无声息的个体变化，烟消云散，毫无察觉。我和很多人一样，从乡村出走，进入城市，天长日久，从不回望。已经习惯了被城市喂养的生活，对于那些曾经参与其中的耕耘劳作，早已失去了共同的话题，提不起丁点兴趣。

夜晚的乡村，天净如洗，凉风习习，这样的夜晚本该适合推心置腹的交谈，可我们的谈话竟成了夏夜的流萤，随风飘荡，没有方向。虽然夜色包裹了我漫不经心的表情，但无法模糊彼此的内心。在我眼里，农耕的山村还是一个缓慢的世界，山民依然遵循着日出而作，日落而息的节奏和秩序。这里没有连接宽带网络，没有手机信号，只有小桥流水，老树昏鸦。当一个须臾不离手机的人，置身山村，被真空隔离后，那种感觉就如一条嗜水的黏鱼，扔上了滚烫的地板。

在众生奔跑的年代，只有进入山野才能感觉时间的缓慢。这些年，一直咆哮在声色犬马的城市，就如一尾浮游生物，风里浪里，弄不清时间都到哪去了。现在似乎有所察觉，那个潜藏在手机里的朋友圈，把完整的日子撕咬得支离破碎。那是一个永远无法喂饱的饿鬼，是一味上瘾的毒药，吞噬着时间，影响着心智，就连走路、吃饭，甚至开车、蹲马桶也在不停——刷屏、刷屏、刷屏。

人的精神被网络肢解，被人云亦云的泡沫所左右。整天沉浸在各种信息的润滑剂中，没有增长有用的知识，没有掌握任何的技能才干，收获的只是一地鸡毛。双脚沾满泥巴的表哥，体会不到网络的魔力，他不知道那个名叫微信的小玩意儿能链接一个魔幻般的世界，人们在那个虚拟的世界中，神魂颠倒，乐此不疲。

我知晓玩物丧志的后果，当年小孩夜不归宿，痴迷网吧游戏的教训，至今犹在眼前。那时的家长都葆有局外人的客观冷静，其实是低估了这个虚拟世界。曾以为自己有足够的克制能力，现在才知道，一旦离开微信，整个人就被掏空了身体，变得失魂落魄，坐立不安。

这些年，无处倾诉的表哥，有满肚子的话要说。这个夜晚，在长时间的磨合后，连通了心跳的频率，表哥终于逮住了一次机会，他认为喜欢舞文弄墨的我，是最佳的倾诉对象。可是处在欲望泛起的年代，随处可见夸夸其谈的狂人，却很少遇上谦卑诚实，放低姿态的倾听者。

我一直认为，换位思考只是一种嘴上安慰，在你心中看似天大的事情，换到另一个人眼里可能立刻就萎缩成一粒芝麻，失去本来的重量。即使是痛彻人心的苦难，也很难如亲历者一样感同身受。

一趟蜻蜓点水式的回乡，还不及一次真实的梦游，既没有记住一声虫鸣，也没有关注一次鸟叫。草木丰盈的山村，竟无物入怀，那草尖上滚动的露珠，瓦屋上升腾的炊烟，全都成为一种虚幻，再也找不回当年的感觉。

原以为表哥对外面的世界一无所知，谁知他不仅出过远门，而且抵达的城市比我还多——广州、珠海、佛山、东莞、深圳、福州、厦门、石狮、晋江、金华、丽水，最后落脚在温州。和许多离乡的农民一样，表哥的远行显得异常匆忙，根本没有一点心理准备。我问表哥，既然进了城，怎么又回来呢？表哥知道我的疑惑，人往高处走，水往低处流，只有进入城市才有发达的机会。现在村里人只要出过门的，无论混得好坏，他们都不愿回乡，城市就如跑马场，一旦进入，心就变野，再也收不回来……

表哥的倾诉浸染着如水的夜色，慢慢往下低沉，原来他的外出经历非同一般，他不如别人那样向往城市生活，而是被逼无奈。这些年，村里女人多，男人少，乡村便失却了阳刚之气。那些内心空荡的留守女人，平时遇到需要男人去干的力气活，总要麻烦表哥帮忙。村居邻里，热心肠的表哥不好拒绝，几乎有求必应。为表谢意，村妇们除了灿烂的笑脸、明亮眼神之外，还不时以言语感激，以酒肉相谢。无奈男女之事自古就是说不清，道不明，不管表哥行事如何端庄，做人怎样磊落，时间长了，一来二往，也会滋生风言风语。那些捕风捉影添油加醋的闲话，通过乡村口头文学家的传播，很快便传到表嫂耳里，如梦方醒的表嫂突然间变得疯狂起来。

不可避免的夫妻矛盾出现了，最初只是争吵哭闹，接着摔盆砸碗，最后就动起手来。说来真的让人不解，每次表哥表嫂闹得鸡飞狗跳，扭打一团时，村里不管男女老少，全都站在不远不近的地方围观，极少有人上前开导劝解。表哥的厅堂像个戏台，三天两日就被围观一次。也许是村庄太过沉寂了，大家憋闷得难受，希望出现一点热闹，带来一点刺激，在嬉笑怒骂中出现一次化学反应，让冗长的日子不再乏味。

打是亲，骂是爱，那些聚少离多，甚至长年不见丈夫的女人，看到表哥表嫂在纠缠打闹时，竟然心生羡慕。此时，女人压抑多时的情感闸门被突然打开，不由鼻子发酸，脸上像有蚂蚁在爬动，女人下意识伸出粗糙的手掌，一摸，满脸是泪。作为夫妻，能同床共枕，同桌吃饭，就算整天争吵打闹，她们心里也是甜的。现在她们想哭想骂，想吵想闹，也只能面对虚无的空气，得不到一丝回应。

回想表哥这些年的经历,我就有书写的冲动,可是回城多时,始终不敢动笔,因为一直找不到合适的语境。盛夏,如火的阳光在窗外燃烧,此时农民正在争分夺秒地农忙,我想象中,烈日下表哥弓起黝黑的脊背,面朝大地,挥汗如雨。而远离村庄的我,却安坐于珠三角某幢智能写字楼里,整天享受着清爽的凉风。在此并非是我故作矫情,用不同的环境作肤浅的对比,只是感觉蛰伏在车马喧闹的城市,用电脑敲打出:农民、种田、汗水、粮食这样的字眼不合时宜。延续千百年的乡村,突然土崩瓦解,已记不清多少年没写过庄稼、种田这些老土的词语了。这些血脉般悠长的汉字,父母一样供养着无数的生命,维系着人类的温饱,可如今在我们视野里惨然消失,这种毁尸灭迹的过程悄无声息,如此重大的背离,无疑是一场情感的叛变。打开网络,苍然涕泪的农耕词语,与萌萌哒、坑爹、屌丝、小鲜肉、心塞、逼格这些莫名其妙的话语体系遥隔千年,它们似乎不在同一个星球。

对于表嫂的误解和纠缠,表哥一脸沮丧,一个细雨霏霏的夜晚,表哥偷偷地走了。两天后表哥出现在广州街头,他看到密集的城市高楼,丛林一样没有边际,车流如织,人如蚂蚁,立马就晕头转向。他赶紧退出了广州,辗转佛山、东莞、深圳多地。没有任何特长的表哥处处碰壁,被黑中介耍猴一样,欺骗了几个来回。后来兜里的钱也所剩无几了,心灰意冷的表哥差点就要流落街头,万幸的是最后在温州总算有人接纳了他。

表哥问我:"你知道我在温州做啥吗?"

我摇摇头:"不知道。"

他说:"你肯定不知道。"

我问他:"怎么啦?"

他说:"不怎么,那算不得打工,我在温州种田!"

"——种田?"我一脸疑惑。

表哥嘿嘿一笑,露出烟熏火燎的黑牙。

他说:"是的,没想到吧,我属泥鳅的,天生是钻泥的命。在家种地,出门打工还得种地。"

鹿城、龙湾、瓯海、瑞安、乐清、永嘉、文成、泰顺、洞头,表哥跑遍了温州下属全部市县,一大圈跑下来,还是没有找到合适的工作,最后在瑞安市荆谷乡帮人种田。

那天表哥皱着眉头,在劳务市场漫无目的地转悠,一位操温州口音的老板上下打量着表哥,然后走过来很热情地与表哥攀谈。表哥听不懂温州话,依靠手势辅助,后来知道了个大概,明白老板让表哥到他那儿去工作。表哥几乎没有犹豫,背着包跟他走了。

车子出了城区,七拐八弯驶向了一个村子,表哥一脸诧异,在这个工业发达、厂房密集的城市,竟然还有如此乡土的风景。穿过绿树掩映的庄园,表哥见到了熟悉的田野,硕大的鱼塘,成片的果园,碧绿的菜地。老板载他过来,并非让他进厂,而是让他种田。

听说种田,表哥有一种本能的条件反射。自己离开家乡,费尽周折,跑进城来,为的就是当一回工人,现在竟让他重操旧业,在心理上似乎不能接受。可是低头一想,既然是赌气出门,那就没了退路,一个大老爷们,莫非还真的空着手回去?那样不仅会激化与表嫂的矛盾，还会遭村人讥笑！跑了那么多地方，没找到合适的职位，如果不愿种田，那又能干啥？身无分文了，不找活干就得饿肚子……

人在屋檐下，不得不低头，表哥只能留下来种田，没有别的选择了。好在老板很随和，没有那种盛气凌人，财大气粗的习性。他姓何，与表哥同姓。既然是本家，老板显得比之前更热情了，他拍着表哥的肩膀说："兄弟，留下来吧，能看出你是行家，我闻到你身上的泥土味了。放心吧，不会亏待你的，咱们五百年前是一家呢！"

表哥眺望无边无际的田野，心里突然升起一种温暖和踏实。他点了点头，就这样留了下来。

被称为中国犹太人的温州老板，素来精明，他们有强烈的市场意识和扩张心理，眼光比别人看得更高更远。家大业大的何老板颇有忧患意识，他在温州、瑞安、义乌等地都有工厂，生产地毯、电器、打火机，手下员工成千上万。当他准确预测到传统制造业因成本上升，优势消失，将遭遇瓶颈时，何老板已率先走上了转型之路。农村土地大面积撂荒，政府鼓励种植大户搞土地流转，让企业家投资农业，让工业反哺农业。何老板正是瞄准了政策方向，决定回归农业。三十年前何老板也是耕田种地的泥腿子，所以他对种田是有感情的，那天表哥见他的T恤上就印着几株颗粒饱满的玉米，那些咧嘴的玉米正开心地笑着。

作为一个要养活成千上万员工的老板，一定会有民以食为天的真切体会，每天用货车拉来堆积如山的蔬菜和大米，很快又以风卷残云般的速度消耗一空。对于吃饭问题他自然要比一般人更清醒，因为他知道，在城里有数以千万的人要张嘴吃饭，却没有一个人在种植粮食，很多水汪汪的孩子，晃动着营养过剩的身体，他们却不认识水稻、麦子这些古老的作物。在重商轻农的当下，很少有人还会惦记农事，担心庄稼。面对物质丰盈、商品充足的市场，大家以为粮食、棉花是永远过剩的商品。正如美国著名生态学家奥尔多·利奥波德所言："人们在不拥有一个农场的情况下，会有两种精神上的危险：一是以为早餐来自杂货铺，二是认为热量来自火炉。"

其实饥荒就如瘟疫，始终没有走远，它只是用伪装来麻痹人们的神经，它埋伏在众生身旁，伺机而动，随时都将卷土重来。历史上太过久远的灾荒不说，只要读过杨显惠先生的《夹边沟记事》就能知道，那场发生在20世纪60年代初期的大饥荒，让多少人命丧黄泉！

表哥是把种田的好手，他能准确地盘算每亩田地的收益，可是在何老板的农场——表哥的耕作经验一夜归零。这样的农场与一个工厂没有差别，农历日脚、二十四节气全都消隐，几乎所有的耕作环节都实现了机械化。机耕、机插、机收，农民成了操作者和指挥官。

在农场，高新技术的应用，改变了农民劳作的方式，这里的农民根本用不着风雨无阻、披星戴月地扑在地里。他们与工人一样，轻松种田，体面劳作，每天都是八小时工作制。

比如播种、施肥、杀虫、除草、收割这些干得烂熟的活儿，被农场的新方法完全颠覆。原来耘田除草是颇费功夫的农事，需要花去大量的人力物力。现在根本不用人工，每亩只需200毫升的除草剂，稀释喷雾，就能将阔叶草、莎草、稗草、游草、野慈菇、野荸荠、三棱草、鸭舌草、牛毛毡、节节菜、空心莲，这些生性顽强的草类统统杀光。

没人的时候，表哥拿起药瓶，左看右瞄，反复端详，感觉这东西太神奇了，为何喷洒在稻田里，杂草全都枯死，而水稻却安然无恙，这是一种什么魔水？

对于这瓶药水，表哥想找出个所以然来，可只有小学文化的表哥肯定想不明白，但越是想不明白，他心里越疙瘩，越有难言的隐忧。用除草剂、杀虫剂种出来的水稻、产出的大米，对身体是否有害？工余时表哥向其他工友打听，对于他的问题，工友们懒得回应，问多了就说表哥是咸吃萝卜淡操心，老板只让咱们种地收庄稼，有没有害关你啥事？！

在工友们眼里，现在还用老方法种田，那是自找苦吃，如果真有愿意自找苦吃的人那也无妨，可只要头脑正常的，天下从来就没有自找苦吃的人。如此轻松自在的耕作方式，很快就让人变得懒惰起来，农民不再以辛苦劳累而著称。

古老的农业已经面临更新换代，如果谁还老老实地按自然规律种植，不但赚不到钱，就连生存恐怕都很困难。比如蔬菜，按自然规律种植要三个月，而且种出来的菜还很难看，菜叶上布满虫斑，拿到市场上无人问津；喂猪，正常养要一年才能出栏，而市场上供应的猪全是三个月膨大的激素猪；喂鸡，正常要半年，现在的鸡几乎都是28天长大的速成品。还有海鲜、虾子、王八、鳝鱼、大闸蟹，几乎都是人工饲养，都是激素催大的。无论果农、菜农、粮农、畜禽养殖，还是水产养殖，从业者都成了化学专家、药物专家、保鲜专家、催长专家；杀虫剂、防腐剂、抗生素、激素是他们手里的家常便饭，种养户成了魔术师。

表哥认真分析过，他认为对于农场的新技术不能全盘否定，有些东西还是有用的，比如种植观念。有一天，表哥从报纸上看到一篇报道，标题叫《现代农业要走规模化生产之路》。介绍一个种草莓的村子，早年有人一亩、两亩零星种植，结果根本卖不出去，种草莓的全都亏本，后来很长时间都没人再提种草莓的事了。

有一年，来了几个外地人，他们承包了一百多亩土地种草莓，村里人看见几个其貌不扬的人，感到有点可笑，认为那是几个大傻冒。种一百亩草莓，能当饭吃么？卖给谁？到时恐怕连哭都没有眼泪。大伙都在等着看好戏呢！

草莓很快就成熟了，百亩生态草莓园的招牌刚挂出，外地采购的大卡车就轰隆隆地开了进来。每天草莓园的人都忙不过来，村里人觉得奇怪，城里人是怎么知道这儿有草莓的？还是记者的嗅觉灵敏，他们扛着长枪短炮，追踪过来了，个个都想抢这种有卖点的新闻。记者根据这个事例采写了深度报道，并且还总结出一句非常经典的话："一亩草莓无人买，百亩草莓不够卖。"通过记者深入浅出的分析，表哥明白了其中的道理，原来这就叫规模效益！

通过规模化生产的对比，表哥终于懂了，为何老家那些人都不敢多种地，因为依靠人力耕作雇不起昂贵的人工。现在农村有一个被外界忽视的大问题，那就是劳动力奇缺，说文气点是青黄不接，说难听点已面临断代绝种。在农村40岁以下的农民很少见到，30以下的农民极少见到，20岁以下的农民已属罕见。那些父母远去，被爷爷奶奶娇惯长大的90后，成为乡土上的纨绔子弟，虽然辍学在家，但穿着鞋袜，双脚从来不沾泥水。整天无所事事，他们吸烟、喝酒，像个二流子，出没在街头网吧。乡村曾经最廉价的劳动力，如今成为紧俏品，比城市还要稀缺。即使是贫困地区，请一天人工也得百元以上，有些地方甚至高达两百元，与城市的人工成本相比，有过之而无不及。

不可否认，农民向市民转换，是社会进步的标志，但农民一旦少到村庄空荡、田园荒芜程度，那就有问题了。有些地方死了人，就连抬棺木办丧事的汉子也找不到，自古就是免费义务帮助的事情，转而变为花钱雇请。

像表哥这般年纪的人，每当回想上世纪八十年代的情景，就满怀伤感，恍若隔世。那是农村最热火的年代，那是种田人恋恋不舍的岁月，农村率先推行的土地联产承包责任制，释放了农民身上所有的激情。当时我作为一名中学生，周末和假期全都投入到农事当中，一家老小，早出晚归，用真情播种，用汗水耕耘。傍晚，我们放下高挽的裤腿，牵着水牛在田野上放声歌唱，晚饭后，我们这些飘着泥腥味的孩子，守候在满是雪花的电视机前，等候扣人心弦的武打片播出。那个年代，万元户如明星一样，闪烁着漫天的光彩，报纸、电视大量播放农村新闻。人们的目光全都聚焦在农村，每一个家庭都飘散着粮食和汗水的芳香。当时的乡镇干部还葆有朴实的作风，他们头戴草帽，顶着烈日，走村串户，在田野上分享着农民的喜悦。

分田到户后，沉睡多年的土地获得了最大的尊重，夜以继日地耕作，让乡村充盈着空前的激情，农民的自豪化作金黄的稻谷与动人的笑脸，成为乡村最美的风景。那时的农民感觉自己是天底下最快乐最富有的主人，可现在却很少有人再骄傲地称自己是农民了。种田不仅辛苦，而且收入低微，看不到希望和前途，传说中的新型农民在偏僻的山村始终没有出现。

为了留住记忆，我手机里存着一些老家的照片，拍照时刚好站在屋后的山头上，俯瞰而下，拍的是一片鱼鳞般的屋顶。没事的时候，我会放大那些照片，屋顶上没有炊烟，只有从瓦缝里长出的细碎菜花和嫩绿秧苗。那是飞鸟在播种，它带着情感的种子在乡土上旅行。动物对乡土的依恋比人更深厚，即使是远行的候鸟，也会在规定的季节里按时返回，不像弃土离乡的人们，一转身就遗忘经年。

在农场让表哥找回当年耕种的感觉，可他没想到异乡种田的日子会戛然而止，何老板的农场被政府征用，获得一笔补偿后，将农场拱手让出。何老板是个念旧情的人，当农场关停后，他没有过河拆桥，把员工一脚踢开，而是将他们安排到了自己名下的工厂。表哥不愿去工厂，他已经打消了留在温州的念头。对于这样的变化，表哥自己也感到有点突然，当初那么迫切地想进工厂，可屡屡碰壁，现在进厂的机会突然降临，表哥却又毫无兴趣了，他只想早点回到家乡。

在温州时，表哥经常出没于工厂周边，对于他来说，工厂已经失去了当初的神秘。那种难闻的气味，横流的污水，强势的机器，展示了工业时代的冷漠与傲慢。他宁可居隐山林，终老茅舍，也不愿靠近工厂。他发现这里的泥土连颜色都被改变，水里见不到野生的泥鳅、田螺、黄鳝，河渠水沟内的小鱼小虾完全绝迹，水坝、池塘的蓄水黄脓一样浑浊，风一吹，散发阵阵恶臭。表哥不想在此久留了，急着回到家乡，因为他心里有了很好的想法，他相信只有在家乡那片土地上，才能实现自己的人生梦想。

表哥回来了，但他在何老板农场的事只字未提，他担心别人笑话，进城打工，有能耐的在经商，一般的也在做工，像表哥这样给人种田的几乎从未有过。表哥只能把这段不光彩的经历隐瞒下来，好在这些年他积攒了6万元存款，也算挣回了一个男人的脸面。对于手头从没有过余钱的表哥来说，已是一笔不小的数目。

表哥开始准备翻盖房子，1980年建的土坯房已经缺牙少齿，四壁漏风，村里在外挣了钱的人，早就新建了三层的小洋楼，有的还买了轿车。可是回来看到那些半死不活的田地，表哥立刻改变了想法。规模种植，这是表哥从温州学来的模式，对他这种想法，乡村两级十分支持。已经荒芜或半荒芜的田地，终于有人要来耕种了，这是一件大好事，无意中解决了他们一块心病。接下来土地流转一路绿灯，几乎没有遇到任何阻力。300亩连片的土地，在一串公章、私章、签名的确认下，流转到表哥名下。

可以想象，这个时候的表哥是兴奋的，百余户村民的土地，一夜之间就交到自己手上，这样的规模就连当年最大的地主也望尘莫及。

有了温州农场的种植经验，回乡的表哥多了几分底气。从那里学来的种田方法，虽然有些值得怀疑，但机械化耕作这一点在当下农村十分可取，既解决了劳动力紧缺问题，又降低了用工成本，表哥对规模耕种有了更大的信心。

第一个向他抛来橄榄枝的是农村信用社，这扇财大气粗的大门破天荒给表哥敞开了一丝缝隙，虽然只是春光乍现，但还是一次性给表哥批了八万元低息贷款。为了让耕作机械尽快到位，表哥又从亲戚朋友处借来了几万元投入，很快耕田机、插秧机、收割机运到了村里。

锃亮的机器让表哥看到了一个崭新的时代。由于表哥不会操作，只好从外面请来师傅，在师傅的指点下，仅三天时间表哥就能熟练操作。坐在高高的耕作机上，眺望无边无际的田野，表哥感觉自己成了检阅的将军。

不知疲倦的机器，给表哥省下了大量的人力。如果仅靠表哥夫妇二人耕作，就算披星戴月，也侍候不了三十亩田地。而表哥、表嫂、姨夫，外加八九个雇工，就把三百亩水田打理得干净利落，感觉比之前种十几亩田地还要轻松。

出过远门的表哥，看到了家乡的优势，这里虽然交通不便，但山清水秀，空气清新，没有污染。在这里种植出来的蔬菜、水果、粮食是真正的绿色产品。表哥从县里聘请了技术顾问，严格控制化肥、农药、激素的使用，他想把300亩土地变成耕种的乐园。

蓝图已经绘就，生态农业，规模种植，给表哥铺开了一条光明大道。正当他和表嫂齐心协力，往前奔走的时候，矛盾出现了。当初那些流转土地的村民突然反悔，他们看到表哥规模种植的势头越来越好，感觉让他捡到了天大的便宜，于是纷纷要求退回自己的承包地。

白纸黑字，有协议，有签字，但他们不认这个账。开始表哥并不在意，以为大家只是一时头脑发热，闹一阵就过去了。谁知人家是铁了心要来生事，有些人还专程从城里赶回来。他们天天纠缠，天天吵闹，要求表哥收完地里的庄稼，立即归还土地。表哥拿出流转协议，人家根本不看。还说他这协议算个屁！他们在外遇到的流氓包工头多的是，哪个不是耍无赖？再怎么签协议也没用，别人一夜之间就人间蒸发，黄鹤一去不复返，连影子都没留下一个，民工手上的协议等同于废纸。

在外闯过江湖的人，见多识广，能说会道，表哥说不过他们。表哥也不想撕破脸皮，乡里乡亲的，闹起来太难堪。他只好找村委会，可是村干部向来都是和事佬，调解了几次，没有半点作用。表哥只好往上走，找乡政府，乡政府派干部协调，开了好几次会，最后才达成协议：每年每亩再支付流转补偿金一百元。让步的还是表哥，三百亩土地，每年就要多交三万元，表哥感觉承受不起，他在痛苦中犹豫了好几天，最后还是咬牙应承下来了。

风波虽然暂时平息，但表哥不知道自己的承诺是一种错误信号，他的退让反过来成了鼓动和纵容，为后面的闹剧埋下了伏笔。

回乡那段时间，表哥刚刚走出寒冬，残酷的现实把他打回了原形。对于老实巴交的表哥来说，他的希望最后成为泡影，梦想折戟沉沙，日子退回到多年以前。

没事的时候，他端着一根烟杆，独坐古樟底下，晒场地上猫在追逐，狗在打斗，公鸡不停与母鸡交尾。那些耕作机械几乎派不上用场了，如一匹匹被囚困的奔马，失去了奔跑的草原。闲置的机器迅速苍老，红色的油漆掉落一地，裸露的铁皮在日晒雨淋中出现了斑斑锈迹。

表哥像只受伤的倦鸟，懒洋洋应付着自己名下几亩水田。为了让我知道事情的原委，次日清晨，表哥带我到田野去转了一圈。非常奇怪，我们沿着弯曲的田埂往前走，眼前大片的田野竟见不到一棵庄稼，那些曾经流转给表哥的土地重新长满了杂草。

对于这种怪异的现象,我百思不得其解。怎么会这样呢?这可是沃土良田啊!

面对我的疑问,表哥一脸苦笑,望着杂草丛生的土地,他的内心翻江倒海,五味杂陈,不仅有忧伤与失望,更多的是无奈和痛楚。那些外出的农民,争来抢去,又吵又闹,非要弄回自己的土地,可是到头来怎么又把弄回的土地撂荒不管,弃之一边,无人耕种呢?

行走在田野上的表哥,陷落在愤懑的情绪里,他不愿过多地谈论此事。弃土离乡的村民,把土地当成诱饵,他们手握城市的钓竿,逼表哥上钩。每年都要求增加补偿,说城里的物价不断飞涨,瓜果蔬菜一天一个价,现在一斤蔬菜等于一斤肉价,种地的赚大发了……

表哥感觉这话太过刺耳,曾经是一个阵营里的兄弟,世代种田,哪个不知其中的辛苦艰难!既然种地那么好,那你们干嘛抢着往城里跑?再也不愿回来!

面对这些流转的土地,表哥感觉陷入了一个无底的洞穴,那些曾经在泥土里劳作的人完全变了脸,变得贪婪无度,随处算计。他们既固守城市的阵地,而又觊觎乡村利益,吃着碗里,霸着锅里,他们以为表哥在地里不再是种植庄稼,而是在挖金子。

被反复折腾的表哥只好放弃那些土地,宣布主动退出,并且没有任何的附加条件。此时的表哥还有一丝幻想,他希望把地争回去的村民,从此真的爱上这些土地,甚至告别城市,重返故乡,大家一道耕田种地,重回过去的风光岁月。可那是表哥的一厢情愿,人家根本就没有这种想法,醉翁之意不在酒,他们惦记着如何去待价而沽手里的土地。

中国式农民的特性暴露无遗。时至今日，依然没有在梁漱溟先生的呼唤中清醒："伦理本位，职业分途"的特殊社会形态，必须从乡村入手，以教育为手段来改造社会。所以许多农民仍然活在鲁迅先生的笔下——顽固、狭隘、自私、守旧、落后。他们开始是想提高一点补偿，后来就变成坚决索回，几乎没有商量的余地。原来不知哪儿传来的风声，说有一条高速公路要从村中直穿而过，还听说有个老板要在村里征地，兴建一个大型的生态农庄，这样的话，每家每户都将获得一笔巨额补偿……

善良的表哥希望这个消息是真实的，让村民们一夜暴富，变成市民。谁知这个画饼充饥的故事，只引来了表嫂冲天的愤怒。性格泼辣的表嫂第一次痛骂表哥是个窝囊废！胯下没长四两肉！表哥也不还嘴，任由女人骂去。后来证明这事纯属空穴来风，淡定的表哥让表嫂第一次羞愧地低下头来。

这些年一心想改变现状的表哥，不停奔波，可最终被折腾得心力交瘁，没有留下一点积蓄。万幸的是他归还了信用社的贷款，基本收回了投入的成本。表哥恢复了从前的慵懒，再也不想折腾了，他知道靠力气吃饭的农民，光阴短暂，三十不豪，四十不富，五十全靠子来助，进入天命的表哥已经折腾不起了。

我知道表哥的心情，表面看去他与从前没有两样，浑身完好，可内心却已经伤痕累累，寒霜满天。面对表哥，我不知该如何去安慰，站在荒芜的田野上，只能回应一声长长的叹息。

面对表哥的境遇，我难过了好几天，但回城后各种泛滥的资讯，迎来送往的应酬，很快让我回到了常态。大约是半年后，我在网上闲逛，偶然间看到一条消息，介绍老家附近的一些山区，有人投资开发观光农业，把荒芜的梯田开垦过来，种上油菜，春天菜花盛开，一片金黄，引来了大量的游人。此时那些抛荒田地的主人突然找上门去，他们手拿长长的镰刀，站在梯田边唾沫横飞，与老板漫天要价。如果老板不答应他们的条件，他们立马就把油菜连根刈除。我盯着电脑屏幕上那些图像和文字，久久无语……

我不知表哥是否受了这件事情的影响，他竟然选择再次进城。听说表哥是被何老板请去了温州，何老板在温州苍南新建了一家大型农场，在那里表哥可以找回驰骋田野的快乐。

表哥这次离乡显得异常决绝，他不想再辜负岁月，他相信前面的日子还会有隐隐约约的光芒。于是变卖了牲口，带走了表嫂，孩子还正也在外面务工。启程的那天，露水湿重，四野迷蒙，他站在地场边，最后望了一眼田野，目光荒凉，满脸寂然。表哥锁好屋门，背上包袱，走向村道。

这回表哥没再隐瞒，而是逢人就说，他要去温州，去温州帮何老板种田！村人似乎根本没听懂表哥在说些什么。有人还想打听探问，可是表哥并不停留，面对忧伤漫漶的田野，他内心杂草丛生，只能埋头赶路，急切而去……

雨 夜

一场毫无征兆的夜雨，铺天盖地，袭击了没有防范的行人。也许是生活太过便利，谁还记得"晴带雨伞，饱带饥粮"这类古训？

雨越来越猛，风也张开嗓门，在凑热闹，人们在风雨中不约而同地奔跑起来。有个花枝招展的女人一路尖叫，在她游蛇一样尖叫的蛊惑下，更多的人抱头鼠窜，漩涡一样向前奔腾。我不知在风雨中冲刺了多远，从喘息的剧烈程度来判断，至少跑了两百米。由于平时从不锻炼，这一刻有了休克般的感受。

这是个前不巴村、后不着店的路段，奔跑者只有一个目标，前面的公交站台，那是避雨的唯一去处。

由于急切的奔跑产生了剧烈冲撞，鞋底湿滑，站立不稳，往前一溜，我的脚崴伤了。扭伤的部位好像出现了错位，很久没有恢复过来，我只好蹲下去用手揉搓，搓了几圈，再站起来，脚底仍旧抽痛，不能受力，雨中的奔跑就此终止。

站在雨水中，密集的雨点子弹一样，从头顶射来。我的脚踝骨好像成了春天的树根，接通了地气，正在拼命往下生长，传递出热辣辣的感觉。

此时疼痛与扑面而来的风雨摧逼着我，无法呼吸，其实我已经泪流满面了，但雨中谁也无法看见一个人在哭泣。刹那间，我顿悟了，原来雨水看似冲刷，实则遮蔽，它有一种不为人知的掩饰功能。那一刻我真有点感谢这雨了，它让一个受伤的男人放声大哭，毫无顾忌。

我一瘸一拐地往前行走，水在地上开始奔流，突然发现旁边竟然有一个矮墩墩的汉子，仍然走得悠闲自得，不紧不慢，任由雨水劈头盖脸地淋着。

见他在雨中漫步，不禁深感奇怪，便问他为何不跑？风雨嘈杂，他侧着脸，嗓音含混不清，但我好像听见他在说：跑什么跑啊！前面不也在下雨吗？

毫无征兆的雨，像入耳的迅雷，让人猝不及防。而脚踝扭伤之后，一颠一颠，像乌龟爬行，缓慢步子让人想起童话的虚假，大雨欺骗不了孩子，这时候不可能从寓言中走出睡觉的兔子。当我抵达站台时，别人早已捷足先登。

天蓝色的站台顶板，只能遮盖很小的一块地方，可是站台上已挤挤挨挨，水泄不通。如果不是一场大雨，擦肩而过的陌生人不可能挨得那么近。实在是找不到容身之地了，只能模仿大鹅看飞鹰的姿势，把脑袋斜着往里抻，那样才勉强遮住半个身子。站台成了母鸡的羽翼，雨中的行人像雏鸡一样纷纷往羽翼下钻。

雨没有一点停歇的意思，反而泼妇一样更加张狂，夸张的雨声不是因为雨水本身，而是塑料顶棚将声音无限放大，"嘭嘭嘭"凶狠地敲打着，声音里带着一肚子的怨忿。雨点疯狂地砸在彩钢瓦上，然后飞溅而下，形成一场多层次、多声部的合唱。

这场急骤的夜雨就像天地间的一次狂吻，纵情缠绵，而又毫无顾虑。它们像久别重逢般，一刻也不肯停歇。雨水顺着发尖朝下滑落，额前、脸颊、脖子、胸前、大腿，然后汇聚到鞋上，再滴滴答答流向地面。雨让衣冠楚楚者变得局促不安，上妆的女子用手掩面，一脸狼狈，湿漉漉的衣服紧贴肉身，白色的真丝衣裙在雨水中薄如蝉翼，红色的文胸像熟透的桃子，悬挂在身体的枝头，散发出欲望的气息。

那些从不同方向奔跑而来的女子，茕立在站台边缘，像秋雨打过的残荷，失去脂粉的光泽。

有人抻长脖子在看车，公汽却久久不见开来。夜晚的城市，在雨水里一脸哀愁，道路受阻，店铺被淹，光鲜的城市沉陷不起。

我只遮盖住半边身子，另半边身子还在风雨中飘摇。避雨的人越来越多，站台上根本找不到容身之地。有人伸手在拦出租车，可每一辆呼啸而过的出租车，除了溅起一片洁白的水花之外，没有一辆停留下来。突降的雨让平时望眼欲穿的的哥高傲起来，客流迅速爆满，空驶率骤降为零。而同样是一场雨，让一些措手不及的夜行者满脸愁容。

一阵风吹来，我闻到一股栀子一样潮湿的花香。侧目而望，那是一位枝叶葱茏的女子，姣美的面容像一株淋湿的高粱，发髻高高绾起，露出瓷白的脖颈。也许刚刚完成剧烈奔跑，一绺乱发垂于耳后，车灯扫过，能清晰地看见晶亮的雨滴在她的发尖上闪烁。

雨仍在下，那女子换了站姿，已变成一个侧影。瓜子脸，柳叶眉，暗淡的底色衬出凸出的轮廓。线条流畅，如同国画的闲笔，勾描出纤巧的剪影，那是停留在某张宣纸里的仕女，一种古典的韵味扑面而来。突然间想起了那句"梨花一枝春带雨"，盛唐的诗意如流星一样划过头顶落寞的夜空。

我的眼睛不敢再往那张脸上游移，她鼻子翕动，眼珠子上下翻滚，眼眶里闪出一团令人疑惑的云翳。白眼朝上，那里面深如水井，潜藏着复杂的内容；夜色裹挟着雨水，朝那口深井漫灌而去。

幽亮的冷光在井口跳跃，那一刻刀锋一样朝我逼来，我禁不住像雨中的树叶，猛然哆嗦。那种幽光充满了警惕、厌恶、戒备，我看到她纤细的手指紧紧攥住了胸前的挎包。这种下意识的举动，像芒刺一样扎在心里，我曾为此表现过极大的愤怒！在珠三角地区拥挤的公汽，偏僻的小巷，晦暗的楼道，常常会闪现这种受伤的冷光。人心在这种冷光里越发陌生，越发隔膜。

防不胜防的乱象使人无所适从，似曾相识的遭遇，造成一种集体创伤，一个人被另一个人误判误读被人提防嫌疑时，那种伤害有如钝刀割肉。无言的忧伤浸泡着我狂跳的心，真想冲进雨里，痛痛快快淋洗一场，可那雨实在是太大！

终于一辆脏兮兮的公车蹒跚着开来了，久等的乘客苍蝇一样扑了过去，只扫了一眼途经的站点，又海浪一样退了回来。这种临时调度的区间车停靠的时间不短，可上车者却寥寥无几。司机鸣着喇叭，一脸茫然，疑惑的大眼睛里闪出一串问号。那些沾满水气的头颅只盯着潇潇的雨幕，就像戏台下兴致阑珊的看客，成为另有指向的赶场人。

滂沱的雨声还在继续喧哗，三三两两的送伞人，像雨后冒出的蘑菇，顺着篱笆穿插过来。站台终于松出了一个窟窿，我将半边冰凉的身子填了进去。

街面一片汪洋，抬头看天，雨在倾泻，雾水里我感觉站台长成了一株枝叶繁茂的菩提。

总算有一辆出租车被拦下，一男一女，手牵手上了车。站台又松开了一点，我已经移到了站台正中央。站在那个位置，使我心情渐趋平静，开始变成一位张望者。我既不在等车，也不在等人，而是在等待大雨停下。住处七拐八弯，根本搭不上公汽，此地无亲无故，再猛烈的大雨也找不到一把属于自己的雨伞。一场雨让人有了思乡的孤独。

有位男人像憋坏了一样，长长地松了口气，然后摸出香烟，火光一闪，一团烟雾飘散开来。如此漫长的等待，确实需要一根烟来释放内心的焦虑。烟在他的指间忽明忽灭，像情人窃窃私语。火光眨巴着眼睛，勾引着男人，他忍不住把嘴唇吻向了情人。烟雾散去，男人好像浮出了水面，烟火把他映成了一棵树的表情，树下有一块淫雨浸泡的岩石，时光在它边缘长出了青苔。

男人终于淡定了下来，因为他指间有了烟的温暖，那一星烟火让他触摸到了搏动的心脏。早该停下来歇歇了，可身不由己的江湖总是停不下来，是这场雨让他放慢了漂泊的脚步。

烟雾缭绕，旁边那女人用手捂住了鼻子，并朝后退缩了两步。

此时女人的手机响了起来，美妙的音乐像一段炫目的舞姿，引来一片潮湿的目光。乳白色的机壳闪着蓝宝石的光泽，站台成了舞台，路人成为观众。

女人的樱桃小嘴紧贴电话，嗲声嗲气地对讲起来，电话里不知传来一句怎样的情话，挑逗得女人花枝乱颤，那刻意装嫩的声调，至少比她年轻了十岁。

不一会,一辆轿车开了过来,车速很慢,而且车窗也放了下来,一个身穿红衣的秃顶男人,在驾驶位上不停挥手。可惜车在对面,是逆向行驶,马路中间不仅有很高的水泥隔离带,还种有花草,一丛带刺的藤花正在风雨中摇摆,成为阻止两人亲近的障碍。秃顶男人必须前行至另一个路口,然后才能调头绕行过来。

这个站台我曾光顾过几次,能记住鞋底踩在地砖上有一种嗞嗞啦啦的粘稠感,这种感觉虽然不爽,但却让我深深记住了这个站台。看来一个地方、一处风景,还是一个人、一件事情,要想给人留下长久的印象,必须有点与众不同。

平时这儿总有一些小吃摊摆在站台旁边,烤红薯、老玉米、茶叶蛋、麻辣烫,最多的是煎饼和汤包。在这个地段,乘客好像大都饥肠辘辘,三五成群地围着这些摊儿,把不同的食物就地消化。一些残羹剩渣、油腻汤汁便抛撒在地,行走起来脚底像贴了一层膏药,每走一步都要撕扯一下,十分别扭。

秃顶男人穿过好几个红绿灯,终于把车绕了过来,女人像只出笼的兔子,蹦跳着,十分满足地上了车。

车门噗的一声被关上,女人恢复了高贵和自信,她把尘世抛给了别人。秃顶男人的车刀鱼一样滑走了,从后面看过去,夜在更远的前方黑着,城市变成了河流。

车子在河流中涌动,前方像一条深深的峡谷,而这个站台正处于峡谷的入口,成为水流的风口浪尖。那些高悬夜空的广告牌就像峡谷上空的悬棺,街道成为河床,晃动的电缆成为飘逸的水草,雨后的城市出现了另一种模样。

雨在某个干渴的时段成为一种润滑剂,有些女人像一株缺水的植物，一场夜雨让她变得青葱蓬勃起来。雨在大隐于市的城池，成为一种显影剂，一些遮蔽的事物被暴露，一些忽略的细节被关注，一场雨使一段普通平庸的日子、使一种波澜不惊的生活变得饶有情趣。

又有一位女人在打手机，她声音尖锐，语速极快，没有遮拦，这种没有修饰的语言应该是打给自己男人的。听她们对话的口气好像是刚刚通过电话，因此女人说话开门见山，没有前奏和铺垫，不仅听不到半点客套，而且还夹杂着不尽的愠怒和埋怨。

女人要求男人开车过来接她，男人却在牌桌上酣战正欢，早把街边苦等的女人抛到了脑后。女人的胸脯一起一伏，那憋在胸口的恶气始终没能顺畅过来。她再次把电话拨了过去，男人显然不愿离开，掐了电话。这边再次拨打过去，那边被电话反复骚扰，情绪失控，不知男人在电话里骂了一声啥，女人立刻母狮一样咆哮起来，声音陡然提高了八度，对着电话咬牙切齿……

这个时候我犯了一个大错，眼睛在近距离内盯着女人，此时余怒未消的女人正火冒万丈，见谁咬谁，恨不得把天下男人赶尽杀绝。她冲着我破口大骂：看什么看？！没见过吗？

女人如此反常的举动一下把我噎住了。这是哪对哪呀？泼妇骂街，怨妇发飙，我没敢招惹，我很害怕吵架，况且好男不跟女斗，这个时候稍有不爽就会恶言相向，甚至大打出手。

又一辆公汽停靠过来了，这趟车才是期待中的直达夜班，车内十分拥挤，车门刚一洞开，一个长头发小子便像箭镞一样射了出来。

车内发出魔鬼一样的尖叫，随着有女孩嘤嘤啜泣的声音。站台上男男女女立着一片，可都是一些观望者。出人意料的事总喜欢在瞬间出现，那位立在站台边缘、衣着脏乱的男子没有丝毫迟疑，以同样的速度冲刺而去。横穿马路的时候，听到汽车因紧急刹车而发出刺耳的响声。由于雨水泛滥，路面湿滑，长发小子在跃过隔离带时用力过猛，手中一滑，重重摔倒在地，紧追其后的男子伸手将他按在了地上。很快围上去一大帮人，对着长头发小子一阵拳打脚踢，然后把他从地上提了起来。好家伙，身上塞了五部手机，三个钱包……

警车呜呜开来时，雨已经停了，雨后的空气十分清新，一场雨对于喧闹的城市来说就像一个梦，梦醒之后了无痕迹；而同样一场雨，如果落在沙土泥地上，它能砸出密密麻麻的水坑。

站台上已空无一人，那个长头发小子蜷缩在地上，铁青的脸上没有一丝表情，虽然他不再挣扎，但眼睛里仍藏着有恃无恐的蛮横。他在四处搜寻，应该是在寻找那名追击他的男子，可是四处寻找仍不见踪影。

而此时，惊魂未定的女孩，已见到了失而复得的手机，警察拉开车门，把几个当事人全部请上了警车。警灯闪烁，耀武扬威地拉响了警报，以胜利者的姿态驶上了大街。

远处灯火阑珊，城市恢复了常态。我踩着布满水渍的地面朝前行走，那个偏僻的楼院里有我简陋的窠巢。

一个偶遇的雨夜眼看着就这样过去了，与一生中所有经历的夜晚一样，在记忆里只作一次短暂的逗留，然后便烟消云散，永远不复存在。

可是两天之后的一篇报道让我大吃一惊，它像十级台风一样，对我的身心做了一次彻底的扫荡。正像龙应台所说：下水道是城市的良心。许多城市愿花巨资建造摩天大厦，铺设华丽街道，却无心去构建一条通畅无阻的下水管道。因为高楼大厦可以成为显性的政绩，而深藏地底的下水道是看不见的良心……

天色暗淡，我走近窗前，寻找残存的余光，突然感觉生活就像窗外的黄昏开始落入低谷。此时，那种被尘埃包裹起来的隐痛，在一点点撕裂、裸露。

晚霞在高楼后涸散，如两片张开的樱桃小唇，血点一般鲜艳，我遥望故道上一个步态踉跄的女子，疾行在幽暗的梅雨中。

不好了，就在那个路段，一个夜班归来的离异女工，手拿雨伞，顶着风雨，一路疾行。她手中提着温热的面包、酸奶，脚步显得急切，风雨中她惦念着锁在出租屋内趴窗而望的儿子。儿子刚满五岁，却很乖巧懂事，每天向窗外瞪着大大的眼睛，可是毕竟太过幼小，他还看不懂这个纷繁复杂的世界。他想找人说说话，可是只有不停摇尾的小狗陪在他身旁，那是他唯一的伙伴，困守在异乡的孩子，虽然身处喧闹的城市，但心却在荒凉的沙漠，他永远会记住如此孤独的童年。

爸爸在他的视野里消失了很久，他想知道爸爸去了哪儿？在他出生前，爸爸就去了远方，随后妈妈也追到了远方，可是这个远方永无止境，还有更远的远方。

爸爸去哪儿了？对于这种简单的提问，妈妈从不正面回答，除了转移话题，就是沉默。只有在深夜痛哭时，才会咒骂狐狸精、负心汉这样的词语。但是他太小，还听不懂大人的话，也不知道妈妈心里的愁苦。只是发现自己家里很少有笑声，没有笑声的家庭非常沉重，但再沉重也不怕，只要有妈妈陪在身边，那就是他最幸福快乐的时候。

雨还在下，道路两边被风吹弯的树木像一排巨大的问号，雨水中她听到了这个世界在颤抖惊叫。前面空洞的下水道正张开血盆大口在等着她！街道如汪洋，遮蔽了脚下的危险，女工一脚踩空，陷入深渊。巨大的漩涡像个吸盘，呼的一声，如十米跳台的落水，闪电一样将她卷走……

那里藏着一头凶猛的野兽，洞口扬起的水浪是野兽的舌头，洞壁凸起的岩石是它的牙齿，弯曲的水道是它的肠子，疯狂的野兽吞下了一切。

这样的信息无法及时送达，儿子在家饿得奄奄一息，他不知道妈妈再也不会回来了。含泪的亲人历经半月的苦苦寻找，顺着水道一直找到海边，最后除找到一把残破的雨伞之外，再无他物。一个劳碌奔波的异乡女工，在一个雨夜突然消失，她的消失像逝水忘川，了无踪迹。

花餐琐记

惊蛰刚过，河岸的柳枝已露出芽尖，我抱着相机，蹲伏在河边，等待最后一趟乌篷。突然发现脚下一条红色的蚯蚓，正用力拱出泥土。蚯蚓抻拉着皮筋一样柔软的身体，它的表皮闪着泥土的光泽，一抻一缩，显得颇为费劲。蚯蚓努力了很久，后半截身子还是没能滑出，我赶紧退后一步，给它让出一条通道。

蚯蚓是泥土的耕耘者，药书上称为"地龙"，入药具有清热解毒、益肝祛风、止咳平喘、舒筋活络、通利小便的功效。它藏而不露，喜欢地底的世界。

蚯蚓从生到死，从不离开土地，它的一切与泥土相关，怪不得我在蚯蚓身旁闻到了春泥的芳香。而我作为农民的儿子，双脚失去泥土的滋养，长期接不到地气，皮鞋袜子把脚包裹得如灵魂一样苍白。

从河边返回，快近晌午，为避开车马喧闹的大街，我钻进那条久违的小巷。小巷像一口幽深的古井，存储着斑驳绵长的时光。在巷子深处，兀自横立一堵院墙，朱墙褐瓦，簇拥着一块木质招牌，上书"花餐"二字。我赶紧端起相机，对准招牌，在按下快门的瞬间，发现"花餐"二字在取景框里挤眉弄眼，当时心里忍不住忽闪一下，脚步也随之慢了下来。"花餐"，两个极为平常普通的汉字，猛然间组合在一起，像一对老夫少妻，有一种难言的暧昧。

巷子幽深，但并不空寂，两端分别连通不同的主干道，不时有来去匆匆的行人。在花餐的招牌下，我偷偷打量着过往的行人，发现大都一脸错愕，特别是一些中年男子，眉眼间掩藏着一种探究的欲望，甚至还有想入非非之感。

突然身后响起踢踏踢踏的脚步声，我不由回头张望，只见一男子边走边打手机，脚步虽然匆忙，但一双瞪得溜圆的眼睛却在骨碌碌转悠。

巷子逼仄，出入者几乎擦肩而过。一位与我年龄相仿的汉子迎面走来，目光交会，相互扫了一眼，然后又迅速闪开，露出一种心照不宣的表情。路过草编门帘，侧目探望，瞟一眼春光乍现的花厅，想象犹抱琵琶半遮面的身姿。也许未到午餐时间，厅内一派清冷，除了几张仿古方桌、一排圆凳之外，别无他物。

我喜欢这种穿街过巷的感觉，每当走完一条幽深的巷道，便有一种豁然开朗之感。古老的巷道像一根直肠，穿巷而过的人就如食物，一步一步在肠子里蠕动。肠子一进一出，大部分时间都是通畅的，偶尔也会堵塞，那多半是因为大街上有城管行动，作鸟兽散的商贩成了受惊的小鹿，四处奔突，就如吃了不易消化的食物，出现了肠道梗阻。

有些熟悉地形的小贩，经验老到，练就了眼观六路、耳听八方之功，行动异常机警，只要有风吹草动，一闪身就钻进了小巷。

由此一来，巷口边成了最安全的地带，成了众贩必争之地。我回头看看巷口，果然蹲着几位小贩，抱着篮子，嘴里不停地喊着"土鸡蛋！土鸡蛋！"。精明的顾客低头扫了一眼，摇摇头，走了。没走几步，在一位农妇跟前停了下来。农妇手提竹篮，满脸红润，像一朵刚开的山茶。她鞋面沾满泥土，额头渗出一层细汗,能看出她刚赶过长路,身上还带着风尘。农妇轻轻放下竹篮,目光从远处收回脚下,将一篮鸡蛋悄悄挪到身后。她低着头,神情犹疑,在城门市井中显得局促不安。农妇有些胆怯,因为她看到周围的小贩满脸怨怼,有两位还愤怒地朝她瞪起了眼睛。

农妇只好摆出另一只篮子。正是开花的季节,布满花蕾的菜凤闪着水灵的亮色,黄花绿叶飘出一股田野清风。农妇的衣襟微微敞开,发尖上挂着几缕花瓣,胸前留有两块奶渍,那是哺乳期的痕迹。花香混合着奶香,使空气变得淡雅柔和起来,在特有的芳香中,小贩的情绪好像被母性征服,变得安静平和起来,我拿出相机赶紧抓拍了这个镜头。

花是植物的秘语,万物花开的季节,那是植物心情最好的日子。可是对一朵花而言,人类总是显得不解风情:视觉落俗,听觉迟钝,嗅觉麻木,行为缺乏蜜蜂般细腻,举止没有蝴蝶的灵敏。我羞赧于有识文断字的能力,对简单的花餐二字,竟然完全曲解,甚至用花餐去类比花酒,在巷子里暗自意淫。如此揣摩花餐,想象花事,真是有辱斯文!

花餐,顾名思义,是用鲜花佐餐,拿花儿说事,与人无关。在车马喧闹的街市,抛开已腻味的大鱼大肉,进入一家以鲜花为食的餐厅,闭目遥想,准让人赏心悦目,唇齿留香,颇有望梅止渴之妙。以花入馔,在我国早已有之,餐菊这种古老的雅事在《诗经》《离骚》中就有过记载。清代《群芳谱》中说得更加详细,列举了五十八种花卉和野菜的食用方法。

虽然离开乡村多年,可每到春天,我就会梦回山野,倾听万

181

物开花的声音。老宅的后园是一片花海,从年头至年尾,草木花卉轮番亮相。桃花、李花、枇杷花、柚子花、桔子花、板栗花、石榴花、枣花……这是一些与果实有关的花卉,而黄花、韭花、蒜花、芥菜花、油菜花、薄荷花、百合花、芹菜花、芙蓉花、南瓜花……这些是与蔬菜相关的花卉,无论是草本,还是木本,只要到了开花的季节,就连花下的枝叶也变得风韵妩媚起来。我一直不喜欢落英缤纷这个词,那是风雨过后的伤感,花瓣飘零、落红满地的愁绪与悲凄。后来读《红楼梦》,在黛玉葬花的场景中得到了印证,曹雪芹写下让人揪心的《葬花词》,托物寓意,借花喻情,运用"葬花"二字,那神来之笔何等高明!

　　同样是一朵花,在不同地位、不同身份的人眼里,具备了不同的意味。习惯于春种秋收的乡里人,对鲜花的态度与城里人明显有别。极少务虚的乡里人对花的评判轻视形式,重于内容,极少把花枝编成花环,戴在成功者头上。无论多么艳丽妩媚的花朵,他们都不会矫情地去赞叹歌吟。他们更多的是关心花的用途:究竟适宜入食,还是入药。而城市居室狭小,可供花卉生长的空间十分有限,植于阳台窗台的几盆花卉,视为爱物,每日洒水松土,修枝整叶,连珍爱还来不及,谁舍得将它佐餐烹炒?谁会把它摆上餐桌?假如真把水灵鲜嫩的花骨朵掐进油锅,那无异于焚琴煮鹤、暴殄天物,再嘴馋的人也不会冒出如此愚蠢粗俗的念头!

　　在乡村,食用鲜花绝对算不上是一种奢侈生活,只视为草根阶层的享受,视作大自然一年一度的恩赐。植物学有记载,地球上百分之八十的植物都会开花。春华秋实几乎是植物共同的属性,每年开一次花,结一次果,往复轮回,直至枯竭终老。在植物世界里，只有无果的花，而没有无花的果。人们熟知的无花果，其实那是一场美丽的误会，它并不是无花之果。无花果不但有花，并且还有许多的花，只不过人们用肉眼看不见罢了。我们平时食用的无花果，并不是无花果真正的果实，而是它的花托膨大形成的肉球，无花果的花和果实藏在肉球里面。所以无花果"看似无花却有花"，这种花在植物学上属于"隐头花序"。无花果与其他植物一样，也是通过开花、授粉、雌雄配子结合而发育成果实的。

　　小时候听大人们讲过不少花神花仙传说，比如"牡丹花上一只鹅，飞来飞去看外婆"，这种儿歌至今还清楚地记得，但真正将花神花仙具体化形象化，那还得归功于一部名为《花仙子》的日本动画片。这是改革开放后进入我国的第一部日本动画，亦被称为魔法少女类动画的元老级作品。该动画先后在美国、英国、法国、德国、意大利等众多国家播放，曾在我国两岸三地刮起过一阵少女风潮，成为70、80、90后孩子童年最为深刻的记忆。《花仙子》宣扬人性的真善美，讲述继承了花仙血统的少女小蓓旅行世界各国，寻找能带来幸福与快乐的七色花的故事。看完《花仙子》，处在花季雨季的新一代都这么认为：如果能变成花仙或花神，那该是一件多么美好的事！

　　第一次知道花的作用是母亲重病期间。当时乡间的医疗技术还十分落后，在梨花满坡的时节，母亲进入了病危。为了抢救母亲，父亲托人请来一位老中医。银须飘冉、仙风道骨的老中医成了母亲最后一线希望。老中医伸指把脉，双目微闭，脸色凝重，从他的神态中可以判断，母亲病情已非常危急了。把脉后开出药方，让我们火速赶往镇上抓药。当时派我和姐姐一同去镇上抓药，可我们药还未抓回，母亲就已离开了人世。

站在母亲床前，姐姐搂着那一大包药，我捏着大包之外那一小包药引，姐弟俩抱头痛哭……

母亲永远走了，从此我记住了小包里的药引，记住了藏红花这个药名。很多年之后，我从一本图文并茂的医书上看到了藏红花的图片，知晓藏红花又名番红花、西红花，是一种鸢尾科番红花属的多年生花卉，也是一种常见的香料。属西南亚原生种，最早在希腊人工栽培，主要分布在欧洲、地中海及中亚等地。明朝时传入我国。《本草纲目》将它列入药物之类，是一种名贵的中药材，具有强大的生理活性，有镇静、祛痰、解痉作用，用于胃病、调经、麻疹、发热、黄胆、肝脾肿大等症状的治疗。

母亲过世后，外婆也一病不起。那天我和细姐翻山越岭，到十几里外的村庄看望外婆。开始劲头很足，一路上又蹦又跳，随着山势开始陡峭，渐渐感觉体力不支，后来更是又累又饿，干脆一屁股坐下来，歪倒在草丛中，再也不愿起来。细姐又哄又劝，可我就是不愿起身，一会说是肚子饿，一会说嘴巴干。细姐见我不愿走了，她也只好坐下来，陪我歇了一会。

正是映山红绽放的季节，山间的云雾刚刚消散，漫山遍野一片花海。细姐灵机一动，跑上前采来几束开得正艳的映山红，她熟练地摘下花朵，拔掉里面的花蕊，然后送到我嘴边，让我尝尝。开始我怎么也不敢尝，见她接连嚼了好几朵，而且嚼得有滋有味，我这才半信半疑，小心翼翼地嚼起来。没想到映山红真能吃，而且入口清爽，甜中带酸，既充饥，又解渴。不一会，我就吃完了一束，从此才知晓映山红不仅烂漫如火，而且还是挺不错的一种美食。

尝过鲜花之后，感觉一下子神清气爽起来，通往外婆家的路显得比先前平坦短促了许多。一路上听细姐给我讲哪些花能吃，哪些花不能吃。我记住了房前屋后常见的黄花、菊花、百合花、栀子花、鞋子花、芙蓉花、金樱子花、南瓜花、米汤花。当时这些花大都没有尝过，只知其形，不知其味。几年后父亲娶了继母，精于持家过日子的继母常常给我们来一顿山野美食，其中就有叫不上名字的花卉。

食花是一件颇有讲究、颇有学问的事，就像神农尝百草，后人所获的经验都是先辈们冒着生命危险得来的。任何美食都是安全第一，不能被其漂亮的外形所迷惑。并不是所有的花卉都能入食，就像蘑菇，有毒和无毒极难分辨，如果仅从外形上看，有时毒蘑菇比无毒的还要素雅洁净，用手掰开芳香扑鼻，烹炒后鲜嫩可口，这种毒充满了险恶。

大自然中不乏恶之花。多年前，我在某科研所的植物园里见识了罂粟花。那是一种周身充满阴险与冷艳的花卉，它每一次的绽放都召示一种罪恶。人们最初发现它具有药用价值的时候，它的魔性便得到了释放，就像《一千零一夜》里渔夫打开的魔瓶。据药典《本草》记载："功极繁茂，三四月抽花茎，结青苞，花开则苞脱，大如盆盏，罂在花中，须蕊裹之。花大而艳丽，有大红、桃红、紫红、纯紫、纯白色，一种而具数色。花开三日即谢，而罂在茎头，上有盖下有蒂，宛然如酒罂，中有白米极细。又名米囊花、御米花。"

这样的花卉让世界多了一种疯狂与恐惧，触之蚀骨冰凉。还有一种闻着便会头疼的闹羊花，它生长在南方丘陵地区，颜色金黄，形状像喇叭，又名黄牯牛花。别看其貌不扬，它的花、叶、根均有毒，在开花前和花落后，嫩枝易被牛采食，其毒状如醉酒，只要食下数朵，一头健壮的大水牛立马倒地毙命。我亲眼见证过耕牛误食闹羊花中毒事件，那牛中毒后步态踉跄，口吐白沫，四腿乱蹬，其惨状足见此花的恶毒。还有看似素雅洁净的夹竹桃，它却会散发一种气味，闻之过久，会使人昏昏欲睡，智力下降；其分泌出的乳白色液体，如果接触过久，会使人中毒。说到这里不由想起根据詹妮特·芬奇的同名小说改编的美国影片《白色夹竹桃》，影片中让观众见证了既美丽又充满危险的夹竹桃。

同样是描写花卉，迟子建的《花瓣饭》让人耳目一新，看到了花瓣中的温馨。我认为，《花瓣饭》是描写文革时期小说中最醇美感人的篇章之一。一个雨夜，三个孩子做好饭菜，等待父母回家吃饭，仅凭这样一个具体细微的平凡场景，却鲜明地表达了作者对于日常生活的艺术性思考。小说最后以那盘"香气蓬勃"的花瓣饭结束，将作品推到了极致。红的、粉的、黄的、白的，这种艺术的高潮，烹饪了世上最美的一顿晚餐。迟子建以其独有的细腻笔触刻画了日常生活对政治高压的消解，通过她高明的艺术化处理，发掘出困境中的感人亲情和温馨人性。

黄花菜是我们所熟知的一种美食，但鲜黄花菜不宜入食，食之会引发肠胃不适，肚痛腹泻，所以一般都不会鲜食。惯常的方法是将黄花采摘下来，用温水氽过，然后晾干，食用时取一两个鸡蛋，或少许瘦肉，一同下锅烹炒或做汤，也可用冷水浸泡之后与粉丝拌炒。黄花是产妇催乳的上等食物。

百合花、栀子花、芙蓉花属清凉解毒的花卉，用文火烹煮，味道鲜美，清凉解毒。金银花一黄一白，如金似银，煞是美丽，焙干泡水具有清热解毒、疏散风热、利咽消暑，防流感、泻痢的功效。茉莉花制茶，味甘性凉，清香醒脑，抗癌降压。

鞋子花是一种较为少见的花卉，尽管至今没能弄清它真正的分类学名，但毫无疑问，它是乡土上开得最具诗意的花卉。我无法判断它是不是故乡的特产，总之离开故乡之后，从南到北，从没见过它的踪影。鞋子花因其形状酷似一只仙人的鞋子，所以被称为鞋子花。这种只有指甲盖大小的花朵貌不惊人，但它的清香美味足以让人怀想一生。我没有试验过鞋子花有无其他的烹饪方法，多少年我只坚信母亲留传下来的那种做法是唯一的，也是最地道的。鞋子花煎鸡蛋，那简直是一种美食绝配。在外漂泊的日子，每当想起鞋子花煎鸡蛋的香甜美味，就会使人馋涎欲滴，口舌生津，提醒我遥望故土，梦回深山。

南瓜花炒肉雅俗共赏，是一道难得的乡野名菜。南瓜花分雌雄两种，雌花显而易见，那是不能动用的，花蕾下端结着一只小南瓜。而雄花是授予花粉的父本，当蜂蝶代劳授完花粉之后，雄花就可以走上餐桌了。南瓜花采摘后，用温水浸泡，然后切成粗段，与肉沫一同入锅爆炒，加入适量的姜蒜，然后入汤。喝着清淡可口的瓜花汤，心间流淌着植物的葱笼气息。

对于菊花，老家人更是情有独钟，不仅做菊垫、菊枕，而且还冲泡风味独特的菊花茶。家乡喝的菊花茶不是将整朵菊花晒干，而是在菊花怒放的时候，选用大叶或中叶的白菊，将菊花揉开捏散，去除花蒂，然后清水过滤，再洒上食盐，用罐腌制压紧、盖严备用。泡茶的时候，取一小撮腌过的菊花，加入茶叶、芝麻、黄豆，用开水一冲，菊花如满天的星点，在水面上恣意绽放，一碗香气扑鼻的家乡茶便端了出来。

薄荷花气味清香，是炒田螺、烧黄鳝的上等配料，同时它又是止咳化痰的良方。当芳香进入体内，心间便多了一股暖流，发一身汗，感冒很快痊愈，这是食疗与药疗的理想配方。

蜜蜂是鲜花的知己，它们感情深厚，像一对热恋的情侣，永远诉说甜蜜恩爱的故事。在湘鄂赣交界的一处大山中，我见证了鲜花与蜜蜂的另一种作用——蜂疗。一些患有类风湿、四肢麻痹、关节疼痛、口眼歪斜、面瘫的患者，因久治不愈，慕名寻访进山，在山清水秀的大山中吐故纳新，接受蜂疗。

蜂疗室像一个全封闭的蔬菜大棚，里面放养了大量的蜜蜂，这些蜜蜂在花丛中嗡嗡飞舞，它们的使命不是采花酿蜜，而是扮演治病救人的医生。患者裸露身体，在花枝间穿梭往来，不停骚扰蜜蜂，逗引蜜蜂进行攻击。

每天蜂疗结束，地上落满花瓣，这些花有些是荷兰引进的野蔷薇，听说香气可传五公里，蜜蜂闻着就会亢奋。为了吸引蜜蜂，让它主动扑向患者，医生在患者身上揉搓一层花粉，让蜜蜂拼死奔赴。不少患者被蜇得鼻青脸肿，蜜蜂更是尸横遍地。觅食的蚂蚁从洞穴中闻风而动，它们像清扫战场的义工，成群结队，拖走蜜蜂的尸体，品尝残存的甜蜜。在蚂蚁的洞穴前，说不定正有一只装死的穿山甲，伸出长长的舌头，等待蚁群上钩。

死去的蜜蜂不知晓这是人类有意设下的圈套，它们前赴后继，在花丛中一次又一次冲向患者的身体，以浴火重生的姿态终结自己的生命。蜜蜂与患者同处一室，两者一起碰撞，一起疼痛，可是一样的疼痛，却产生完全不同的结果：一个在疼痛中康复，一个在疼痛中消亡。上帝安排了平衡法则，在自然界设置的生物链上，螳螂捕蝉，黄雀在后的例子比比皆是……

乡野的花卉，远离娇羞，大都朴素而坚忍。稻花遍地的田野，没有一丝妖艳；瘦弱贫瘠的山坡，长着大片的荞麦，红秆子绿叶开出细碎的白花，这种细微平实的花卉，帮助多少贫苦者熬过了饥馑灾荒。

有一种藤条擅长攀爬，它花形奇异，结下的浆果外皮翠绿，状如木瓜，切开取籽，可做凉粉。藤条柔韧，大如拇指，一般缠绕在古枫与香樟上，藤花从树顶垂挂而下，在树身上迎风飘摇，每一朵花里都有春光春色。夏天蝉声四起，乡民用竹竿绑着弯刀，割下浆果，酿出晶莹爽滑的凉粉。孩子们用木桶送到田头，给劳作的农人消暑降温。

有些花是用于眼观的，有些花是用来鼻闻的，有些花是生来食用的。就像满庭芳菲的园子里，花神花仙们飘然而过，哪个用来做妻，哪个用来做妾，好像是早已注定了的事。由于花卉形状和气味各异，人们各有偏好。在入食的花卉中有一种是我的至爱，只是每年都得慢慢等待，等到天高云淡，秋风送爽的八月，它才次第开放。这种花不用说大家就已猜到，它叫桂花。桂花品种很多，有月桂、春桂和冬桂，还有四季桂。我独爱秋桂，它那种摄人心魄的幽香就像一个清秀的女子，吸引人不忍挪步。风动桂花香。一株迎风的桂花，足以香遍一条街巷。如此淡雅精致的花卉，怎么可能不与食物联姻？！千百年来，桂花的食用方法可说是无法穷尽：桂花糕、桂花蜜、桂花饼、桂花糖、桂花酥，品类繁多，特别是用白沙糖腌制的桂花，那简直是上品中的上品。

溶解之后的糖汁色如琥珀,味如甘饴,用来包哨子,包饺子,包汤圆,包粽子,做点心,那味道真有闻香下马、诱人口水之妙。

桂花的香是一种沉静的幽香,它持久而不放荡;淡雅而不妖艳,它随风而动,暗香深藏。粉白中透着淡黄,与糖融为一体,芳香滑嫩,色如美玉。在各种点心中只要加入一点,便能香入肺腑。

无论从视觉,还是嗅觉来看,人类对花卉都具有亲近的基因。五彩缤纷的鲜花从花瓶、花篮逐渐走向餐桌,不仅成为色香味俱全的菜肴,更给人以美的享受。火红的木棉,洁净的幽兰,芳香的茉莉,粉白的栀子,亭亭玉立的木兰,这些都是花餐佐食的佼佼者。

时下,用鲜花制作的菜肴美味在世界各地备受青睐。更有人在酒和饮料中放入鲜花,使饮品独具芳香,提高品位。法国人钟情于大波斯菊、秋海棠和紫罗兰。他们通常把鲜花捣碎,榨出汁液,混合在菜肴或糕饼里;也有的作为油炸食品或鱼的添加剂。在一些高级宴会上,人们非常喜欢品尝用蜂蜜渍过的小月菊,或是把刚刚摘下的鲜月季蘸着蜜汁来吃。

在香港,以鲜花为原料制作的食品和菜肴也很多,通常的吃法是将采集的花瓣作为制作沙拉的一种配料,有些香港人还将几种鲜花的花瓣制成花汁调入果酱中,然后涂抹在面包、饼干上,香味浓郁又好吃。此外,不少香港人还特别喜欢将花蕾与肉一起煲成汤。

花餐是一种古老的传统,先辈向往餐花饮露,那不仅仅是一种高洁的生活方式,而且是一种亲近自然的朴实情怀。人食五谷杂粮,吃水果、品茶饮、服用中草药,穿丝绸棉布,人对植物保留着最原始的亲近与依赖。人虽然不属肉食动物,但在千百年的物种演化过程中,人体已适应食用肉类,可面对当下高发的肥胖症、高血脂、高血压、心脑血管疾病,提倡素食主义并非简单的追求潮流与时髦,而是确保健康长寿的需要。

对于一株美丽的花朵,要把它吃掉,好像有点儿不近人情,但鲜花变成美食,芳香了食客的身心,这应该是一种价值提升。享用花餐,吸收精华,每一个尝过花餐的食客,都经历了一次肠胃的沐浴,变得吐气如兰、唇齿留香。随花餐进入缤纷世界,扫荡满身浊气,顿感神清气爽。回想花食,我不禁手拍脑门,猛然灵醒,自己与花早有情缘,初恋的女孩叫荷花,牵手相伴的叫桃花。

当大伙围桌而坐,享用一顿丰盛的花餐时,我们的牙齿就会尽量不去伤害动物,不再成为绞肉的利器。这样我们的舌头就懂得了慈悲,肠胃学会了修行,不再成为埋葬动物的墓场。

快去尝试一顿花餐吧!让精神与肉体搭建一座艳丽的花园,红的似血、白的如玉,黄的是金子、蓝的如钻石,万紫千红,煞是好看,简直是自然之神的圣餐。你看那些冠名"鸟语花香"、"仙女散花"的菜谱,让食客在餐桌上寻觅芳踪,在舌尖上品赏春色。面对如此精致美味的花餐,我们不仅想去动嘴,还会动心!

第三辑

血脉回声

血脉回声

拂晓时分,我带着一身风尘,扑入医院,在住院部十楼儿科找到了女儿的病房。病房内悄没声息,女儿蜷缩着身子,躺在洁白的病床上,就像雪地里冻僵的稻草,吸干了水分。虽然才病两天,可圆圆的脸蛋已瘪塌下去,露出了尖细的下巴。

坐在床边的妻子正在整理女儿的衣裤,她低着头,红肿的双眼像熟透的桃子,满是忧戚的脸上多了一份额外的重量。

妻子见我进来,抬起头,抿住嘴,鼻子翕动了几下,看那样子是想尽力憋住那股悲伤,可连续几天的情感起伏,在她内心积压了太多的波澜,而远方归来的男人就如一股浩荡的洪峰,突增流量,瞬间越过警戒,溢出堤坝。

此刻,汹涌的泪水破闸而出,失去了控制。妻子扭转身子,像一只受伤的母兽,哽咽着扑进了厕所……

在厕所呆了很久,我猜想她在里面一定是放开嗓门痛哭了一场。女人扛不住的时候只能借助哭泣来释放郁结的情绪,来缓解内心的压力。

从洗手间出来还在不停啜泣,我赶忙上前拍了拍她的肩膀,安慰道:"别难过,我不是回来了么,一切都会好的。"

接到女儿住院的消息,我正在深圳至广州的"和谐号"上。电话里我感觉妻子那种难以言说的焦急,于是没有来得及回到东莞,用电话请示主管后直接从广州购票赶回了老家。

女儿的病毫无征兆,夜间突然发作。上呕下泄,高烧不退,半夜里妻子带着哭腔,请来亲友,将女儿送去了医院。经医院检查,诊断为中毒性痢疾。

听说是中毒性痢疾,我的心禁不住猛然一抖,身子像受惊的刺猬,骤然收缩。这是一种日积月累的条件反射,这个病症像一颗地煞星,隐藏在岁月深处,当有人不经意间触碰到那个暗道机关时,就如一柄嗜血的利剑,悄然出鞘,直刺咽喉。

这种瘟疫般可怕的病,在我记忆中成为一道黑色闪电,随时可将人击倒。闭目回想,早夭的孩童,脸如刀削,骨瘦如柴,身子虚弱成一张薄薄的小纸片,风一吹就能飘起。可怜兮兮的孩子,在咽气的那一刻,眼角上竟然溢出了晶莹的泪滴。那种求生的欲望,让人看了心灵破碎,痛如刀绞,无法平静!

在我的印象里,中毒性痢疾是夺命的恶魔,每当想起这个病名就感觉阴森恐怖,脚底发凉。这种多发于夏秋两季的疾病,常见于2-7岁的幼儿,它不仅发病急骤,而且具有强烈的传染性,极容易造成群发。发病后小孩持续高热、脱水、昏迷、抽搐,痛苦不堪……

一九八五年初秋,天气还没有开始转凉,但那一年,生离死别的经历却让我感受到了彻骨的寒凉。我亲眼所见中毒性痢疾那个冷酷无情的黑衣杀手,吞噬了外甥等几个孩娃的生命。小小的村庄里包括外甥在内六个小孩,一夜之间同时发病,最后只有家庭条件较好的两个孩子,因及时送往县医院救治而死里逃生,其余留在乡村诊所治疗的四个嫩娃全部夭亡。

这种因病毒之邪从口而入的病,潜伏在肠胃,邪毒闭脱、寒战高热、烦躁谵妄、惊厥昏迷、大便腥臭……孩子临死时像蛀空的果壳，成为皮包骨头，让人不忍目睹。

那年，对姐姐来说无疑是雪上加霜，为给外甥治病花去了所有的积蓄，最后还是回天无力，落得人财两空。

因哀伤过度，体能下降，在外甥病危时，姐姐也感染了痢疾，经过一个月的治疗才康复出院，由此，肠胃落下了终生的病根。近三十年来，她一直暗疾缠身，只要饮食稍有刺激，肠胃就翻江倒海，大便经常失禁，弄得姐姐尴尬异常，痛不欲生。

由于对中毒性痢疾有过刻骨铭心的生死记忆，知道此病的凶狠恶毒，所以对女儿的病不敢有丝毫的耽搁，不敢掉以轻心。首先给主治医生塞了一个红包，然后明确表示，请他用最好的药，只要有利康复，多花点钱没关系。自己虽然并不富有，但治病救人从不含糊。

我没回来时，妻子一个人在医院忙上跑下，分身无术。最无奈的是女儿肠道好像已不受控制，直流而来的腥臭大便，颜色鼻涕一样，绿中带红，感觉每一滴便液中都藏着死亡的凶险，带着刮骨削肉的病毒。妻子需要不停给女儿更换屁股下面的垫纸，那样才能维持床铺的干净，保证下身的卫生。

中午我去超市买了一大包牛奶、饼干和水果回来。连续几天几夜的疲劳战，妻子已憔悴得不成样子，头发蓬乱，脸色无光，像秋霜打过的茄子。虽然只有短短几天，但看上去却像熬了三秋，衰老的程度简直是一日十年。

见她那个样子，我不忍让她再留守医院，于是劝她先回家休息，养点精神，女儿由我来陪护。开始她执意要留下，不愿回去。我说："这样撑下去，你连自己也会拖垮，女儿病情既然稳定了，不用太过担心，有我在医院陪护，你只管放心。如果大人没休息好,抵抗力下降,很容易感染,万一你病倒了,我怎么办?"

听我这么说,妻子沉默了一会,然后才同意先回去,可走的时候还一步三回头,好像我是孩子的继父,只要她转身离开,就会怠慢她这块心头肉。

妻子走后,我寸步不离地守在女儿床前。女儿很听话,也很懂事,肚子疼痛时她只是咬紧牙关,用手按住腹部,连打针吃药也不哼一声,柔弱得像只初生的兔子。看到医生将长长的针头扎进她手背时,我真希望她能放声大哭,用哭声来证明她还有挣扎的力气,用眼泪去释放一下身体的不适。可她只是闭着眼睛,皱一皱眉头,默不作声地承受着一切,然后小猫一样安静地躺下。

由于之前持续高烧,女儿细小的嘴唇已经开裂,双眼无神,脸色苍白,不由让我想起老家水灾之后的稻田。吊瓶是住院的符号,缓慢的输液过程像失眠的黑夜,漫长无边。我看着药水在管子里无声地滴落,汩汩地流入她细小的血管,在电解质代谢紊乱的体内与病毒抗争。

她中途睡了一阵,换吊瓶时又醒了,她像一株缺水的百合,缓缓睁开了眼睛。每次睁开眼睛,只要看到爸爸守在身边,她就会露出可爱的笑脸,那笑脸比平时轻薄了许多,如浅水中的涟漪,一闪即逝。守望着病中的女儿,使我对疾病有了更深的感悟,它的可怕之处不仅是疾病本身,还有对容貌与心理的摧残。女儿胖乎乎圆嘟嘟的脸蛋不见了,好看的小酒窝像淤塞了泥沙,只剩一点淡淡的痕迹,让人无比酸楚,做父母的真愿意替孩子来承担这场疾病。

下午五点，女儿输完液，服了几包西药，不久又睡着了。这时我才想起应该给父亲打个电话。回来快一天了，还没向他问个安，一整天忙进忙出，想的全是女儿的事。

父亲住在离县城七十多里外的镇上，我先拨打家里的座机，因为父亲的旧手机信号不好，通话时声音总是断断续续，所以我平时只打家里的座机。

连打了两次，均无人接听，正是晚饭时间，父亲应该在家。可是打他手机，同样无人接听。我感到有点奇怪，正准备拨打邻居家电话，打听一下情况时，"嘟嘟嘟"父亲的电话拨过来了。

接通电话，听到父亲呼哧呼哧的喘息声，我问他怎么了？他边喘边说："没事，没事，刚才内急，上厕所走快了。"

我哦了一声，然后告诉他，我从广东回来了。他听说我回来了，问我回来有事吗？我说有点事，但没有告诉他女儿生病住院，我不想让他知道，免得他担心。我说过两天去镇上看他，问他最近身体怎样？他说还好，还好，与以前差不多，没有大问题，不用来看，不用来看。他让我先忙自己的事，说过两天准备去姑姑家住几天，还说姑姑那个镇上建了个温泉度假村，周末有好多城里人过去。父亲说到这儿又有点气喘了，于是他匆匆挂了电话。当时我哪知道这是父亲在有意掩饰自己的病情。

一九三七年出生的父亲，已年近八旬，之前身体一直硬朗，平时连感冒也很少有过。孔子说：父母在，不远游。但父亲的身体是第一件让我放心的事，于是这些年四处漂泊，很少为他的身体担心。可是毕竟岁月不饶人，这几年由于高血压和冠心病的侵袭，父亲的身体每况愈下，医生叮嘱他每天按时服药，可他总是吃一天，停一天，对服药的事很不上心。后来血压一度飙高，天旋地转，恶心呕吐，头痛欲裂。七十二岁那年父亲第一次住进了医院。

当时我在县城上班，请假去医院照顾父亲，他躺在病床上唉声叹气，说他身体不争气，好好的就进医院了。我说："老爸，你知足吧，像你这样七十多年没住过医院，这是老天的眷顾！"想想年逾古稀的人了，经历了二万六千多个日子，走过了多少风风雨雨，你都安然无恙，这简直是一种人生奇迹，一笔无价的财富，是多么值得庆幸的事情！

父亲听我这么说，没再叹息，他看看与自己同住一室的病友，最大的五十八岁，最小的才十六岁。他们因心脏病、肝腹水已经挂了一张长期病号的标签，医院是他们避风的港湾，脆弱的生命只能躺在这里才能勉强延续。

那位十六岁的男孩已上初中三年级，不知是惦记学习，还是思念同学，躺在床上显得烦躁不安。母亲从家里煲来的鸡汤、排骨有几次被他打翻在地，让母亲站在床前手足无措，泪眼婆娑。

而那位五十八岁的汉子，从进院以来儿子都没有出现过，说是在省城打工，抽不出时间，陪在他身边的永远是那驼背的老伴。好在家里离县城不远，老伴早上出来，中午赶回家，每天都走在通往医院的路上，她既担心住院的丈夫，又惦记家里的牲口，还要侍弄地里的庄稼，两边都得有人照看。分身无术的她每天在路上奔波，能看出女人满身的疲惫……

自从那次住院以后，父亲好像沉默了不少，在医生劝说下，他首先戒了酒，后来又戒了烟。酒戒得很彻底，一年到头很少看见他再端酒杯。烟却戒得拖泥带水，藕断丝连。他开始坚持自己不买烟,但老友相聚,别人忙不迭给他递烟,他嘴上说不用,不用,戒了,戒了,可手却不由自主地伸过来,照接不误,后来人家笑他抽伸手牌香烟。

知道父亲住院,那是三天后的事了,当走进他病房的时刻,我知道自己成了一个不可饶恕的罪人!

谁也不敢相信,在医院忙碌多日,与父亲同住一栋大楼,做儿子的却一无所知。如果不是那天在医院后门电梯间碰到继母,我还以为父亲真的到姑姑家做客去了。那天他匆匆挂了电话,原来就是为了掩饰自己的病情。而我对他的剧烈喘息竟毫不怀疑,对他的解释信以为真。

站在病床前,我几乎认不出父亲的模样来了。躺在床上的父亲如一截干枯的老树,周身插满了管子。吸氧管、输液管、导尿管、监测管,大小不同,长短不一的管子,像春天疯长的枝叶,从不同的方向牵藤而出,缠绕着父亲的身体。

我按住狂跳的心脏,紧盯着那个夹在父亲指尖上的监护仪,看到那里波浪似的线条犬牙交错,不停起伏。以我肤浅的医学常识来判断,父亲病得不轻,但凡用上这种监护仪器的患者,不外乎手术后、外伤护理、心脏病、危重病人、新生儿、早产儿。从仪器的生理参数上看,密密麻麻标注着不同的选项:心率、节率、PH值、体温、呼吸、心电图(ECG)、心律失常分析、ST段分析等。

我俯下身子,轻轻地唤了一声"爸"。父亲微微睁开眼睛,看着我,由于嘴巴被吸氧罩扣住了,不能说话。我看见他干枯的嘴唇微微颤抖着,好像想说什么,但是说不出来。

从父亲脸上可以看出,那些弯弯曲曲的管子缠绕在身上,像有千斤之重，束缚着自由，让他不堪重负。我蹲下去，从被子内拉住他的手，发现他干瘦的手掌冰凉冰凉，没有一点温度。我用双手捂住他的指头，贴到胸前。

父亲微闭着眼睛，不愿与我对视。我蹲在地上感觉双腿僵硬，只好把头伸向前，轻轻地说了声："爸，对不起！"而此时父亲捂在我胸前的手指猛然颤抖了一下，随即两行清亮的老泪溢出了眼眶。

我真想狠狠地扇自己两个耳光，立即跪下来谢罪！可是我做不到，在其他病友的面前，我还人模狗样地假装孝顺儿子，说着体贴的话，做着假惺惺的关怀。想着那副嘴脸就让人痛恨恶心！那一刻我终于明白，人格分裂与自欺欺人，是一种怎样的怪异状态。

回想这些年来，漂泊在外，有多少时间去关心父母？以电话来说，打给妻子、孩子的电话几乎每天一个，而父母每周也难打一次。当年女儿在父母家养着，三天两日就跑一趟，而后来十天半月也难去一次。平时孩子哪怕只是轻微的感冒，也会惊动一家老小，不仅夫妻端水喂药，而且爷爷、奶奶、外公、外婆也跟着忙前跑后，六个大人围着一个孩子团团转，集万千宠爱于一身，那阵势俨然是在侍候小公主、小皇上。

其实大家都心知肚明，就是没有勇气来冒犯常态，没有胆量揭露利己者的丑恶。如果能不时打量内心的暗影，拷问肉身的沉重、灵魂的痛楚，就能看清存在的真相。在血缘的长河中，生命的两端是极不平等的状态，一岁的孩子把大小便拉到身上，把牛奶打翻在床上，那是完全可以包容的正常现象，而八十岁的老人如果把屎尿拉到身上，把水打翻在地上，大家就会一齐责备。清洗孩子的尿片时好像能闻到奶油的香味，而清洗老人的尿裤时会扭过头去，捂住鼻子，暴露出一脸的怨气与恶心。孩子想吃什么，想要什么，我们会无条件去满足，而父母想要什么，想吃什么，我们何时去想过，去问过？

父母伴随着孩子成长，孩子目送着父母老去，一切似乎已成习惯。孩子身上每一丁点变化父母都看在眼里，记在心上，而父母的衰老伤痛却被视为一种无须担忧的正常现象，就像蜡烛，在发出光亮的同时，却忽略了它在消融、在缩短。

父母的变化几乎是悄无声息，不知道什么时候开始，他们突然忘东忘西，眼前的事记不住，过去的某件事总是念念不忘。刚锁上门，出去没走几步又怀疑自己没有锁，见到熟悉的老朋友，半天想不起名字。东西明明拿在手上，自己却四处搜寻，骑驴找驴。听医生朋友说，一旦出现这种情况，应该立即带父母去医院做检查，很有可能这就是阿尔茨海默病的先兆，那不是返老还童，而是老年性痴呆。

据资料统计，全球阿尔茨海默病患者约有3500万，并以每年70万的速度递增，世界上每七秒钟就有一个老人被确诊为老年痴呆，每四个人中就有一个是中国人。目前该病已成为仅次于心脏病、癌症、中风的第四号全球老人健康杀手。

阿尔茨海默病的残忍就在这里，孩子怎样成长，老人就怎样退化。他们没有"痴呆"，只是回归孩子的状态，可是他们却很难获得孩子那样的礼遇。衰老是一件无法逆转的残酷事情，它夺走青春的气息，美丽的容貌。流光逝水成为隐形的蛀虫，在日复一日的咀嚼中，身体悄然老朽，生命在无声衰败！

继母告诉我，从年初开始，父亲已经两次住院，但是两次对外都瞒得滴水不漏。他考虑我在外面谋职，回来不便，不愿影响。

父亲每时每刻都在为儿女们着想，而我们整天都在想些什么呢？

为了减轻继母的压力，我让妻子陪护女儿，父亲则由我来照料。说实话，陪了两天两夜就感觉浑身疲惫，因为要给父亲接大小便，特别是晚上要起来三四次。有时他要喝水，有时是接小便。白天三顿要喂送流食，用小汤匙，一匙一匙地喂，冷了不行，烫了也不行。喂一碗汤要很久的时间，感觉非常麻烦，而我们小时候，哪个父母不是这样侍候的？！

继母每天都会过来两趟，换一下班，让我去外面透透气。她说自从我回来后，父亲的病情一天比一天好，原来没有一点胃口，现在每顿都能喝一碗白粥。

父亲醒着的时候，我寸步不离，只有等他入睡了我才能溜上楼去，到女儿病房转转。为了保密，我像个地下工作者，神出鬼没，来去匆匆。

我陪护的第四天，一帮与父亲来往甚密的老友看他来了。他们送了一篮水果，一束鲜花，还有几瓶荔枝罐头。老友们来了，父亲非常开心，说话也显得有了精神。那天晚上感觉他睡得很踏实，于是我悄悄摸上楼，来到了女儿床前。女儿也康复得很好，医生说再观察几天就可出院。

那天晚上由于看见父亲与女儿的病情都有好转，心情轻松了许多，于是在女儿身边就多待了一会。可万万没想到，就在我准备下楼，去往父亲病房的时候，父亲竟一手提着果篮，一手拄着拐杖，一摇一晃地进来了。当时我真的惊呆了！

女儿甜甜地喊了一声——爷爷！父亲立马就眼泪直流。我赶紧上前扶住他，让他坐在床边。

父亲坐下后给了我一通责备，说我为什么不告诉他孙女住院？！我不知该如何作答，只好低着头，任由他批评。

父亲坐了一会，看到女儿基本康复了，这才松弛了紧绷的表情。他用右手托住女儿的小手，然后再伸出左手，覆盖在女儿苍白的手背上，用他粗糙的手掌，一圈一圈不停摩挲。听到那种沙纸打磨桌面的声音，我心里酸酸的，眼睛不由湿润起来。小时候，忙碌了一天的父亲，他进屋第一件事就是蹲下来，用那又粗又密的胡茬来回扎我的脸蛋，那种鞋刷一样的胡子，扎得我不停大笑。

突然间女儿也笑了起来，时光飞流，父亲老了，岁月再也不会回头。想到这儿我万分伤感。女儿还在发笑，也许是父亲的手挠到了她的痒处……

过了好一会，父亲在女儿的脸上摸了两下，然后叮嘱她吃点水果，按时服药，听医生的话，最后说爷爷明天再来看她。

我扶着颤颤巍巍的父亲回房休息，一路上他还在不停埋怨，说孙女生病为何要瞒着他？老人家总是惦记着儿孙们，而他自己却从来不愿给儿女们添上一丝半点的麻烦，增加任何负担。

父亲出院前一天，我回了趟老家，顺便去看望了一下姑姑。说实话，我不知道这些年乡村有这么陌生的变化，会变得如此孤独、清冷和凋敝。

我到姑姑家时，她刚好去村外送葬回来。姑姑的脸色很不好，显然是受丧事的影响。她告诉我死者是张启东。说起张启东我们这一代人没有不知道的，他长年挑着糖担，手敲铁板，叮叮当！叮叮当！走村串户卖桂花糖。每到一个屋场，他就会放下担子，尖着嗓门吆喝：破拖鞋、破凉鞋、塑料布、空酒瓶、破铜烂铁、鸡肫皮、牙膏皮……

　　回想起张启东的吆喝声,好像已闻到了桂花糖的芳香,虽然过了几十年,但感觉张启东的声音还在耳边回荡,那些如烟往事仿佛就发生在昨天。

　　姑姑告诉我,张启东的儿子在外五年没有回来,说是要等他在外面挣足了钱,才回家买房结婚。可是这小子不学正道,在工厂流水线上做了几个月就吃不得那苦了,出来结交了一帮狐朋狗友,开始从小偷小摸,发展到入室偷盗,再到飞车抢夺,最后锒铛入狱。

　　张启东老婆前几年患直肠癌去世,从发病到去世,没有去医院住过一天院,一直只是找点中草药、用点偏方在维持。人们还以为张启东家庭确实有那么困难,拿不出一分钱给老婆治病。谁知根本不是这回事,原来张启东心里只想着儿子,一心攒钱给儿子建房娶亲。

　　张启东的老房子早就摇摇欲坠了,村里人都劝他趁早把旧房推倒,重新盖几间住房,哪怕是用木料搭一个简易的窝棚,也比住在随时可能坍塌的危房中安全。

　　可是固执抠门的张启东没把别人的话当回事,依然住在危房中,勒紧裤带,省吃俭用,等着儿子刑满出狱,再建新房。可人算不如天算,谁知半夜里一场特大的暴雨来袭,引发山洪,骨架腐朽的房子砰然坍塌,张启东葬身其中……

　　得知张启东埋在墙下,村民们都连夜赶过来施救。山村偏僻,没有任何的施救机械,大家只能拿着铁锹、锄头、筻箕,采用人海战术,挖泥刨土,想尽快把张启东救出来。

　　大家连气也没歇一口,一直挖到上午十点,终于将埋在泥土中的张启东挖了出来。不用说，人早就没气了，还好，除了七窍流血之外，尸体还算保留完好。

挖出张启东后大伙都停了工，想想也没有再挖的必要了。大家知道张启东是个穷光蛋，家徒四壁，没有啥东西值得再去挖掘寻找。可是他的堂哥却坚持要挖，他好像知道张启东有什么秘密。挖到中午过后，果然挖出来一个天大的意外。在张启东的床柜下面，用塑料布包着五万元现金。这些大小不一的纸币不知积攒了多少年了，面额大多是10元的，还有不少5元的。只有少量50和100元的。因为包裹得太久，长期不通风，纸币上积了一层密密麻麻的霉斑，用手一碰，纸币就纷纷破碎。这样的纸币成了一种摆设，比青瓷还要脆弱。对于张启东来说，这些没有产生过价值的财富，他却用了两条生命来珍藏。

挖出这个意外后，村人方才醒悟，对于之前的张启东一直都是雾里看花，从来就没有看清过他的真实面目。大家都被他佯装的假相蒙骗了，连小卖店老板的赊账也多年没还，直至人死债亡。

看不出这家伙是个守财奴！一个吝啬鬼！连给老婆治病救命都不舍得花钱，那他究竟留钱去干啥呢？村人百思不得其解。

后来他堂哥在整理张启东的遗物时找到一封还未发出的书信，这封信是张启东写给儿子的，信中劝儿子要好好改造，争取早点出来重新做人。信的末尾表明了钱的事，他让儿子放心，说已经把盖房的钱准备好了，只等他出来，有了房子再找个媳妇，这日子就有奔头了！

看了这封信，大家才恍然大悟，没想到张启东一切都是在为儿子着想。他为了儿子的未来，可以不管老婆的死活，不顾自己的安危。但在狱中的儿子，他是否能理解父亲的一片苦心？

从姑姑家回来，我的内心很久没有平复，身体好像还绑定在表弟那辆破旧的农用车上，不停摇晃振荡。在乡间奔走了一天，浑身疲乏，回来很早就上床休息了。可是上床后辗转反侧，怎么也睡不着，直至窗户发白才眯了一会。这一夜我想了很多。

父亲出院后交给我一个任务，要我请他那些老友吃顿饭。父亲递给我三百元钱，说钱由他出。父亲向来这样，在经济上非常独立，不像其他老人，总喜欢向儿女们伸手。

我开始不愿接父亲的钱，我说这点小钱做儿子会出，这饭就由我去请，不用他操心。可是父亲执意要给，他说这钱他出才算表达了真实的心意。他说吃饭也不用太过讲究，找个小馆子，点几个家常菜，陪他们喝点酒就行。主要表示一下他对各位的谢意！最后让我转达他的忠言：祝各位老友身体健康，平时多注意保养，千万别生病。

住一次院父亲好像明白了许多，他知道老人有一个健康的身体比什么都重要。父亲是个天生的急性子，他要做的事立马就得执行，不能有半点拖延。我按照他提供的电话号码，一个个打过去，本以为伯父叔老们会找出各种理由来推却，没想到他们都很赏脸，听说父亲康复出院，约请吃饭，没有一个犹豫的，大家二话不说，很爽快就答应下来。

由于父亲刚出院，身体虚弱，还需疗养，不能奉陪，所以这顿饭请得相对轻松自由，一切由我做主。父亲不知多少年没有在外面请人下过馆子了，所以他根本不懂行情，如果按父亲给三百元的标准，九个人，还要喝酒，那样可能要让人家饿肚子。

我找了一家开张不久的中档馆子，店家正在搞特价酬宾。按六百元的标准点菜，酒是三星四特，我要了两瓶，可是老伯一齐拦着，非要我退回一瓶，他们都很注重养生，戒烟限酒，严格控制总量，每人只喝两小杯，只是图个气氛，决不多喝。

我知道老人家都是说一不二的脾气，自然也就没有苦劝。菜上得很快，一会就摆满了桌子。开始老人们显得有点拘谨，可是两杯酒下肚，立马就鱼儿一样活泛起来。他们全都打开了话匣，不管是新的、旧的、荤的、素的，谈天说地，嘻嘻哈哈，桌上一下子就热闹起来了。

在我举杯敬酒的时候，有几位老伯不停地夸我有孝心，大老远能回来照看老爸，现在像我这样的后生真是太少太少了！他们当着我的面狠狠地数落着自己的儿子、儿媳，说是长年在外，不问他们冷暖，不管他们死活，对家里漠不关心……

见他们情绪一个比一个激动，我只好打着哈哈，变着法子岔开话题。幸亏是晚上，喝了点小酒，要不然他们还会感到奇怪，我为何突然间脸红！

在吃饭的两个小时里，我发现有一位老人一直没太说话，我听父亲说起过他，他是这群老友中惟一当过老区委书记的人。当年腰间别着驳壳枪，想想该有多威风？！可是人生易老，现在已腿弯背驼，白发苍苍，曾呼风唤雨的人，已萎缩成一个羸弱干瘦的老夫。

听说我也喜欢写点东西，老人特意赠我一本刚出版的自传，叮嘱我一定要抽空看看，多提意见。我以一种虔诚的姿态双手接过自传，并且口头保证，一定认真拜读。其实这些年来收到过不少这类自行印刷的小书，说实话没有一本认真看过。后来如果赠书者问起读后感觉或让我提点意见，一律都是口是心非的恭维：不错！不错！

完成父亲酬谢老友的使命后，我便返回了广东。在回家的路上，由于火车晚点三个小时，我枯坐车站，十分无聊。突然想起老伯送我的自传，于是从背包里拿出来开始翻阅。我以为那是一本枯燥无味、粗糙不堪的流水账，如果不是为了打发时间，我绝对不会拿出来阅读。谁知人不可貌相，我严重低估了老伯的水准。他的自传不仅是词通句顺，叙述流畅，而且称得上文笔甚好，深意藏焉。开篇第一个故事就使人震撼，这是一个智擒土匪的故事。

新中国成立初期，世道还未完全太平，在我工作的复原山区那片茫茫大山中，仍有土匪出没。为首的土匪头子叫金麻子，在山区周边杀人放火，打家劫舍。这种与新生政权对抗的匪帮，岂能容忍？必须立刻铲除。可是金麻子武艺高强，身手敏捷，他对方圆百里的大山了如指掌。凭着对地理环境的熟悉，常常神出鬼没，在村庄里肆无忌惮，作恶多端。

面对穷凶极恶的土匪，我作为执掌地方的父母官，围剿残匪责无旁贷。可是读书出身的我，没能练就盖世武功，以硬拼硬，直来直去，奈何不了土匪。我想想，唯一有可能成功的是智取，并非强攻。

经过一段时间的苦思冥想，终于有了办法，原来在百余里外的幽居山区，住着金麻子的老婆和孩子。获知这个消息时我喜不自禁，立即派出精干人马赶往幽居。很快就把他的老婆孩子带了过来,我想利用这个作为诱饵,引蛇出洞,把金麻子一举歼灭。可是我抛出饵料,引诱了一个多月,金麻子就是不来上钩。

为了探听他的底细,通过很多曲里拐弯的方法,从金麻子嘴里得到了准信:对老婆孩子不管是剐是杀,他决不中我的圈套。

当时我非常气愤,土匪就是土匪,他们六亲不认,杀人如麻,毫无人性。这个计划宣告失败,让我颇感沮丧。后来金麻子见我放了他老婆孩子,以为我奈何不了土匪,怕了他,于是更加肆无忌惮,变本加厉,大白天也杀人放火,洗劫村舍。就在我感觉束手无策之际,内部传来一个绝好的消息,在另一处隐蔽的寨子里找到了金麻子的老娘。

当我们掌握了金麻子行踪之后,放出狠话,限定金麻子三天之内到政府自首,不然将把他老娘就地正法!

我有一种预感,这次金麻子一定会来,因为听说金麻子是一个大孝子,他只要老娘喜欢,就是挖他的心肝给老娘吃,他连眼睛都不会眨一下。

金麻子果然中计。那是一个月黑风高的夜晚,我事先请求县委支持,在山林四周布下重兵,将如约而至的金麻子团团围住。当时金麻子带着一支人马,操着家伙,想向我们开火。我用大喇叭向他喊话,说只要他们放下武器,缴械投降,人民政府可以宽大处理!

金麻子犹豫了一下,他说放下武器可以,但他要先看看老娘是否安好。我让人带着他老娘从先前搭好的竹楼里走出来,她站在高处朝金麻子喊:"儿呀!你听娘一句话吧,快放下枪来，让你那帮兄弟都一同放下枪来，千万别再作恶了，陈区长答应给你们一条生路！"

金麻子看看双手抹泪的老娘，然后一声令下，所有的手下都放下了武器。此时我带着埋伏的队伍一拥而上，将土匪绑了起来。

金麻子没有一点反抗，他跪在老娘面前，伸手从胸前衣服内抽出一只包好的烧鸡，这只用身体焐热的烧鸡，带着金麻子全部的爱意，送到了老娘手上，请求老娘慢用。

金麻子看到老娘接过油光闪闪的烧鸡，双手颤抖，泪水长流。那皱纹交错的手抚摸着金黄的烧鸡，传递出多么复杂的母子情感，老人在烧鸡上摸到了儿子的体温。

金麻子跪在她跟前，四周围着荷枪实弹的队伍，金麻子提出要亲眼看着老娘把烧鸡吃完，我大胆地点头应允，料他再有本事也插翅难飞。忐忑不安的老人其实没有一点胃口，而且还缺了两个门牙，但为了让儿子高兴，她努力张开嘴，拼命撕咬。由于牙口不好，老人根本嚼不烂棉花一样的鸡肉，只好在口腔内打转，然后囫囵着吞下……

金麻子看到老娘吞下最后一块鸡肉后，晶亮的油水顺着她的嘴角往下流，他满足地闭上了眼睛。我以一个胜利者的姿态，看着一言不发、束手就擒的金麻子，已经失去了往日的虎威，核桃一样满是坑洼的脸上失去了光彩，闪着凶光的双眼黯然下来。也许他知道作恶的一生已走到了尽头，等待他的将是怎样的结局。

……

很多年过去，那个场面一直留存在我的脑海里，挥之不去。羔羊有跪乳之义，乌鸦有反哺之恩！一个杀人不眨眼的土匪，在生死攸关的时刻，他仍然深爱着母亲，讲求孝道，宁可用自己的性命换回母亲的平安。而当下那些安居高楼、出行车马、衣食有余的儿女又做得怎样？！

……

捧着老伯这本自传，我感觉那些纸页如铅石般沉重，满腔的思绪不能言语。这么些年来，我作为儿子始终处在缺失的位置，在亲情孝道面前显得自私偏狭，只会贪图索取，却忘了担当和付出。想想过往，内心羞愧，忍不住又一次脸红起来！

感谢老伯以书相赠，使我面朝危崖而终有顿悟。我已明白，忠言不一定逆耳，良药不一定苦口。虽然我阅读的是一个久远的故事，但它像一则跨越时空的寓言，由表及里，由远而近，借古喻今，直指当下。尽管老伯一言未发，却给了我一次狠狠的敲打，我相信老伯送书绝非是随意之举，而是一个智者不便言说的良苦用心。

忧伤的吉他

那把吉他是前女友留下的遗物，它像一根尖利的鱼刺，曾一度封锁了我的喉咙。打心眼里说，我曾喜欢过这把吉他，也憎恨过这把吉他，后来甚至恐惧过这把吉他。由此它在我心里有了一种魔幻色彩，无论行走多远，它都能巫术一般将我控制。如今虽然它以尘封的面目在老宅里装聋作哑，一言不发。但每当目光触及，它就会猛然苏醒，像一枚隐形的子弹，瞬间将我击中。

木质的琴身，如女友白里透红的肌肤，闪烁着惹眼的光泽。回想她展臂轻抚，蝶影蹁跹，指尖轻轻划过琴弦，流淌出时髦的深情，传递出莫明的忧伤。

女友出事后，这把吉他成了无处安放的灵魂，险些被埋进坟墓。后来幸亏有一方阁楼宽厚地接纳，才使它免遭遗弃。

回想那个恋恋不舍的八十年代，一切如梦似幻。光影里，女友一脸酷态，怀抱吉他，舞步轻摇，边弹边唱。

当时我们对流行音乐的认知极为幼稚，很多人对这种癫狂的音乐抱有偏见。一些上穿花格衫，下穿喇叭裤，手抱吉他的青年，成为遭人诋毁、严加防范的对象。他们走街串巷，独自享受内心的风光，可随时随地都将遭遇冰冷的面孔。

基于这种现实，有人把吉他定义为"流氓乐器"。在县城以下的小镇，出现手抱吉他的女孩，几乎就是天外来客，成为变态式的叛逆者。可以想象，当年女友因为迷恋吉他，承受了多大的压力!

家里人见我交上一个如此另类的女孩,既担忧,又叹息,人前背后颇有微词。好在女友并不在乎这些,只顾埋头学艺,热衷音乐,对周围的议论充耳不闻,视而不见。

事后我才明白,她坚守的内力来自偶像的召唤,她的偶像是吉他女神,正闪耀着漫天的光彩。作为那个年代的过来人,对于她的偶像,其实大家都不陌生,那就是后来给我们塑造了经典形象的歌手——成方圆。

从女友的言谈举止中可以看出,她对成方圆的崇拜到了五体投地、无以复加的地步。她认为成方圆重塑了女性的风范,推动了轻松自由的唱法。回过头去审视,成方圆的确有引领风潮的意义。当人们还不知道罗大佑为何方神圣的时候,她已经把《童年》唱进了千家万户;当摇滚乐还在遭受白眼时,她已带着崔健的《一无所有》走上了电视荧屏。

由于她的执著,最终把这种音乐形式搬上了春晚舞台,打造了中国内陆上世纪八十年代最经典的女文艺青年形象。她的很多经典歌曲,比如《童年》《游子吟》《什锦菜》《雪绒花》等一直传唱不衰,时至今日,她的演唱形式仍没有过时。

女友分享着成方圆的成功,把她的成功当作自己的成功,从别人的成功中收获喜悦和快乐。这种情绪与当下的球迷多么相似!带着明显的狂热色彩和个人情感。

女友对偶像高度关注,在歌声里,在电视上,暗自神交。可是这种时尚高蹈的文艺青年,在凡尘俗世的小县城里只能孤芳自赏,接不上地气。平时很难找到交流探讨的对象,烦闷至极,她就找几位写诗作画的朋友一起交流。

当时的诗坛风起云涌,深受西方诗学影响,一批带着先锋趋势的青年诗人,敢爱敢恨,独领风潮。活跃在小城里的诗人,身穿奇装异服,戴墨镜、留长发,与现代音乐互相欣赏,一拍即合。女友与狂放的诗人们惺惺相惜,大家分别陶醉在不同的艺术王国里,神仙一样自由高傲。

女友凭她的特殊感悟,细心领会着成方圆的演唱方式,从她演唱的歌曲中,听出了民族音乐、西方民谣音乐和港台流行音乐的多重组合。因此成方圆在演唱自己的歌曲时,从英文歌曲到台湾民谣,表演类型和风格十分宽泛,在改革开放之初的中国通俗歌坛,树立了先锋姿态。

先锋是一个冒险的词语,凡是热爱它的人,几乎注定都会付出代价。我国的流行音乐从模仿起步,最初的流行歌曲没有原创概念,大部分都是通过翻唱的方式传播,后来才逐渐被内地人熟知。

老一辈的通俗歌手,几乎都是无可避免地扮演过"二传手"的角色。在人们还对流行音乐这个新名词一知半解的年代里,成方圆已完成了个人演唱会。那个时候不为人知的歌手通过成功模仿某位港台歌星,在重要场合获得了惊鸿一瞥的机会,由此,有些幸运者就这样在歌坛上崭露头角,一夜蹿红。

第一次随女友听邓丽君的唱片,便有震撼之感,听得人热血沸腾!无论唱片还是盒带,一遍一遍地听。那时候女友几乎学会了邓丽君所有传唱的歌曲,全身心投入之后,她的演奏技巧有了明显的提高。事实证明,想摆脱从小受革命样板戏深度影响的惯性,只能去借助外力转型,从港台流行音乐、西方流行音乐中吸取营养,那才是正确的选择。后来的事实也充分证明,像毛阿敏、田震、那英、赵莉等一批歌手都翻唱过邓丽君的歌曲。

为了能更逼真传神地模仿港台歌曲，女友四处搜集盒带和唱片，那个三层的自制书架，当时光环四射，颇具小资情调，成为黑胶、盒带、画册的陈列柜。

1986年春天，傍晚的赣西北小镇春风荡漾，嫩绿的草尖拱出了泥土，溪水的声响也活泛起来。山路游蛇般紧贴坟场，从墓地擦身而过，树丛里偶尔会有磷火跳跃，会有怪鸟尖叫。

最边缘的坡道上有一棺新坟，那是村里逝去的乐师。乐师吹弹歌唱样样能行，其中最拿手的要数那管唢呐，无论独奏还是伴奏，其声调出神入化。丧葬时悲恸哀伤，如泣如诉，惹人眼泪；婚庆时鹊舞凤鸣，喜上眉梢。同样是一管唢呐，那调调却因情而异，因时而变，万千形态，匪夷所思。

乐师是女友的老父，乐感独特，天赋甚高。他对音乐有着超常的理解，这一点父女身上流淌着共同的基因。可作为一名乡野乐师，他的声音只局限在山寨狭小的空间里，一辈子没有走出过大山。

女儿觉得那是一种遗憾，父亲用生命中的喜怒哀乐抚慰孤寂的亡灵，可现在乐师随着音符埋入地底。于是只有等待一场雨水的到来，才有希望看见漫山遍野的枯草冒出翠绿的声音，让一个逝去的乐师，从另一个歌者身上复活。

这是流传了千百年的乡土音乐，是一种无法篡改修饰的天籁之音。作为传递声音的乐师，他虽读不懂蝌蚪似的五线谱，也不懂从e小调到E大调的变奏，但他在劳作之余，用生命的动感奏出了乡村永恒的乐章。

女友决定赴省城进修，脚板踩着乡道，山间几株桃花正在绽开。一路上她并未提起半句吉他的话题，只是默默地走着，静听满山鸟鸣，溪涧淙淙。

在进修的课程里，女友知道了吉他的起源，知道了近代吉他音乐之父泰雷加。在时光的隧道中，泰雷加的作品弥漫着玉石般的光泽，他在十九世纪谱写弹奏了伟大的吉他小品。他和肖邦、罗伯特·舒曼是音乐上最亲近的兄弟，他们深爱着世界中一切美好事物。可女友却在经典乐曲中染上了多愁善感的心病，身上的每一个细胞都忧郁丛生。

女友对音乐的热爱，对吉他的痴迷让我感动。她是众多音乐爱好者中的一位，对我来说却是唯一的一位。在娱乐方式并不丰富的年代，在偏远的赣西北小镇，她用一把吉他陪伴我度过了许多个不眠之夜。闪烁着泛音的琴弦上，抒情与柔美深深地打动了我，让我感到肉体不再空洞，精神不再赤贫，心性不再急躁。

然而我万万没有料到，女友进城看似寻找音乐的高度，实则直抵生命的终点。进城的路虽然不长，但城乡的差异却让她无所适从，如坠黑洞。我无法知晓，一段并不漫长的时光，在她内心掀起过怎样的波澜？我只能想象她如一只受惊的小鹿，在城市的丛林中急切地奔突。我隔着琴弦的流水，无能为力地惦记她，看着她像一只夜莺朝天边飞走，一眨眼，再也没有回来。

那个时候通讯落后，平台稀缺，一个草根想从歌坛上冒出来，比续写神话还要艰难。我们相距不到三百公里，但联络沟通极其不便，往来书信成为唯一的通道。从最后一封短信中，我没能读出任何厌世轻生的玄机。

女友消失在一个漫天飘雪的冬夜，她倒在一辆大型卡车的巨轮下。她的生命戛然而止，我没能听到最后一个尖叫的音符。噩耗传来,瞬间将我击倒!死讯像一根隐形的绳索,紧紧勒住了我的脖子,我在窒息中轰然倒地。醒来后悲伤就像一块巨石,沉沉压在胸口,让我透不过气来,世界已成虚无,天地如我的脸色一样惨白。

我悲鸣着冲向门外,在雪地上疯狂奔跑,积雪被踩得吱咯作响,像老妖在念诵咒语。风从耳边呜呜刮过,我听到女友在惨痛中挣扎……

低泣的哀叹,撞击着心房,世界凝固,万物停止了生长,所有的音符都降到了冰点。眩晕、迷乱、喘息,头脑变成雪野,一片死白,天穹不再高远,尘世与我一同低矮下来。

睁大眼睛,我努力着,想看清远方的道路,可那条路已被雪雾阻断,很快就将在草木中销声匿迹。女友越走越远,舞姿僵硬,乐曲凝固,吉他永远挂在墙上。我吃惊地打量着那些生命幻象,不由呼吸急迫,颤抖的手指与心一同破碎。

没有谁能让我掩饰彻骨的悲伤,每一个音符都化作一颗雪粒,劈头盖脸地砸来。雪粒砸在脸上,痛在心里,留下无法抹去的痕迹。积雪覆盖了冰凉的泪水,我希望一场大雪把所有的声音埋葬,连同我内心空洞的怀想。

音乐把肉体融化,灵魂收进了黑色的匣子,对一个鲜活的世界来说,一包骨灰轻如鸿毛。我无法接受,一个青春奔放的女孩,转瞬化作一缕尘烟,人活着还有什么意义!

我不顾家人的反对,执意把早殇的女友带回山高水长的故乡,葬进了僻静的墓地。我相信她只要回到故乡,就能听到自然的乐曲,只要拥有乐曲的陪伴,她就能留住梦想和青春。

小镇空荡,炊烟四散。路旁有野菊盛开,一株苍老的大树遮荫蔽日，成群的牛羊从树下走过，奔向饮水的池塘。池塘映出天空的倒影，倒影在水里不停荡漾。

湿漉漉的雨季泡软了每一根骨头，是风轻轻擦干了天空的眼泪。向上抬头，天依然那么蓝，云依然那么白，我看到橙红色的脚印湮没了群山。我停下，风也停下，泥土也跟着停下，它们都在等我振作起来。

我必须在乡道上走下去，不能停步，从今往后，我只好在心里一遍又一遍念叨女友的名字。

时间在缓慢中结茧，道路把她的名字分隔到另一个世界，阻隔在杂草丛生的墓地，思念如蚂蚁日夜撕咬着我的内心。无人再去抚摸那把吉他了，声音剥离了肉体留下的真实。音符疲倦，节奏干枯，风靡一时的乐曲只留下散落的残骸，一切重归旷古的寂静。

若干年后，往事尘封，我已娶妻生子，过上了与众人一样的平淡生活。可是某一天，孩子在老师的引导下，对乐器产生了浓厚兴趣，特别对弦乐，情有独钟，一见如故，那一刻我感到了深深的恐惧！

我说不清是为什么，是生者的回眸，还是死者的追恋？抑或是艺术的轮回？秘密深埋心底，我无处言说。夜晚耳畔响起了当年的乐声，不由鼻酸眼涩，伸手一摸，满脸泪水。

那段日子我辗转难眠，曾经塞满小巷的肥硕身体，刀削一样瘦弱下来。在寒冷的季节里想着、看着、忍着，在死去活来的状态中，世界又慢慢安静下来。

我熬过了雨打残荷的凌厉，听到了雪落大地的轻盈。我闭上双眼，感知枕边有梦里遗失的碎珠，那是泪水泡出的浆果。一场雪让所有的梦安然死去，而一场雨又让草木青绿，万物复苏。我无法阻止孩子热爱音乐的天性，我害怕额头的雨滴流进孩子的眼角，成为苦涩的泪珠。

每当走过学校的琴房，我就小心翼翼，如履薄冰。我看到自己的血脉在抵达前方的海岛，帆影随跳动的音符长出洁白的羽毛，呵护着她稚嫩的身体。我担心不经意间的一个举动，一个眼神，就会弄疼她们的神经！

音乐是对生命的补偿，也是对灵魂的抚慰，我渴望伤痛不留痕迹，所有的愿景都沿着琴弦往前流动。让孩子的心灵在乐声里变得宽厚丰盈，变得柔软洁净，从此，所有的苦痛都在旋律中消解，所有的梦想都在音乐中实现！

学校的音乐课具有开放的气氛，孩子们围着琴房，手拉着手，或唱或跳。琴声悠扬，伴着她们一起一伏的脊背，黑亮的眼睛像成熟的果核，不停转悠。蓝色的音符飘上天空，洒向大地，在天地间流淌……

书架搬下了阁楼，吉他落满尘埃，回首往事，泪湿盈眶。音乐是真情的流动，容不得半点虚假和做作，时至今日，我仍为她哼唱的蓝调而莫名伤感。回想她长发遮面，风舞裙裾，哼唱着《童年》；回想她低抚琴弦，眼含忧伤，仿佛时光已经倒流。大伙或蹲或坐，聚在一块，轻轻唱和，用手打着节拍，那是生命过往，青春印痕，岁月见证。即使时光怆然老去，它也会以一种特殊的念想存储于记忆深处，留驻我不老的心房。

那个雪夜让人温暖

脚冷雪,手冷霜,屁股冷,要天光。双脚冷得厉害的时候,天就要下雪,这是人体对天气准确的预测,民谣属于智慧结晶,蕴藏着直接的经验和朴素的道理。

连续几天透骨的寒冷,终于下起了大雪。寒冷是大雪的前奏,大朵大朵的雪花,就是寒冷得来的结晶。蓬松的雪花像棉花果一样轻盈地飘落地上,没有一丁点儿声响。下雪不像下雨,没有雨点那种泼妇般的张狂,我最怕雨打残荷的声响,那简直是一个老妇的哀泣,敲打在叶片上的雨点,把声音成倍放大,我感觉那是对衰败生命的一种摧残。

雪落无声,轻盈而又温柔,这是彬彬有礼的精灵,所以人们对雪总怀有一种好感,瑞雪兆丰年。我特别喜欢一位作者对雪的描述:雪降生的过程,我们大都在梦里。雪在众人的温梦里,覆盖低矮的尘世。一片片纯洁晶莹的雪花,亲吻万物,从天空降落,像飞奔的白蝴蝶,映衬着迷失在青春前夜的少年,赶赴重生的落叶,沉寂一冬的花草,沉于水底的游鱼。雪是一位奔跑者,带着冬夜的灵魂远游,从北方到南方,从乡野到城市,就像一双宽厚的手掌,把尘世的物件一一抚摸。燃旺的炭火熄灭了,今夜鸟儿回哪栖居到哪个角落,雪把所有的空间都填满了,夜空正延续着它们飞翔的梦想,是雪在帮助世间清洗沾染的污垢,白色的雪不停地覆盖,覆盖松果中浆汁饱满的秋天,覆盖稻垛里的夏日田野，覆盖老牛留在泥土里的串串脚印……天降大雪，对于娃儿来说，就像降了兴奋剂，父母的呵责也不再管用了，大大小小的孩娃纷纷冲出家门，仰起脸，对着从天空纷纷扬扬飘洒下来的雪花欢呼跳跃，大喊大叫。在我们的印象中有这么个规律，一般白天下的雪眨眼就融化了，只有到了晚上，气温下降，不声不响飘下的雪花才能堆积起来。四野茫茫，雪花纷纷扬扬地下了半天，飘到地上很快就融化了，只是在枯黄的野草上、茅屋上留下一点点如霜的白色，让我们心里颇感遗憾，因为我们太想来一场痛痛快快的大雪了，那样就可打雪仗、堆雪人。

　　天随人愿，第二天一早起来，果然大雪如新弹的棉絮，厚厚实实地堆积起来了，漫山遍野一片素裹银装。我们在雪地里玩得非常开心，双手冻得通红也没有一点冷的感觉。更让我们高兴的是雪还在继续下，此时比我们大一点的哥们，显然比我们更有想法，带着狗，上山撵兔子去。雪下得大，把万物都覆盖了，动物们又冷又饿，是捕获它们的最佳时机，山上野兔和麂子饿傻了，这个时候看到狗追来，它们腿就软了。有几个伙伴家里养有几条狗，于是跟着大哥们上山去了。雪太厚，路很难走，我们沿着被雪覆盖了的小道，艰难地往山上爬，路很难走，我们站起一跤，爬起又一跤，几乎是摔着跟头上山的。好在松软的雪地上，摔着也不是很疼。好不容易爬上了山顶，几条狗左闻一闻，右嗅一嗅，很快就发现了共同目标，几声狂吠，我们看到一只灰褐色的兔子从草丛里蹦了出来，几条狗围攻过去，立马就把兔子撕扯着一命呜呼。大哥们没有再扩大战果，从狗嘴里夺下撕烂的兔子，然后兴奋地跑回家去报喜……

雪还在下，我们可高兴了，相约好第二天继续上山去撵兔子。为了能撵到更多的兔子，我特地到邻村姑夫家借来了一条猎狗，还邀来了姑夫家的表哥，因为这猎狗不听外人的指挥，只有把表哥拉来才行。我们把猎狗拴在厅堂，这天晚上我非常兴奋，想着明天能去撵兔子，心里不知有多兴奋，翻来覆去睡不着。下半夜我刚进入梦乡，被一阵疯狂的狗吠声惊醒。随着听到大门吱呀一声开了，父亲在外面大叫，"来贼了！来贼了！"听说有贼来了，表哥和我一跃而起，胡乱地穿好衣服，拿着电筒，冲出大门。外面雪已经停了，但北风像刀子一样刮得正猛。

父亲用手电筒照着察看了一下院子，雪地上踩过一行黑洞似的脚印，顺着脚印发现一捆玉米棒子不见了。刚才那贼一定是偷走了那捆玉米棒子。表哥说快追！父亲好像想说什么，迟疑了一下，但看到我和表哥追上去了，他也只好跟了上来。表哥说，这个贼人是个傻子吧！这么大的雪，脚印一清二楚，我们现在就顺着这些脚印，准能轻轻松松逮住他。听表哥这一说，我用手电筒照照雪地上，果然一行歪歪扭扭的脚印清晰地伸向远方。我说今晚这个贼人可死定了。表哥说，对！等会儿抓到小毛贼你看我怎么治他。这一点我当然相信，表哥身强力壮，牛高马大的，平时扛着两百斤在肩上一点也不费劲。表哥让我把手电筒熄灭了，他说别让贼人发现有人在追。我熄了手电，发现四野被雪光映得很清晰，不用手电完全能看清脚下。顺着这些脚印，我们爬上了一个山坳，这里是三条路的分界点，三条路分别通往王家庄、李家庄和赵家庄。风不停地刮着，我不由得缩起了脖子。我和表哥走得急，父亲落在了身后，表哥说等等，于是我跟着停了下来，站着拉了泡尿。表哥的尿很有力度，溅在雪地里，发出噗噗的震荡声,他一边拉尿,一边说,天一冷尿就多,俗话说冷尿饿屁穷撒谎,这话一点也没错。说话间父亲追上来了,表哥说,走,这贼娃儿可跑不远了。父亲说算了吧,打猎出身的表哥大喊,不行,这毛贼马上就追到手了,怎么就让他白偷了?父亲还是坚持说算了。表哥却像发现了猎物一样,正在追击的兴头上,执意要追。就在不停争执的时候,一阵寒风刮来,天空突然又下起了鹅毛大雪。表哥急了,对父亲说:"舅父,快点,要不那贼人的脚印可就找不到了。"又密又大的雪花劈头盖脸地落下,果然不一会儿,我们踩下的脚印就被大雪给覆盖了,一丝痕迹也没有了。此时父亲很坚决地回转身,大声说,"走,走,回家,你不看连老天都在帮他嘛!"在父亲催促下,我极不情愿地转过身,走在回家的路上。雪一个劲下着不停,表哥一言不发,只听到脚板踩着积雪咔咔作响,我回头看了表哥几次,尽管夜色里看不清他的表情,但我感到表哥的脸比雪还要冷。三个人都不说话,迎着扑面而来的风雪艰难行进,路过那片竹林的时候,突然"啪"的一声脆响,我吓了一跳,以为有人在打铳。停下来看看,原来是竹子不堪重负,被大雪压断了。一大片竹林全扭曲着变形的身体,垂眉低首,匍匐在地上,有些已超过承受的极限,啪的一声就断裂了,雪夜里,那震耳的声响,就是竹子折断时的哭喊。

寒冷是在回家的路上深切感受到的,追贼的时候根本没有感觉冷,快到家时我已经全身麻木了,肚子里像吞下了无数的冰块,从内往外透心的寒凉。

夜晚无处取暖,匆忙地钻进还有一丝余温的被窝,很久也没有缓过劲来,待稍微有了一点温度,天就亮了。天亮后我兴奋地把表哥叫醒,表哥有点不情愿地爬起来,双眼通红,从他脸上找不到丝毫兴趣,很被动地带着猎狗与我上山去撵兔子。雪比第一天大多了,在陡峭的山道上每走一步都十分吃力,雪落高山,霜打凹,越往上雪越厚,我不知摔了多少跤,栽了多少跟头,到了山顶,整个人像一串冰糖葫芦,头发眉毛全白了。我觉得这么大的雪,野兽更难逃了,但是撵了一个上午,筋疲力尽,连野兽的影子也没见着。中午我们双手空空地回到家,表哥连饭也没吃,带着猎狗一声不响地回去了。我知道,表哥还在生闷气,猎人出身的表哥,有着很强烈的猎取欲望,更让他气愤的是,他家曾被贼人偷过一头母羊,他太想抓到那个毛贼了……

岁月匆匆,不知不觉这事过去就快30年,30年来我们的生活发生了太多的变化,现在绝大多数农民不再为温饱而发愁了。

那年中秋节我回了一趟老家,终于见到了表哥。多年不见,表哥的鬓角已出现了不少白发,皱纹也爬上了额头,为保护生态平衡,表哥早就不打猎了。到了这个年纪,心里坚硬的东西越来越少,柔软的部分越来越多,那个血气方刚的青年,随着岁月的流逝,已经只能在记忆中寻找了。表哥兴奋地告诉我刚刚做了外公,人到中年,尽享天伦之乐;而我也早已为人夫,为人父了。

作为一家之主,当家方知柴米贵,每逢遇到困境,生活无着的时候,我就会想起那个遥远的雪夜,想起那透骨的寒冷,想起那被大雪压弯的竹子。为了一捆玉米,如果不是家儿老小饿着肚子,揭不开锅了,我料定那个汉子不会在寒风刺骨的雪夜,斗胆翻墙入室,夜闯民宅去充当窃贼。

饱暖思淫欲,饥寒起盗心。只有背负着家庭重担的父亲,才能以宅心仁厚的情怀去理解偷窃者的艰难处境。那个夜晚注定是个宽容的夜晚,让那个汉子一家度过了最艰难的日子,在微弱的生命状态下,萌生了新的希望,燃起了香甜的炊烟。

　　雪落无声,连大雪都知道及时出手,用它洁白的身体覆盖那一串斑斑劣迹,何况我们宽怀天下的人心。

动物的隐语

秋风一抹，山野河川的颜色便丰富起来，枫树和乌桕如燃烧的火焰，把山村的眼睛点亮，柿树挂满红红的灯笼，充满了喜庆。此时，抬头望天，风轻云淡，大雁列队而过，那个飞翔的人字让人产生无限思绪和遐想。

沿着开满野菊花的土路，步入萧瑟的园子，果树虽已枯萎，但果园是通往老家的必经之路，进入园子没有选择。园内铺满枯黄的落叶，踩在酥卷的叶片上，听到它在脚底粉身碎骨的哭号，平和的内心忍不住打了个忽闪。这样的声音自然让我联想到了它，想到它走向死亡的场景。脖子已经套上了绳索，它不知道前面不远处就是终结生命的刑场，一瘸一拐的脚步将是它留在大地上最后的姿势。

三十年，我一直在努力寻找真相，渴望为大黑洗刷冤情。可是祖父、祖母、父亲、母亲，四位杀狗的直接参与者，已经有三位离开了人世。关于大黑的死，阴阳两隔，我无法再与他们进行评判与争论。

我们老宅的地场前立着两根麻石柱子，那是一根满含野蛮和血腥的柱子，柱子的顶端有一个方形石孔，先辈凿出这么个方方正正的石孔作为何用？已无人知晓。石柱的价值被岁月的烟雨冲刷得一团模糊，这个能拴马、能系牛的石孔，在时代更迭中变换了姿态，后人却强加给这个石孔一种全新的屠杀功能。也许它曾扬起过家族杏黄的旗幡，但那是过去，现在石孔就已成为一个杀狗、杀羊的刑具，在沉默不语的石柱面前反复上演着残忍的绞刑。它成为杀戮的断头台，成为索命的工具。这样的变化让我想起老宅正堂上的镂花木匾，屋梁塌陷之后，"紫气东来"的牌匾竟沦落为邻居豢养猪羊的圈门，颜风柳骨的字迹沾满脏臭的粪迹，从这里让人窥探到了一个乡村家族的衰败，一种精神的颓废，一种文化的没落。

一根粗糙的棕绳，系成一个活扣，套住狗的脖子。把狗牵到柱子下面，再将绳子从柱子顶端的石孔中穿过，然后从对面用力一拉，一条活蹦乱跳的狗立刻被悬挂起来。狗往往这个时候才知道有人要取它性命，于是拼着老命挣扎。尽管它龇牙咧嘴，眼露凶光，锋利的犬牙一张一合，但这一切都改变不了死亡的命运，再疯狂的挣扎也是徒劳，只要被绳索悬挂上这个柱子，再强悍的狗也必死无疑。

杀狗者手上那截多余的绳子勒着手掌有点发麻，于是他把绳子绕着狗的脖子转上几圈，然后使劲一拉，系成个死结，捆绑在石柱上，杀狗者便能以逸待劳。一般这个时候会摸出香烟、火柴，点上一支烟，然后慢悠悠地吐出一串漂亮的烟圈。十几分钟后，再松开绳索，狗便杀完了。

那天杀大黑却显得并不顺利，首先是大黑的身子太沉，祖父毕竟已近古稀之年了，他使尽了全身力气，可是仍然无法把狗悬挂起来。大黑后半身站在地上，头不停地摇摆，眼睛充满乞求。

我离石柱较远，面对大黑双腿如灌了铅一样沉重，帮祖父套上那根绳索之后，我就懊悔莫及，心神不宁，陷入一种无法救赎的境地。围观者当中很快有一个人站出来帮了祖父一把，那根被两种力量僵持不下的绳索，在外力的援助下，呼的一声，像旗帜一样飘荡而起。

大黑的爪子蹬在柱子上，拼死挣扎。它不明白主人干嘛要这样对它，它的爪子用力在柱子上抓挠，粗糙的石柱发出滋啦滋啦的声音，像钝刀割肉一般难受。

大黑的身子不停地在柱子上旋转，眼睛朝上翻，舌头伸得老长，被勒紧的咽喉发出尖利的惨叫。祖父转过身子，想把手上那截多出的绳子缠在大黑的脖子上。祖父刚一转过身来，大黑便撒出一泡热尿，喷泉似的尿液对着祖父的脖子直射过去，一股狗尿的臊臭直冲祖父的鼻腔。祖父破口大骂，手上的力度立刻加重了几分。只见它紧拉绳索，快速地围着柱子转了几圈，那多出来的一截绳子全部捆绑在大黑的脖子上，大黑的脖子被勒得变了形。

祖父回到水塘前，清洗了一下脸和脖子，回来等了一袋烟功夫，开始把绳子松开。大黑倒在地上，不一会发现它的后腿在地上划了几下，好像还想挣扎。围观的人往后退了一大步，然后大喊："小心，还没死！还没死！"打狗和打蛇一样，如果没将它彻底打死，一旦醒来，狗就会变得疯狂反扑，见什么咬什么……

祖父见大黑还没完全断气，于是从旁边操起一把锄头，对着大黑的脑袋敲击了几下，然后用锄头拖着大黑往水塘边走。祖父拿起锄头按住大黑的头，用力往水塘下按去。大黑整个身子被按入水中，水面上立刻浮起一串气泡，过了一会儿，水泡冒完了，水底没有了一丝动静，祖父这才松开手，大黑像个树蔸一样浮了起来。

把湿漉漉的大黑捞上来，扔在地上，祖父找来几根胳膊粗的条木，横在一个土坡上，把大黑架在条木中，然后抱来一堆干黄的稻草，从条木下面点燃。燃烧的稻草火光跳跃，升腾的火焰舔着大黑的皮毛，水气很快被烘干了，不久一股狗毛的焦臭味四散开来。稻草一把一把添进火堆，转眼大黑被烤得一身焦黄……

大黑最后变成了亲朋好友的下酒美食。几个贪杯的邻居因为有了狗肉，喝得酩酊大醉，摔烂了我家好几个杯盘碗碟，弄得祖母骂骂咧咧。我自始至终没有吃一块肉，喝一口汤。

在狗的毛色中有一种说法：乌一，黄二，灰三，白四，花流子。大黑一身乌黑，它继承了母亲的血统。大黑的母亲也是一身乌黑，奔跑起来如一股黑色的旋风，它是一只为主人献身的勇士。

那个时候大黑刚出生不久，山上下来一只豺狗，在村子里咬死了好几头小猪，偷食了不少鸡鸭，弄得村里人整天提心吊胆。那天晚上豺狗又潜入了村子，在几家连续扑空之后，豺狗钻进了我家院子。院墙边有一窝鸡，豺狗想先吃了那窝鸡，就在豺狗开始抓鸡的时候被大黑母亲发现了，于是一场激烈的搏斗在院子里迅速展开。父亲听到异常的声音，立即起来，操起棍棒冲了出来。豺狗看到灯光，不敢恋战，一闪就逃走了。大黑母亲却紧追不放，跟着豺狗冲上了后山……

大黑母亲一个晚上没有回来，家里人猜测大黑母亲可能凶多吉少了。第二天早上，父亲从邻居家借来一杆老铳，上山一路寻找，找了一上午，最后在后山的丛林中找到了大黑母亲。大黑母亲一身被豺狗咬得稀烂，趴在光秃秃的岩石上死去多时了。父亲再朝前搜索，发现前面的草叶上有一滩乌黑的血迹，顺着血迹往前走，他看到那只作恶多端的豺狗笔直死在草丛中。豺狗四条腿竟被咬断了三条，可以想象刚过去的夜晚有过一场多么激烈的搏斗。

幼小的大黑和它另外两姐妹在草窠里蠕动，它们刚刚睁开眼睛，发现母亲一个晚上没回，它们饿急了，不停叫唤，到处找奶吃。后来祖母用米汤喂养它们，一天天细心照料，大黑慢慢长大，其余两只小狗却没能养活。

那年夏天，父亲参加省农干校培训，每个县一个名额，县里把名额给了父亲。三个月的培训转眼就结束了，离开农干校前，学校组织大家去一个养殖场参观，在养殖场父亲买回一公一母两只长毛兔。

当时报纸、广播正在宣传一些地方饲养长毛兔致富的消息。父亲花了八十元钱买来一对种兔，那个时候真算是花了血本，当时父亲月薪才四十五元。

父亲用纸箱小心翼翼地把兔子抱回来，父亲到家把兔子放在地上，一家人抢着上前观看。兔子的确很漂亮，红红的眼睛，长长的耳朵，三瓣小嘴，一身雪白。白色的皮毛和棉花一样又厚又软，望着毛绒绒的兔子，忍不住想伸手过去抚摸。

当时大黑围着纸箱不停地转悠，父亲朝大黑踢了一脚，还骂了一声：滚远点！这可不是山上要找的野兔！

父亲说这种改良后的长毛兔，长毛快，饲养简单，一个月可以剪一次毛。兔毛的价格是分等级的，拔毛的一等品每斤六十元，剪毛的四十元。我们听到这么诱人的价格，惊奇得吐舌头。六十元一斤，这在当时可说是天价了。祖父也显得异常兴奋，仿佛我们家的美好生活从这对长毛兔到来的那一刻就已经开始了。

大黑挨了一脚仍没有走远，站在我身后，摇头摆尾。祖父又给了它一脚。练过功夫的祖父，这一脚踢得可不轻，只听到大黑一声哀号，低着头跑走了。跑走的大黑不知道，它的厄运从这一刻就已经降临了，这对竖着长长耳朵的白兔子将把它带进万劫不复的深渊。

那段时间，我发现家里人的精神状态发生了明显变化，走路、干活，甚至吃饭都显得特别亢奋，对于即将到来的美好生活无限向往。于是长毛兔成为我们全家的重点保护对象，它的一举一动都牵动着我们的神经。每天都会给它准备一大堆新鲜欲滴的红薯藤、空心菜、胡萝卜。走近兔笼前的人随时都会关注它的皮毛，希望它快点长大，那一身雪白的兔毛就如滚动的雪花银子，即将成为我们家的滚滚财源。

祖父和祖母是每天最早起床的两个人，接着是父亲和母亲，然后是姐姐，最后才是我。从清早开始，每人起床的第一件事就是跑到兔笼前观看那对兔子有没有变化。祖父、祖母关心啥时可以给兔子剪毛；母亲关心这兔子的毛究竟是拔好，还是剪好？拔毛价钱高些，但显得有点残忍。父亲的关心却与众不同，做兽医出身的他，目光自然要比别人长远，他并不指望能从两只兔子身上剪下多少毛。他买回的母兔是配了种的，是只怀孕的母兔。一只母兔一年能产五至七窝，一窝能产六至八只，一年下来，家里的兔子就数量可观了，几年后兔子将是一支无比庞大的队伍，自己将成为远近闻名的"兔司令"。父亲对即将到来的美好生活充满了无限的希冀与深深的期待。

父亲作为引种者，能够看出他内心的兴奋，因此每天晚上他都会起夜，给母兔加料。原来只听说马无夜草不肥，没想到兔子也是这个特性。有一次我起夜解手，刚好碰到父亲在给兔子添料，灯光下我看到兔子瞪着一双血红的眼睛，三瓣嘴一张一合，风快地咀嚼，我弄不懂兔子晚上干嘛不睡。

那天父亲从镇上回来，吃晚饭时他说给兔子带了几包饲料添加剂，吩咐母亲拌入饲料中。母兔还有十来天就要产仔了，产前需要加强营养，产后才有充足的奶水。

那天晚上对我来说，与所有的夜晚并无任何不同。只是半夜里被一阵疯狂的狗叫声惊醒，感觉屋外有一群狗在疯狂地打斗，相互间撕咬激烈，尖叫刺耳。不久听到父亲起来了，接着祖父起来了，然后两人一同咆哮起来！随着祖母起来了，母亲起来了，姐姐也起来了，我最后一个起来。

大家围在兔笼前，笼子里只见那只公兔孤零零立在里面，那双红红的眼睛惊恐地瞪着我们。公兔在笼子里不安地旋转，我的心咯噔一下，随即像母兔的笼子一样，笼门洞开，空空荡荡。

门外灰头土脸的大黑蹲在地上不停喘息，不远处蜷缩着一团小小的白色，在夜色里惊叹号一样凝固在地上。父亲用手电筒照射过去，地上躺着的是死去的母兔。

这样的结局让家里人无比震惊和愤怒，看看现场，饱胎的母兔死在大黑的身边，其状惨不忍睹：脖子被咬得稀烂，肚腹已完全撕开，从洞开的口子中看到一窝兔胎在乌黑的血水中轻轻蠕动……

父亲的怒火在湛蓝的夜空中熊熊燃烧，他从柴堆中抽出一根杂木，发疯似的冲上去，朝大黑猛击了两下。大黑尖利的惨叫划破寂静的夜空，那个夜晚，狗和人一样惊魂未定，我看见大黑瘸着腿摇摇晃晃向远处的夜色中逃亡。

父亲用手电筒朝四周照了一圈,发现地场边沿的草丛中藏着好几条面目陌生的野狗,它们的眼睛像饿狼一样闪着贪婪的冷光,怒气未消的父亲朝那群野狗扑了过去……

大黑两天两夜没有回家,它的逃避更进一步证实了兔子的死与它有关。以往大黑挨了打从不记仇的,这一次它为何两天两夜都没回来呢?

大黑是第三天早上被发现的,发现大黑后祖父没有丝毫的迟疑,他很快找来一根绳子,让我把绳子系住大黑的脖子。我当时没弄懂祖父的用意,于是真的把绳子套在大黑的脖子上了,我套绳子的时候,发现大黑除了被父亲打伤了前腿之外,还有多处伤口,左眼被咬烂,眼角被拉开,整个眼睛肿胀充血,这种伤明显是与那群野狗搏斗时留下的。

大黑已经犯下了不可饶恕的罪行,大黑把我们家的致富梦破灭了,无论它如何惠及过我们,曾经的功劳都已一笔勾销。大黑在家人眼里就像一个穷凶极恶的杀人犯,血债必须要用血来还。那三天时间里,我们家就像一个特别法庭,大法官对大黑狗做出了最后判决,那就是——死刑。在祖父眼里,大黑的罪过只有用它的性命才能抵偿。

我不相信大黑会咬死自家的母兔,但我只是个不谙世事的小毛孩,我的声音在一个三代同堂的家庭里显得位低言轻,微不足道。我担当不起辩护律师的使命,我更拿不出有力的证据为大黑辩护,所以没有人能够阻止祖父大开杀戒。

从现场判断,大黑已经成为不用怀疑的头号凶手,兔子死在大黑的跟前,大黑嘴上还沾有血迹,这是我们一家人亲眼所见。

这一刻我真想哭，为何我救不了大黑。

我记起曾经公社发动过一次声势浩大的打狗运动，由上海知青组成打狗队，到全公社走村串户，遇到狗格杀勿论。原因是公社书记下乡时被一条疯狗咬伤，于是立即下令消灭所有野狗。当时有一条规定，凡属登记过的猎狗可免一死。我听说后立即做了一块木牌挂在大黑脖子上，牌子是用毛笔竖写的，上书五个字："詹瑛华猎狗"。詹瑛华是我父亲的名字，因我语法的严重错误，表述不清，引得打狗的上海知青搂着肚子狂笑不止，有几个笑得几乎趴在了地上。久困山村的知青，精神贫乏，已经很难找到幽默的来源了，正因为我无意间弄出这种搞笑的效果，触动了他们的怜悯之心，使饱胎的大黑躲过了一劫。后来好多年了，还被当成他们茶余饭后的搞笑段子，通过人们添油加醋、绘声绘色的讲述到处流传。

多年来，我只要闭上眼睛，就能回想起大黑当时的眼神，那里面有一种无法言说的悲凉、绝望与恐惧。当绳索套进它的脖子时，颇有一种"君要臣死不得不死"的意味，身负重伤的大黑无力反抗，它艰难地爬起来，摇晃着身子，在绳索粗暴的牵扯下，一瘸一拐地走向了死亡……

我用记忆将往事拼接，让那根隐形的绳索串连起时光的碎片，依靠自己的想象，运用当时的细节进行逻辑性推理，力图证明大黑的冤情。

母兔的出逃是由于父亲晚上添料时忘了把笼门关紧，待产的母兔想寻找一个有草的地方垒窝，所以跳了出来。母兔的出现刚好与一群串村过户的野狗遭遇，于是母兔便成为这群野狗围攻的意外美餐。一群野狗却因为兔子的出现，发生了内讧，激烈的打斗声惊动了屋内的大黑，于是大黑冲了出去。大黑冲出去发现那些野狗正在撕咬自家的母兔，于是它便拼着命与那群野狗进行肉搏。几个回合下来，野狗被大黑击退，它自己也多处负伤，但是它没有退缩，它把从野狗嘴中夺回来的母兔放在自己身旁，等待主人的到来。父亲正是这个时候出现在大黑身边……

这一刻我为自己的推理而兴奋，因为它在我三十年滴水穿石、聚沙成塔的追问中，终于形成了一个完整而又合理的逻辑链条，它像一道从岁月深处闪出的刀锋，直逼真相。我感觉这一切显得有理有据，绝不是虚妄杜撰，凭空臆想，而是事实的还原。

遗憾的是现实中许多真相总与人擦肩而过，成为一个又一个难解之谜。其实不是成因有多么复杂，而是混淆视听的假相轻易蒙蔽了我们的双眼。我坚信一条养育了八年的老狗，它没有理由背叛自己的主人，它的本性与行为，八年之间纤毫毕现，从许多细枝末节上可以判别它是否忠实于自己的主人！况且大黑已经有孕在身，柔软的母性也会阻止它杀生的行为。

祖父是当年的行刑者，他早不在人世了；祖母和母亲是事件的旁观者，她们也离开了人世。只有父亲和姐姐能够与我一同回忆这起发生在三十年前的往事。但是三十年之后，父亲与姐姐的看法依旧没有半点改变，我的推断一点也没能动摇他们的思维定势，反而引发了两人更深的忿恨。如果当初那只母兔没被大黑咬死，我们家或许早就过上了小康生活，一个养兔大王的雄心壮志被折戟沉沙，大黑是死有余辜的孽障……

我的推理和叙述再次揭开了陈旧的伤疤，梦想破碎，扑面而来的美好生活因大黑戛然而止。此时我真正感觉到了前行的无力。一条死去三十多年的狗，能拿什么去给它澄清所谓的冤情？！不管你当时杀不杀死它，时至今日，它都早已病死或者老死，没有哪条狗能够获得永生。但是剖开大黑之后，已经间断三年不曾怀孕的大黑，竟然怀上了四只小狗。这起杀狗事件伤害到了无辜的生命，使它变成了一场真正的暴行，狗胎大补气血的说法引发一群饕餮者的争抢，从嘴上交锋，发展到肢体动作，一场暴行由此而上升到了极致。

我的努力终究还是成为了别人笑料，这种似是而非的质疑没有获得半点同情与理解，一个人去为一条狗伸冤，这是傻子般的迂腐。直至去年，一件事情再次触动了我和家人，让我想到了两者的相通之处。

一位哑巴邻居，那是一名善良而老实的汉子，竟被人栽赃丧命。

哑巴邻居经人介绍，到一个机砖厂打工，打了一年工，工资没拿到一分，于是哑巴天天去找工头讨要。有一次哑巴邻居坐在工头家不愿走，后来工头左劝右劝，双手不停地和他比划，后来哑巴总算听明白了一点，知道工头说过几天老板就给钱，让他再等几天，哑巴这才离开。没想到哑巴前脚刚走，工头后脚就追了过来。首先是劈头盖脸一顿臭骂，说哑巴偷了他老婆的金项链！哑巴被工头强行搜了身，但一无所获。

哑巴气愤不已，回到家越想越伤心，不仅工钱一分没拿到，还被人反咬一口。第二天他又找到工头，想把事情讲清楚，可是工头一口咬定是哑巴偷走了她老婆的项链，并说如不交出项链，工资一分不给……

哑巴遇到如此冤屈，他又无处诉说，也没办法诉说，当晚气愤至极的哑巴找来一根绳子，吊死在工头的门梁上。

出了人命，工头吓坏了，带着老婆，收拾简单的行李落荒而逃，从此不知去向。工头跑后砖厂冷清了一阵子，那间屋子也一直闲置在那里，没人敢住，大家都说怕鬼。

有一次砖厂招了一批新工人，新工人也不知道过去的那些事情，于是住进了这间房子。新工人在打扫房间的时候，从落满灰尘的床底下，扫出了一条金项链，当时新工人根本没把它当回事，以为是个假装饰品，但在场的几位老工人立马双眼发亮，对新工人谈起了这条项链的故事……

项链被送到了哑巴的老娘面前，还了哑巴一个清白，哑巴老娘捧着这根项链号啕大哭……

获知这个结局，我内心也忍不住一阵唏嘘，哑巴邻居的遭遇如一道闪电，撕破了黑色的天幕，从我眼前倏然划过。他的冤屈与我家的大黑多么相似！只是哑巴与大黑相比还略显幸运，毕竟那条被人打扫出来的项链，最终洗刷了哑巴的冤屈，让一个封闭幽暗的灵魂瞬间变得一片敞亮；但死去30载的大黑，至今还在我的梦境里辗转，在纸页上煎熬！

第四辑

风过无痕

子非鱼（二题）

——子非鱼，焉知鱼之乐

红鲤鱼

疾风知劲草，残荷识雨声。

我跨过修河，越过无边的芦苇荡，踏着羽絮般的芦花，我看到了荒芜的滩头一群低飞的鸟雀。因水量骤减，沙砾与卵石在枯水季节获得一个露脸的机会，无边的衰草覆盖着一方水塘，水位很浅，刚可盈尺。风乍起，水面涟漪四散，像老翁布满皱纹的脸膛，阳光在波纹下反射出粼粼亮光，很耀眼，也很炫目。冬天的水变得性情敦厚，安之若素，像一个没有脾气的弥勒，掩藏了春夏时节暴戾狂躁的脾气，收敛起吼叫怒骂的嗓音。这个季节的水与远山的无边落木是相对应的，水和土默默相守，为春天集结元气，存储力量，让万千变化的水去放荡生命的灵动。没有各种昆虫和动物的喧嚷闹腾，没有水草的拔节，水便像处子一样安静起来，这样的水变得简单明了，玻璃一样透明，墓地一般清冷，就如人去楼空的深宅大院，也像伐去树木的秃顶空山，没有人影，没有鸟声，风过天宇，如神祇的声音，依稀难辨，看见的只是烟云散尽的虚无和空洞。

天依然是瓦蓝锃亮的，倒映在水底，很悠远，也很恬静。本想看一眼那泓倒映过恋人倩影的荷塘碧水，重温一次曾涨满一方秋池的激情，但猎猎的风声里，入眼的不过是一口荒弃的水塘。

春暖花开之时也盛满过虫鸣蛙鼓，也倒映过夹岸的桃花，但在这寒意寂寥的冬日，是否还能幸会游水的精灵？绕池岸转了半个圈，踏草有痕的脚印画出一个弓形，写意的形态如一弯新月。河右岸的云岩禅寺响起一串净土的钟声，看山野河川静默无语，地老天荒，在几块乱石之间发现了几尾半个手掌大小的红鲤鱼。红鲤鱼沉伏于水底，并不像跳过龙门的后代，倒如入定修行的老僧，仿佛流光带着亘古的残梦，已在寺院空门中凝固。水不动，鱼亦不动，如国画大师的水墨写意，保持一个以不变应万变的姿势，很久也不动弹一下，似乎将时间与空间一起凝固。我伸手入水，山塘的水刺骨的冰凉，红鲤鱼带着一种冬眠者的意念，没有了活动的乐趣。

次日我带着网兜、捞斗、水桶再次朝水塘寻去，我决定给红鲤鱼一个温暖的家。红鲤鱼根本没有任何挣扎，被我顺利地捞进了水桶中。家里刚好有一个闲置的鱼缸，这个鱼缸是姐夫在南方一个花鸟虫鱼市场花上千元才购得的，当时是和一条发财鱼一块买来的。发财鱼又叫大胖头，是一种热带鱼类，因头大脖子粗，外形有点像暴发户，所以叫发财鱼。买回家来的发财鱼待遇自然不低，好吃好喝的供给不断，可能发财鱼生性娇贵，在鱼类家族中不是名门旺族，也是大户人家。因不懂此鱼的习性，天冷后没有及时增氧加温，发财鱼被活活冻死了，可见发财二字在温饱线之下也同样不堪一击。鱼本是耐寒之物，可这种鱼却生性畏寒，温饱二字须臾不能分离，经不起半点风浪，遇冷即死。发财鱼死了，这个鱼缸便成了前世佳人空洞的华丽宅院，正等待着新的主人去居住呢！

我从储藏室把鱼缸找出来，装备确实精良，有增氧泵，有升温灯，有微缩的珊瑚礁、有假山、有仿真水草，有鱼食饵料。红鲤鱼在新的环境里终于开始活动了，尾巴不停地摇摆，腮帮很有节奏地张合，连眼睛也变得更有神了，再不是原先翻白的死鱼眼。红鲤鱼进入如此舒适的环境中，它没有理由不快活，就如嫁入豪门的贫寒村姑，简直是从糠箩筐中跌落到米箩筐中的穷孩子，吃喝光鲜，坐享安乐富贵。

　　令人不可思议的是，红鲤鱼并没有在鱼缸里养尊处优地繁衍生息，而是突然间忧郁寡欢起来，首先是粒食不进，沉在水底，或者浮出水面，一副很憋屈很痛苦的样子。我请教了养鱼的行家，也查找了相关书籍，照行家说的，照书上写的一一做到了，但是收效甚微。尽管增氧泵刻不容缓地工作着，可是红鲤鱼还是气息奄奄，接二连三仰起了肚皮，几天后就死得只剩一半了。我想可能是鱼缸空间太小，水质太差。于是我赶紧把另外一些红鲤鱼放入大水缸中，换上清水，可是情况仍不见好转，依然不断地仰肚翻身。万般无奈中我想到了灵山的温泉，赶到温泉，把鱼置入水中，更糟了，鱼死得比原来还要快。最后剩下四五条没精打采的红鲤鱼，我只好照旧送回了那口水塘，红鲤鱼摇头摆尾，向池塘中央游去了，我猜不到它是否真的找回了快乐？！

　　两个月后，已是初春时节了，我又去水塘前看了一次，水比深冬时节充盈了许多，塘底的水草开始拱出绿芽，那生命力顽强、善于扩张、疯狂繁殖的水葫芦在水塘的边角冒出了绿茵茵听春的耳朵，一截立于水面的树桩已经发黑了，上面却站着一只爪子修长、嘴喙尖利的水鸟，纤巧的身体，七彩的羽毛，这是一种擅长捕鱼的行家，它那长长的嘴喙像一把锋利的匕首，随时可以直插鱼类的首级，一双大而有神的眼睛直勾勾地盯着水塘中，只要有一丁点风吹草动,来不及躲闪和逃遁的鱼儿说不定突然间就祸从天降,我不知水中张惶的红鲤鱼是否正在感受到快乐。于是想起了一箭之遥的秃岩上不知何人即兴涂鸦的诗作:

无风池内泛清波,应有游鱼潜水过。

何必违离收尾去,侬来请问乐如何?

鸟之笼

大伯死后家里的三只鸟儿全被我们放飞了,我们的亲戚当中很难找到有闲情逸致的养鸟者,为了善待它们,我决定将小鸟放归大自然。飞出笼子的小鸟将获得一个无边无际的自由世界,这理应是鸟儿最好的归宿。

放飞的那天夜晚突遇春寒,天空正下着毛毛细雨,好像特意要考验一下小鸟的意志。为使鸟儿增添翱翔高飞的信心,我们把储存的鸟食悉数倒出,让小鸟饱食了一顿,然后看着它们扑楞着灵巧的翅膀飞入了无边的雨夜,夜色里还听到小鸟清脆的叫声,我想那一定是获得自由的快乐歌声。

料理完伯父的丧事,我们各自都忙自己的生计去了,满头七那天,我们到伯父墓地烧完纸,上完香,回来时我想起伯父家有一架小木梯,家里新做了个阁楼,正缺一架梯子。伯父是个落魄书生,孤芳自赏,孑然一身,一生除了爱书就是养鸟,开门进入客厅,突然听到一阵鸟叫声,我快步走到阳台上,发现那天晚上放飞的三只小鸟全都飞回来了。因为鸟笼的门已经关闭,小鸟们站在晾衣服的竹竿上焦急地鸣叫,小鸟羽毛蓬乱,没精打采,像个流落街头、无家可归的乞丐,看来是饿慌了,见到来人叫得更凶了。我四外寻找,总算从墙角中的瓦罐里找来剩下一点点鸟食，像孔乙己撮茴香豆一样，撒在小鸟们跟前，几只小鸟一见吃食，竟没有一点斯文，粗鲁地争抢，不停地扑翅，互不相让。看到可爱的小鸟拼着性命抢食，使我想到了一句很俗的俗话：人为财死，鸟为食亡。

　　撒在地上的鸟食眨眼间就啄个精光，它们仍旧鸣叫着，头微微地仰起，小眼睛骨溜溜地转动，注视着我这个陌生人。我搬着梯子正准备离去时，突然有一只小鸟尖叫了一声，飞了起来，然后落到我的肩上，在这关键时刻想到小鸟还有如此一招，此时我不忍心扔下它们了。于是回转身，打开三个鸟笼的门，正准备用手把它们捉进笼子里去，我手刚伸去，人便惊呆了。当时的场面真是让人难以置信，三只小鸟竟像久别的游子见到母亲洞开的家门，迫不及待地纵身一跃，腾的一下飞进了自己的笼子中。我关上笼门，它们在笼子里活蹦乱跳，甚为快活。我提起鸟笼走出楼道，屋外阳光明媚，杨柳婀娜，不远处一汪碧绿的湖水倒映着杨柳，枝头上有几只红嘴鸟欢快地唱着歌儿，它们明亮的眼睛不停地追随着我手中的笼子，看着三只同类在我的手中向前迈进。此时笼子里的鸟儿也欢快地鸣叫着，唱和着，好像是在证明一种受人恩宠的骄傲给树枝上的鸟儿们看。

　　经商的妻子比我还忙，平时家里老是没人，想着这鸟还真没办法养。喂了几天，我还是决定再次把它们放归大自然，它们应该从哪里来，回到哪里去，鱼向往大海，鸟渴望天空，鸟儿只有在飞翔中才能找到快乐。可是打开笼子，小鸟们就是不肯飞走，它们不想进入风风雨雨的世界，小鸟曾尝过流浪生活的滋味，深感这种被人饲养的生活才是一种幸福！

　　第二天是周末，我把鸟笼挂在院子里的香樟树下，吃饱喝足的鸟儿安安静静，不啼不叫。中午来了一位开花店的朋友，听说我得了三只靓鸟，非要我把小鸟送给他，说他的花店早就希望进入鸟语花香的境界。我正求之不得，自然高兴，可是小鸟们叽叽喳喳地叫了起来，我不知道它们是否也快乐？

送走小鸟的当天晚上，我辗转反侧，无法入眠，刚一眯缝着眼，就觉得大伯站在床前，眼睛像两只枯萎的深潭，在夜色里闪着幽光。他只是死盯着我，一言不发，我不知道大伯心里想说什么，但我仿佛明白了前些年把大伯从乡间老宅里拉进城里安度晚年是大错特错的事，大伯的快乐只留存在乡间，那里可以天马行空，可自由往来，而城里却像只大鸟笼，关闭了大伯自由的性情，原始的形态，使一个老人的心境提前衰老。快乐是一种自我感觉，快乐是一种心境，它是最私有化的情感，局外人永远也无法猜测、揣摩和替代。如此想来我似乎悟出点什么了，多少金屋藏娇的佳人，却有着忧怨的眼神，涂脂抹粉的脸上难以掩盖昨夜的泪痕。

次日开花店的朋友打来电话，一连串的抱歉，我正觉得纳闷，他这才告诉我，原来我送给他的小鸟头天晚上全死了！死亡的原因是喂得太饱，把小鸟给活活撑死了。

我是怎样把时间干掉的

在岁月的长河中,面对暗流汹涌的时间,我一直无法看清它的脸庞。虽然在阅读的视野中,随处可见"光阴似箭,日月如梭""时间是一匹脱缰的野马"这类鞭策醒脑的句子,可我只把它当作某种夸张变形的修辞,视为叶尖上滑过的露珠,感受不到文字背后的微言大义。

青葱年华,无忧无虑,那时嘴上刚长出一圈淡淡的茸毛,时间在年少者眼里像挥霍不尽的财富,日子绵长得天河一样没有尽头。若干年后,对于时间这匹狂奔的野马终于有所察觉。它精力充沛,永不停歇,无论清晨,还是黄昏,这匹不老的神驹,踏水而来,随风而去,不露声色,不留痕迹。

在苍老的古道上,隐形的马蹄踩成了天空的月牙。日晷与沙漏拖着漫天的长发,留下了摇晃的影子,钟表的齿轮吞咽着无尽的时光。在这个计算精准的仪表中,时间不再抽象。

时间去哪儿啦?在我们沉迷不醒、浑然不觉的时候,那匹野马扬起漂亮的鬃毛,绝尘而去,永生不再复回。

流年逝水,波澜不惊。多少了无新意的日子叠加起来,构成了一座通天神塔,指向苍茫的穹顶,漫漶在虚无的时空。时光绵密,隐藏着不尽的魔性,吸吮我们的精血,掠夺我们的身体,攻占华美的城池。当皱纹满面、白发丛生、疾病纠缠的时刻,时间一言不发,最多用一片落叶给出警示,那就是苍天下达的追捕令。

在一望无际的平原上，时间是慢慢显形的神兽，只有进入生命的峡谷，衰老的脚步才会让你见识危崖陡峭，恶浪翻滚。神兽有着巨大的肠胃，锋利的獠牙，至此我才明白，狂躁的野马不再是夸张变形的修辞，而是生命如水、岁月如风的写实！

还记得女儿告别幼儿园的那天，我牵着她的小手，提着粉色的书包，穿过拱形大门。家长们一脸灿烂地听着孩子们在唱："时间时间像飞鸟/嘀哒嘀哒向前跑/今天我们毕业了/明天就要上学校/忘不了幼儿园的愉快欢笑/忘不了老师的亲切教导。"

一转眼，稚嫩的歌声模糊了时间的距离，一首歌就是一次告别，我为时光的变化感到万分惊奇："门前老树长新芽/院里枯木又开花/半生存了好多话/藏进了满头白发/记忆中的小脚丫/肉嘟嘟的小嘴巴/一生把爱交给他/只为那一声爸妈/时间都去哪儿了/还没好好感受年轻就老了……"

这是歌手王铮亮在2014年央视春晚上演唱的《时间都去哪儿了》，这几年我不敢再听这首歌了，每听一次都会不停起伏，泪水盈眶。有一回乘公交车，戴着耳机在听，突然之间就控制不住了，泪流满面，弄得周围的乘客一脸诧异。

那天也不知道为啥，当我望着车窗外树木和街景如风闪过时，那种不能言说的感受电流一样将我击中。回想岁月的过往，如梦似幻，那些静水深流的时光，亲人故旧的面孔，电影快镜一样，冲撞着我的内心。那一刻再也抑制不住了，眼泪奔涌而来。

此情此景，放到十几年前，恐怕打死我也不会相信，到时会为一首歌而动容伤感，泪流满面。这就是强大的时间，无所不能的时间，它能改变世间一切。

我不知道时间的力量藏在哪儿？或许这本身就是一个无解的天问。时间是什么？子在川上曰：逝者如斯夫！不舍昼夜。千百年来让无数科学家和哲学家头痛不已，他们无法给时间准确定义。虽然奥古斯丁说过时间，牛顿说过时间，柏拉图说过时间，亚里士多德说过时间，爱因斯坦说过时间，黑格尔说过时间。但我们最终没有一个人能弄清时间。正如经验主义开创者、英国哲学家约翰·洛克所说：时间是一切存在的公共尺度。

洛克的话似乎道出了一个更普遍的真理，如果说世界还有公平可言，那么时间就是上帝馈赠的公平礼物。它不管你贫穷还是富有，高贵还是卑微，聪明还是愚蠢，时间对于万物苍生永远平等。

时间总是让人捉摸不定，但我们又想知道时间的具体行踪。人是经验动物，可惜在宇宙万物面前，人的寿命太短，所以很多时候依靠狭隘的经验去判断，就会出现幼稚和短视。我们在生理上和心理上都能感觉时间在流逝，然而时间是怎样流逝的？每分每秒流过多少？这就成了一个荒谬的问题。现在我傻乎乎地刨根问底，谈论时间，谁知时间正如白驹过隙，水落悬崖，在源源不断地流逝，而且从不停顿，以至无穷。

时间本身就是一个随时变化的过程，执意探究这个问题的时候，往往将人引入一个无底的黑洞。我不由想起夸父追日，想起月宫上伐树的吴刚，推石头上山的西西弗斯。时间对于他们来说那是另一种形式和概念，所以有人说神话是最高级别的历史，只有具备永恒意义的人物才有资格进入神话。份量不够的人，即使勉强进去了，也会被时间清理出来。

时间可以看清一切虚幻的景象，时间分布在一呼一吸的空气中，我们可以依靠他物的参照来回望过去，但无法用想象和猜测去定义未来。

回想一天是怎样过去，就能想象一年是怎么过去的；回想一年是怎样过去，就能明白一生是怎样过去的。早上8点在闹钟声里醒来，起床进卫生间，开灯与镜子对视，镜子里的脸不再是昨天那张脸，时间让这张脸衰老了几分。我揉着大熊猫似的黑眼圈，蹲坐马桶，手机开始振颤起来，短促的提示音接连不断。划拉一下，点开第一条：过来喝早茶，在龙凤山庄B楼百合厅。第二条：中午Y城有朋友过来，12点一起到桃园农庄午餐。第三条：下午三点市督查组过来巡视村史展，需要提前过来陪同。第四条……

看完这一地鸡毛，花了半个多小时，压在马桶上的大腿早已麻痹不堪，可是呼哧一声，又一条新的消息来了。我忍不住再次点开，标题很好玩，《仓颉与杜康》。两个风马牛不相及的人，怎么扯到一块了？标题党最懂得揣摩人心，往下看，原来是谈发明。大多数人都知道，仓颉发明了文字，"仓颉作书，而天雨粟，鬼夜哭"。他干了一件惊天地泣鬼神的事，尽管看上去那些弯弯曲曲的笔画没有重量，但从此托举着历史。不过仓颉当初发明的字，今人多不认得；而我们今天的字，仓颉也不认得了。而杜康呢，他发明了什么？其实那不叫发明，叫发现。他发现了一种液体，这种透明的液体，如同他家乡的名字：白水。但是有了这种白水，世界从此变得奇妙热闹，摇曳多姿。这种液体后来有一个很好的名字——酒。酒有时因为喜庆热闹成为好事，酒有时因为狂躁冲动而成为坏事。不管好与坏,它都源源不断,代代流传,成为人们的精神需要,喜怒哀乐的寄托。酒已融入人们的情感,渗入生活的各种事件,小至恩爱和情仇,大至和平与战争……

微文从小处切入,读来别有一番意味。从远处看,时间之水,源远流长,在流淌中会淹没很多东西,也会浮现很多东西。可惜流逝的时间再不会浮现,如奔腾到海的黄河水,写不回来,画不回来,哭不回来,唱不回来。

时间不仅在自然中翻滚,而且在个体中冲撞。孤身在外,内心似乎比闲居家中时更加敏感。台风"莎莉嘉"来临的前夜,我在旅店的大床上莫名紧张。为了缓解紧张,我关闭空调,背朝窗户。但这种原始的方式毫无缓解,反而加重了自身的紧张。我发现内心的紧张并非源于超强的台风,而是来自逝水无波的空茫。前一天妻子两次来电,打听我的行程,而我竟然毫无察觉。原来妻子是拐着弯儿在提醒,那天是我们结婚二十五周年纪念日。

这些年我只记得奔波,一些该记住的事情,总是被抛置脑后。我不知妻子那天放下电话是怎样的心情?她的失落和忧伤无人可以体会。嫁给一个男人二十五年,二十五载的春风秋雨,让男人成了一块又冷又硬的石头,再也找不回曾经的柔情与暖意。这就是时间预留的阴谋!它除了改变你的心性容颜,还会缩短有限的生命,冲淡彼此的情感,改变以往的状态。

站在岁月的滩头,越过时光的水面,我想借助记忆去编织一张大网,打捞逝去的光阴。可是网眼再密,也捞不住水珠和空气。二十五年弹指一挥间,很多事情还没有理清头绪,生命就搭上了如风的快车,在这趟只去不回的单程线上,一晃就进了天命车站,前方黄叶遍地,落木萧萧。

二十五年，九千多个平淡无奇的日子，如水汽一样蒸发。这么冗长的时光，在我看来只是一晃之间。我真不敢相信，二十五年就这样从指缝间无声地遗漏。真的有那么久吗？掐指一算，不差分秒。日历虽然早已飘落，但不用怀疑，岁月从不饶人，也从不骗人，二十四岁的女儿成为时光最好的见证！

　　千百年来，人类不断涌现征服世界的英雄，可是就算一个再勇猛无敌、横扫天下的英雄，他也无法拽住野马的缰绳，让它停留片刻。万物之灵的人类在时间面前最终也得败下阵来。无论你酣睡不起，还是昼夜兼程，时间从不耽搁一分一秒，忘记一次日出日落。于是才有"对酒当歌，人生几何？譬如朝露，去日苦多"；才有"大江东去，浪淘尽，千古风流人物"；才有"人生易老，天难老"的无奈之叹。

　　一直以来，我都在想象时间的样子，它有怎样的容貌？墙上五张照片一字排开，那就是岁月的隧道，时间的尊容：婴儿、少年、青年、中年、老年……

　　谁能说清，消逝的时间是否属于物质；是否可以追寻，可以衡量；是否属于有长度、有高度、有厚度、有重量的东西。书本上写着：时间是物质存在和运动的一种形式。它无法被追寻，被挽留，被存储。

　　时间是统领万物、至高无上的神祇。它给众生安排了一条必经之路，在这条路上，天下万物都无法置身时间的手掌之外。时间具有无形的力量，它吞咽了所有的生命，见证了无数的降生和死亡。在时间面前，所有的生命都是流云过客，最终成为一抔黄土，一堆白骨。

窗外正下着倾盆大雨，雨柱飞溅，相互纠缠，这是台风入境的前奏。我在之前几天就腰酸腿疼，手臂僵硬，原来身体的暗示是在预告一场罕见的风暴。人与自然的关联，就像时间与万物的感应，大地与天空虽然相隔遥远，但两者永远无法割裂。一场强势来袭的风雨，给肢体传递着神秘的信号，让游走的痛感看到身体的裂缝。

那天单位从网上发来一张登记表，要求填写个人基本信息。姓名、性别、民族、出生年月……这些无比熟悉的东西，曾无数次填写过，可是不知怎么就遗落到了时间深处，一团模糊，失去了往日的光泽。在日常泛起的泡沫中，我发现自己迷失已久，一切都退化为程序和模式。当年月日8个阿拉伯数字完整排列的时候，我感到眼前刀光一闪，身体猛然一颤。12月25日正在逐渐逼近，我不敢面对这个日子，甚至抗拒这个日子。可是不管如何抗拒回避，再过七十多天，就将与天命之年画上等号。

年已半百，除了惶恐无奈之外，又能怎样？原以为五十岁会停留在想象和未来之中，曾经把这一天看得无比遥远，远得如同夜空的星月，挂在天边。当这个日子无遮无拦，扑到我脸上的时候，已无路可逃，它不在乎是否有张开的怀抱。天命临近，云开雾散，终于看到了时间的影子，它成了脚踩风火轮、身背乾坤圈、手握火尖枪的哪吒，一闪身就不见踪影。

那一夜，登陆的台风与体内的风暴悄然汇合，让我无法招架。好在大风由强到弱，从有到无，减弱之后逐渐平息，最终走向衰竭和死亡。五十年成为一种巧合，二十五年的未婚，二十五年的已婚，各占一半。站在这道分水岭上，望着脚下分岔的路口，感受着山岭两旁不同的景色，春夏已过，秋冬来临，那一场冰冻的霜雪还会远吗！

　　我想弄清这几十年稀里糊涂是怎么过去的，但时间像毁尸灭迹的高手，滴水不漏，无从查考。五十年弹指一挥间，感觉没有收获什么，享受什么，干成什么。兜兜转转，忙忙碌碌，时间就这样悄无声息地过去了。

　　对于我来说，五十岁是一个无比沉重的数字，人生能有几个五十，能享有两个五十的人就堪称奇迹了！五十岁是一道界碑，五十岁也是一座坟墓，我望着这道生命的分水岭，不寒而栗。没有人知道我的恐惧来自何处，没有人知道我的母亲陷落于五十岁的关卡，消亡在五十岁的年龄……

　　母亲的猝然离世，让我懂得死亡从来就不以老幼尊卑排列次序，它如乌云翻滚的黑夜，骤然而至。其实看清之后没有太多的意外，生死一直并肩而立，我们每时每刻都生活在死亡的周围，不管是否已经有所意识，命运的无常都客观存在。也许天亮之后我们就各奔生死，永不见面。正因为生的短暂，才会激发人们强烈的求生欲望。可是话已到此，不由想到革命家董必武说过的一句话："没有人不爱惜他的生命，但很少有人珍视他的时间。"

　　我总想找一个参照物，认真打量时光的刻度，于是想到了故乡的老宅。那些砖瓦飞檐，石雕门柱，会留下怎样的印痕。清明节前回了趟老家，在那条无名小河旁，我停留了很久。说是凭吊缅怀，但那座狭长的石桥不见了，取而代之的是一座三米多宽的新桥。这座举全村之力的新桥，消耗了成吨的水泥和钢筋，但它无法通向远去的历史，一座新桥，让一个村庄的记忆在此悄然打断。再往前，耸立着一排新起的楼房，锃亮的摩托车、三轮车、轿车停放在家门前,那些匆匆长大的孩子,目光诧异,满眼陌生。我不认识他们,他们更不认识我,彼此之间隔着一道隐形墙壁,这就是时间制造的距离。

在新楼的后面,我寻找那栋存世200多年的祖屋。可是祖屋成了遗弃的空巢老人,苦撑了20多个春秋,终于在一场风雨中轰然倒塌。望着一堆废墟,想着曾经为我们遮风挡雨、撑起阴凉的一地瓦片,我的心空落起来。那些续接历史、刻录时光的物件,最终被时光摧毁。千百年的风吹雨打,无数次的霜欺雪压,所有的遗物都被时光掩埋,只剩下空空荡荡的遗址。

进入山村,绕行河道,我在小径中漫无目的地转悠。看到仅存的两幢老屋已人去楼空,绕过几堆牛粪,走上长满杂草的台阶,抻长脖子往里张望。我希望眺望从前的岁月,可是那纯属幻想,过去的岂会再来?!时光斗转,让人无法意料,人们曾经居住的老屋,竟然关着一群半大的鸡鸭和几头干瘦的牛羊。裂开的墙壁,歪斜的柱子,像个百病缠身、奄奄一息的老人。老屋散发着死亡的气息。

转了大半个村子,直至上山扫墓才遇到两个熟悉的老人。我们刚好同路,于是边走边聊。

我说:"现在村子里人不多了?"

老人点点头,嗯了一声。

我问:"年轻人都出去谋生了?"

老人说:"都跑了,家里全是老弱病残。"

我说:"伢崽们都长大了,我一个也不认得。"

老人说:"你走了二十几年,鼻涕娃都做爹了!"

我说:"是啊,时间过得真快,村里好些老辈人都不在了！"

老人说:"你再过几年回来,恐怕我也不在了。当年见上辈把死人送上山,这些年把父辈送上了山,过几年儿辈们又把我们送上山……"

老人的话说出了时间背后的生死。我看老人说完话,用手擦了一把迎风流泪的眼睛。我赶紧安慰:"不会的,你们会长命百岁!"

老人轻笑两声,像是否定,又像是怀疑。

我们顺着坡道,边走边聊。这些一辈子也难得去趟县城的老人,说话平平淡淡,即使是谈论生死,也不见惊奇。而我的内心却不停起伏,特别难受。爬了几道坡,拐了几道弯之后,我开始气喘吁吁起来。当我迟疑的时候,老人已经爬上了山顶,把我远远地抛在后面。

终于来到墓地了,这些年我不知道有多少人安埋在此。山岭高高低低,布满了新坟老墓。埋在地底的村人,在这个村庄里生,在这个村庄里死,一生消耗在巴掌大的地方,时间对他们来说就是日子的重复。

喜欢热闹的年轻一辈,平时都会尽量远离坟地,不是清明、鬼节,不会随便来此。可是这儿是绕不过去的终点,从出生以后,每个人都走在通往墓地的路上。在这条路上,小人走成了大人,大人走成了老人,老人走成了坟墓。一批一批地来,一批一批地走,走着走着,就有人不断走失。那个走失的过程,就像河水,后浪推着前浪,一浪盖过一浪,最后所有的浪头都推向了远方。

老人的话平淡如水,却让我看清了时间的方向,对于个体生命来说，墓地就是时间的终点。生是短暂的，死亡才是长久的，这是一个注定逃不掉的地方，前有古人，后有来者，我们正在进行中间的接力仪式。

感谢清明这个节日，让我想起了地下的亲人。香烛刚刚供上，纸钱还未点燃，我突然间心有顿悟。一直弄不清血脉的流向，望着一排刻满名字的碑石，祖父、祖母、外婆、母亲，这就是源头。如果要寻找生命的过往，在这个归于尘土的终点站里，坟墓就是唯一的痕迹。

山风呼呼而来，风过墓地，犹如波涛汹涌的浪头。面对如水而逝的日子，我还用傻乎乎地去探寻时间吗？时间会让我看清它真实的面目吗？

群山不语，亲人无声。祭奠完毕，我没有着急离开，而是环顾山岭，眺望远方。乡村的坟墓毫无规则，朝东朝西，随心所欲。在这里不管是张古老一万二千岁，还是彭祖寿高八百，没有哪一道肉身可以和野马赛跑，能与时光对抗。时间是一场策划已久的预谋，看不清它的底细，摸不到它的边界。从亿万年前开始，时间就是以这种形式、这副模样出现。从清晨到黄昏，从黄昏再到清晨，周而复始，从无更改，从无变化！

由于时间不愿停歇，一切都不可停止，该来的该走的照旧运行。终于到了告别的一刻了，往下俯看，山上是清冷的墓地，山下是萧疏的村庄，远方是喧闹的城市，头顶是高远的天空。穿过这条直线，面对长眠地下的亲人，我该说些什么？

生死相邻，如此沉重的主题，无法言说，我只能心随目光，由远而近，将所有的纷乱收回脚下，藏进心里。在此什么都无需多言，一个荒冢浓缩了一切，回想之前对于时间的问题总在反复折腾，苦苦追问。很想弄明白，我究竟是怎样把时间干掉的？现在脚踩荒草，背靠墓地，终于醒悟过来。在时间面前，不要高估自己的能力，除了屈膝而下，俯首臣服，谁也没有穿透它的本事。从此以后，我再不要去追问，不要去探寻，究竟是怎样把时间干掉的这类愚蠢问题，而应该反过来提防锱铢必较的时间，一天一天，悄没声息，看它是怎样把我干掉的！

狗在天空中狂叫

那天晚上,我在老乡家喝了点小酒,高一脚低一脚地往住处走。当走到拐角的地方,突然传来一阵汪汪汪的狗叫声,叫声浑厚而急切,水波一样在头顶荡漾,很久没有退去。不知是不是酒精的作用,几声狗叫竟然像施了定身法术,使我木桩一样,愣愣地立在路口,很久没有回过神来。

夜风扑面,我感觉双眼潮湿,鼻腔发酸,那一刻整个人都惊呆了。究竟是什么触碰了我的神经,是什么拨动了我的心弦?

这些年我拖着僵硬的身体,穿着隐形的铠甲在城里飞奔,一天一天如同过河的兵卒,没法停顿。感觉风风雨雨,早已练成了刀枪不入的硬汉,身心石头一般坚硬,言行与风月无关,再不会多愁善感,触景生情。可是那个夜晚我重新发现了自己,原来看似硬朗的外表,依然保留着柔软的部分。

揉着湿润的双眼,我抑制不住内心的起伏,那一刻差点就要涕泪横流。作为一个已入天命的男人,还这么容易伤感,似乎太过矫情,但打心眼里说,那天晚上我真不是矫情。当心门洞开的瞬间,有一种苏醒复活的感觉,似乎有一个更内在、更深邃的世界惊然闪现。此时,刚好有狗叫声从夜空中水一般传来,让我蓦然回首,想起了母亲那遥远的呼唤。

在别人眼里,狗的叫声与母亲的呼喊,那是风马牛不相及的事,把两者联系起来,显得颇为牵强。可世间万千之事,总有一些是无法解释的。有时真的连自己也不懂得自己,必须有一个参照系,才能自省和反观。夜空中落石般的狗叫,砸醒了我的迷糊,让我无意中遇到了迷失多时的自己。

那些隐藏在岁月深处无人知晓的事情,唯有亲历者才能理解内在关联。虽然那是很多年前的往事了,但只要闭上眼睛,脑海里就会跳出一幅活脱脱的画面。夜色空蒙,山寨如一张苍白的剪纸,一位瘦弱的母亲站在屋后的山岭上,一声一声,急切地呼喊,她在寻找夜归的伢儿……

伢儿一天一夜没有回来了,母亲急得快要发疯。村人举着火把,敲锣鸣铳,四处搜寻,可是荒山野岭搜了几遍,伢儿就是不见踪影。村人苦寻一夜,已经人困马乏,就在大家准备放弃寻找的时候,一阵刺耳的狗叫声从山垭后传来。原来是大黄狗在山垅中找到了受伤的伢儿,它用尖利的狂叫,唤来了救援的亲人。

人们火速赶到现场,一看全都傻了。伢儿的右脚被捕捉野兽的铁夹紧紧咬住,犬牙交错的铁夹,把伢儿的小腿夹得皮开肉绽,血流不止。如果再晚一点发现,伢儿就将命丧黄泉,惨死山野……

光阴逝水,冲淡了记忆,沉淀了往事。多年以后,伢儿长大成人,他已记不清那条大黄狗的模样了,但他没法忘记大黄狗的叫声。在他成长的岁月里,无论走到哪里,脚杆上都有一道醒目的伤疤,而且那道疤痕会时刻提醒:不要忘记那条救命的黄狗,是它给了自己第二次生命。

闲暇时,他经常抚摸脚上的伤疤,自然就会想起那条黄狗。他后悔没为大黄狗做点什么,没给救命之恩的狗丁点儿回报。好在狗不计较过往,它不像人类那样喜欢等价交换。后来只要想起大黄狗就让他伤心内疚,因为日渐苍老的大黄狗,最终没有逃脱烹煮上桌的命运。

岁月是变脸的大师,当那个孩子长成了我的时候,人已经抵达了陌生的远方。此时我才明白,这个喧嚣的世界从来不缺乏声音。在这个由无数种声音构成的庞大世界里,我永远忘不了一种声音——亲人的呼唤!

在孩子的记忆里,最珍贵的声音莫过于亲人的呼唤,可如今我再也听不到母亲的呼唤了。所以这些年我面向山外,背朝故乡,心在流浪,了无牵挂。

城市是一块喧嚣之地,火光飞溅,钢铁碰撞,无论走到哪里都充斥着工业的噪音。长期浸泡在这种坚硬的声音里,消解了人心的柔韧与温情,很想听一听牛羊欢叫、马蹄嘚嘚的声音。感谢那个对酒当歌的夜晚,让我微醺未醉的身体,飘飘欲仙,重温了美妙。我被激情怂恿前行,如与神灵相遇,在少有的开怀放荡中,内心被深深地打动。

回想这些年,自己活得多么沉重拘谨,人生苦短,为何总要作茧自缚?此时,汪汪的狗叫声电波一样从夜空里飘荡而来,那叫声高亢爽朗,悦耳清脆,仿佛来自天堂。我不由想起两句古诗:"蝉噪林逾静,鸟鸣山更幽。"几声狗叫,让城市的夜晚有了梦幻般的安静。

循着狗叫的方向,我朝天仰望,希望能和狗的目光交汇,我相信这条狗的目光清澈如水,没有污染。可是刚下过一场细雨,湿漉漉的巷道一团漆黑,星月隐进了云层,我无法辨别楼宇的轮廓。黑夜给天空戴了一副厚重的墨镜,无论我把眼睛瞪得多大,前方依旧一团模糊。努力了很久，直至头晕眼花，还是一无所获。我不知那条狗藏于楼顶何处。

如果是以往，我会老鼠一样滑入洞口，把自己扔向硬梆梆的床板，昏昏沉沉地等待明天的日出。可是那天晚上或许是酒的作用，情绪出现了少见的亢奋。我没有急着钻入地底，而是像一个兴趣正浓的欣赏者，背靠墙壁，仰头倾听天空的狗叫。

面对漆黑的夜空，我被这种从天而降的狗叫声深深地打动。说实话，这些年蜗居地底，不知多少年没有关注过头顶，没有仰望过宝石般的星空。目光只局限在狭小的生存空间里，已忘却视野之外还有天空的高远，大地的辽阔，渐渐把头顶之上当成了虚无。

从那个夜晚开始，我的身心如解冻的河流，不再僵硬。暖意如水，从脚尖漫过，我感觉人已从套子中挣脱出来，双腿减轻了不少的重量。谁也不会相信，沉睡已久的内心会被一阵狗叫声唤醒。

至此我才明白，一个居于地底的人依然有着仰望星空的欲望，依然有着倾听声音的梦想。真后悔自己不是笔带剑气的诗人，错过了灵光乍现的一刻。如果我是诗人，就能动用犀利的文字，捕捉一闪而过的精灵，描摹瞬间而至的意象。

对于一个久居底层的人，别无依傍，我从五十年循规蹈矩老老实实的生活经验去判断，狗是喜欢在地面上奔跑的动物，它安静时守在门前巷口，行使着看家护院的职责；它放荡时山间田野，遍地奔跑。狗不像鸟儿，拥有飞翔的翅膀，向往高耸的大树，迷恋辽阔的天空，由此，狗从来不会幻想离开大地，升上天空。在形态万千的自然界里，天狗食日只是一种变形的夸张和想象。

那天晚上我巡视了很久,最终还是没有弄清那条狗的来路。它为何会在天空中狂叫?是谁把它驱离了地面,是谁给狗制造了不安?

地下室作为一种隐蔽居所,具有隔绝外界的功能,无论刮风、打雷、下雨,与我毫无干系。那天晚上我钻入地底后,楼面上发生的事情一无所知,后来我通过楼上几家住户的转述,通过我的探问推测,才知道那个夜晚对于一条狗来说,是一种苦难的煎熬。它经历了从未有过的惊恐、焦虑和绝望。

次日天明,我照例早起,从地下室爬上来,看见火红的爆竹屑铺满走道,顿时就已明白其中的原委,证明我的判断完全正确。居于楼顶的是新搬来的住户,随家迁移的狗自然也得跟随主人爬上楼顶。一条在乡村长大的狗,已经习惯了在地上自由奔跑,当上升到一个从未见过的高度时,眼前的一切便发生了变化,连习以为常的声音也显得陌生刺耳,让一条胆大妄为的狗充满警惕。

夜深人静,那狗孤零零地立在楼顶,像一条被荒原围困的老狼,朝天嗥叫。叫声从天空落向地面,又从地面弹回天空,来回震荡的声波在笋尖似的楼盘里跳跃撞击,通过墙体这个巨大的回音壁,把狗叫声放大拉长,经久不息,无法消弭。变形的回音从窗洞里、从门缝中源源不断地渗入,很快引起整个小区的狂躁。大狗、小狗、公狗、母狗全都扯开嗓门,加入到这场空前绝后的大合唱。

岑寂的夜晚,沸腾的狗叫声把小区搅成了一锅粥。从睡梦中惊醒的住户群情激愤,无比恼怒,老人的咳嗽,小孩的哭闹,火焰一样传递蔓延。莫名其妙的狗叫声像战前的混乱,被吵醒的左邻右舍忍不住推开窗户,探出头来,对着夜空大声咒骂。面对责备和声讨,新来的住户感觉颜面尽失,既怨愤难平,又愧疚不安,他没想到一条狗会搅乱众人的安宁。

遭受指责、谩骂、围攻之后,新来的住户心情莫名烦躁,一种无形的压力从暗夜中飘然而至。他后悔当初的决定,一个刚刚进城转换身份的人,很在乎别人的看法,无比渴望得到城里人的接纳和认同。可这条狂吠不止的土狗,用一种无拘无束的方式暴露了主人的秘密。

读点闲书的人都知道,怕吵不是城里人故意斤斤计较,而是生活习惯的使然。比如鲁迅先生在他的日记中有过这方面记载:"半夜后邻客以闽音高谈,猖猖如犬相啮,不得安睡。"由于不能安睡,鲁迅搬离了原来的住处,可是他逃避了"猖猖犬啮",却又平添了猫的骚扰。周作人在《鲁迅的故家》中回忆,对于猫叫春,像小儿一样绵长的啼哭,他们那时"大抵大怒而起"。他在一九一八年的日记里,也有"夜为猫所扰,不得安睡"的记载。为了驱逐夜猫,周作人写道:"我搬了小茶几,到后檐下放好,他便上去用竹竿痛打,把它们打散,但也不能长治久安,往往过一会又回来了。"

猫是一种很怪异的动物,母猫叫春声嘶力竭,而交配时更是叫声刺耳,让人心烦。为何母猫会那样尖叫?了解一下公猫的生殖构造就知道了原委,那个奇特的生殖器上布满了带钩的立刺,想想母猫交配时怎能不叫?!

平时我忽略了动物之间的差异,同样是一条狗,它们的待遇不同，地位相去甚远。城里的狗没有看家护院的职责，它可以顽皮，可以撒娇，因为它是供人玩耍的宠物。所以在这个庞大的种群中，狗如同家用轿车，它的血缘品种决定着它的身价，是否属于名门贵族，狗的背后体现了主人的身份和地位。藏獒、俄罗斯高加索、意大利扭玻利顿、巴西非勒、法国波尔多、德国牧羊犬、金毛猎犬……这些都是城里人熟悉的名犬，它们在深宅大院里养尊处优，连大小便都有专人侍候。如果带着狗逛街赴宴，狗俨然是个绅士，钻出豪车会引来一片惊羡的目光。

狂躁不安的土狗，不仅触犯了众怒，而且逼得它的主人坐立不安。为了表示歉意，主人必须有所行动，就像干了坏事，损害了他人利益的孩子，为表明家长态度，必须当众责罚。于是愤怒的主人，冲上楼顶，挥起木棍，一顿乱棒。

噗咚噗咚噗咚，狗被揍得满地打滚，嗷嗷惨叫……

威力巨大的棍棒，没能阻止狗的尖叫，一条半夜狂叫的狗，肯定有它狂叫的原因。而此时被怒火燃烧的主人，情绪失控，根本没心情，更没兴趣去寻找原因。我猜想，狗的狂叫是来自内心的恐惧，由于狗不熟悉周围的环境，它怀疑、担心、害怕，所以引发它激烈的反应。特别是四周的声音显得陌生而怪异，让狗更加戒备提防，焦躁不安。对主人来说，一条进城的狗就该变成宠物的样子，彬彬有礼；就该乖巧听话，安安静静，老老实实。

可惜这个世上没有人能理解一条狗的忧伤，没有人会在意它脚趾下的尘土，皮毛上的汗味，以及追怀留恋的眼神。那个离去的家园里，有它的恋情，有它的牵挂，有它熟悉的气味。

乔迁入住的主人不希望自己成为不受欢迎的外人，他要挽回尊严与脸面，他要让狗立即安静下来。

他相信暴打是最有效的惩罚方式，动用一顿乱棒足以让狗闭嘴。谁知这狗天性倔强，挨打之后虽然鼻青脸肿，但它并不呻吟，反而更加惨烈地号叫，声音犹如锋利的刀子，划破夜空。

狗是具有智商的动物，它懂得用声音和表情来展示内心的喜怒。摇头摆尾，亲吻舔舌，那是狗在撒欢、亲切、讨好的表现；轻声哼唧，双耳竖起，夹紧尾巴，那是恐惧和害怕；龇牙咧嘴，毛如尖刺，那是发怒对抗，随时将发出攻击。

狗的叫声包含着复杂的信息，那天晚上，我听到的狗叫声显得孤独空茫，同时还带着思乡恋土的无奈。而挨打之后，那种叫喊或许就变成了哭诉与对抗，犹如黑暗中的游蛇，声音颤抖，不停跳荡，一声一声，针尖一样往胸口上撞来。

狗不知道保护自己，它迷恋于内心的宣泄，它把向天嗥叫当成了隔空喊话。谁知愤怒的主人失去了往日的理智和宽容，在那个漆黑的夜晚，他心头的怒火足以点燃整个夜空。狗的尖嚎惨叫不是疼痛呼喊，而是装神弄鬼，有意作对。可恨的土狗有意给他难堪，让他成为众矢之的，下不了台去。

对于狗来说，主人的反常行为显得诡异莫辨，当棍棒挥舞，朝它头顶砸来的时候，狗体会了主人的恩断义绝，感受了阴险恐怖。突然而至的暴力没有半点前奏和温情，世界在那一刻彻底沉没。狗看到自己头顶正在波峰浪涌，乱云飞渡。

为控制这条不愿配合的狗，让它闭上嘴巴，主人的制裁不断升级，他拿出之前带狗出行、防止咬人的工具——铁丝笼子，将狗的嘴巴牢牢套住，然后再用一根锃亮的链子系住狗的脖子。狗双腿跪地，它已经软弱下来，可主人没有在意狗的举动。他用沉重惩罚使这条桀骜不驯的狗不再挣扎，人和狗的较量在这个夜晚分出了胜负。

果然暴力是有效的制裁，楼顶的狗终于安静下来，它再也无法用声音来诉说痛苦，宣告一条狗的存在。突然降临的安静，掩埋着种种不安和失望，隐藏着内在的焦灼和无助，听不见尖叫呐喊，让鸡犬相闻的世界变得遥远起来。回想那个夜晚，我感觉身体之外的空寂，如一柄冷剑，直刺内心，让我听到了之前从未听过的响动——那是一个世界在疼痛时发出的神秘声音。

谁也没想到那条狗会如此决绝，天将破晓的时刻，它带着满身的伤痕，纵身一跃，想从楼顶扑向地面。出乎意料的结局如同紧急刹车，戛然而止，让人为之一震。狗渴望扑向自由，可是这种无畏的举动，没有让它如愿，地面成了一个遥不可及的梦幻。哐啷一声，当狗的身体坠落的时候，那根不锈钢的链子像一根套索，紧紧勒住了它的脖子……

铁链成了致命的牵绊，狗悬挂于楼顶的外墙，牙关紧咬，四肢僵硬，如同一枚风干的野果，垂吊在枯藤上，风一吹，不停晃荡。

有个喜欢摄影的女孩，专门抓拍屋顶的动物，她通过手中的变焦镜头，第一个发现了虐狗事件。女孩的尖叫引来了路人的注目，很快地面上仰起笋尖一样的脑袋，大家开始议论昨晚的狗叫，原来那是狗在亡命前的哭喊。

有几名关怀动物的居民，忍不住风快地冲上顶楼，不停地敲打屋门，可主人屋门紧锁，不知去向。狗在屋顶上挂了几天，没有人来收拾处理，也没有人知道主人的用意。他是故意用一条死狗来示众，还是让一条活狗去谢罪？

……

　　事情过去很久了,我一直没有获得明确的答案,那些出入高楼的居民和我一样,从没有去追问,是谁把一条狗逼向了死亡!

　　后来我搬离了地下室,住上了另一处高楼,闭塞多年的耳朵,终于听到了风声雨声车流声。可是我的耳朵成了一个挑剔的厌食者,面对庞杂无序的声音充耳不闻,那些声音都不是我想要听到的。我只希望在某个岑寂的夜晚,在月朗星稀的时候,有一阵清水一样的狗叫声从天空里飘来。

宣纸上的河流

中国书法是奔腾在宣纸上的一条滔滔江河，这条河流浪花飞溅，景色迷人。可是随着电子信息时代的到来，无纸化办公，面对一年也难得写上几个字的电子商务，以及早被电脑、网络、手机奴化了的现代人，想去与之谈论书法，探讨书法艺术恐怕没有太大的兴趣。

古语曰："字是门头，书是屋。"古代将写字视为学问的开始，现代人的学问早与写字无关，甚至在某种程度上好像学问的高低与字的好坏形成反比。也许是应试教育对于书写的轻视，致使许多学生从启蒙时起，写字就没有下过寒窗功夫，甚至在东洋人面前还要自叹弗如。话说有一帮精英聚会，为了提升与渲染聚会的品位与气氛，几位牵头者决定布置一下场面。比如写几幅对联，作几首助兴的诗。一番忙碌后，找来了笔墨纸砚，可是当要提笔书写时，个个都连连摇头晃脑，不敢所为。论学历不少是硕士、博士，可是对于书法绘画、题诗作对几乎还未脱盲。此时难堪已挂上了脸面，就在旁观者还是掌勺的厨子一气呵成后，让一群精英为之叹服。

每个人都有自己的知识盲点，我这么说，不是仅仅想证明"尺有所短，寸有所长"这个道理，而是要说明书法艺术在现代生活中的功能和作用。当然，不管社会如何发展，今后与世界如何接轨，甚至是洋话连篇，电脑疯狂，但我国作为一个历史悠久的文明古国，中国的书法在历史的长河中永远闪耀着灿烂夺目的光辉，任何程序、系统都无法复制，都无与伦比。因为书法是中国传统文化的精华，它是作者个性、思想智慧的结晶。刀削斧劈，一尾狼毫在纸上行走如风，笔墨就有了生命，每一笔画都蕴藏着思想、精神与性格。我们的祖先发明了造纸术，也许这个伟大的发明就是为了日后子孙们能龙飞凤舞、挥毫泼墨。

中国书法艺术这条奔腾在宣纸上的江河，它的美学价值穿越近两千年的时光之水，贯通古今，波澜不息。在岁月的深处坚挺地生长，闪烁着粼粼的亮光。尽管工业革命以来，传统的书法走得一路曲折，历尽坎坷，从科举制度的废止到自来水笔、圆珠笔的广泛应用，中国书法的实用与应用逐步淡化，但作为艺术的功能，却仍旧显现着它顽强而又旺盛的生命力，中国书法根植于华夏沃土，相信永远不会消亡。随着城乡人民生活水平的日益提高，对文化艺术多向性的追求，太平盛世回归传统文化的觉醒，现在学书研书者，人才辈出，老少妇孺，后继有人。中国书法以其独特的魅力，不断吸引着更多的有志者去攀登书法的艺术高峰！

练习书法可以健身醒脑，陶冶性情，了解历史，增长知识。说到中国书法，研习中国书法，也许开篇人物总离不了王羲之。入道书法的人都知道因他而得的"天下行书第一"《兰亭序》。

那是东晋永和九年（353）的暮春，正是"江南草长，群莺乱飞"的季节。按照当时的习俗，初三是个上巳日，古人都要到水边举行一种祭礼，叫"行禊"，意以消污秽，除不祥。时任右军将军、会稽内史的王羲之偕家人及子侄辈，同时又邀约了自己的一批友人来到风景如画的兰亭。当时可谓是群贤毕至，精英云集。他们当中：谢安是东晋风流的代表人物，这位在淝水之战中吟啸自若、一举击败苻坚百万之众于八公山下的风云人物，此时正隐居于东山；孙绰当然也是众所周知的名士；还有一道一僧，许询和支道林，一个仙风道骨，另一个议论玄理；王徽之爱竹，"不可一日无此君"；王献之年龄最小，而谢安却偏爱有加，认为"小者最胜"；紧随之后的还有当世名士谢万、李充、孙统、郗昙等。他们前呼后拥地来到了"曲水"，来进行一场"流觞"。这是一次盛况空前的雅集，档次之高，在东晋名士面前，有点空前绝后的感觉。

名士俊彦，面对盎然的春意，大家开怀畅饮，放喉歌吟，无拘无束，尽情发挥。这一天，四十一人共得诗三十七首，编为一卷，曰《兰亭集》。作为活动的发起人、东道主，王羲之义不容辞、责无旁贷地担当起了为诗集作序的重任。

晋代是一个智者复活的时代，鲁迅先生在谈到魏晋风度时曾经指出，这是一种"集体的觉醒"。觉醒于"越名教而任自然"。晤言一室之内，放浪形骸之外，追求个性的自由与解放，尊重人生的自我价值，成了那个时代名士风流的一种理想。发于自然美和人格美，进而追求文学艺术美，在那个时代达到了高潮。谢赫的《画品》、钟嵘的《诗品》、陆机的《文赋》、刘勰的《文心雕龙》，这些中国文化史上的煌煌巨著都产生在这个觉醒的时代。在这样的氛围中，王羲之想到了序言应该如何写了。万物随季节而变化，人生赖宇宙旋转而时移。看千山竞秀，万壑争流。光阴斗转，时序交错，从自然中回到人类自身，他想到人的生命，想到了快乐与痛苦，想到生与死，也想到了后人将如何看待这群饱学之士……情感在内心掀起波澜，有如春潮拍岸。于是他挥动大笔，一口气写下了传诵千古的《兰亭集序》。

文与字的绝妙结合。一篇三百余字的美文,却有二十个不同形态的"之"字。"之字最多无一似",它像一根五光十色的彩线,把珍珠一样的美妙文字串结起来,成就了精美绝伦、举世无双的艺术珍品,让后人赞叹!

也许我们很多人都不知,与后人相见的《兰亭序》珍世墨迹,只是唐人的一个勾摹本。羲之的真迹早已作为唐太宗的陪葬品埋入昭陵,留给后人一个永远的遗憾与思索。由此,永和九年,兰亭序,这两个关键词一醉千年,成为书法史上一块难以治愈的心病,一座难以逾越的高峰,困扰着无数的后人。

一代帝王,生命终结时可以扔掉天下江山,却不愿丢下一幅墨宝,可见中国书法有何等的诱人魔力。

如风飘过五棵松

时光像一场化学反应,它悄无声息地改变着人的心性和容颜。站在万众瞩目的北京五棵松篮球场,一种如梦似幻的感觉笼罩着我,让人觉得眼前的一切很不真切。

多年以后,重回此地,我突然有了吐露真相的冲动。一直以来我都在隐忍、回避、遮掩,甚至是有意躲藏。即便在最私密的场所,也不敢轻易撕开那层蒙羞的面纱。现在之所以胆敢暴露,并非是我变得有多么强大,多么威猛;恰恰是一如既往的卑微和弱小,正因为如此卑微和弱小,我才能毫无顾忌地裸露心灵,体会到了尘埃般的无奈,换来了死水般的平庸和麻木。所以如风而过的世事轻似浮云,使我无法感知外部的尖利和内在的疼痛。

生活是一把无坚不摧的锉刀,将我磨损得缺边少角,人老枯黄。岁月悄无声息,穿透身体,滑行而过,我感受到了天命之年的急切。面对必然的衰老,我该如何并入下一站的轨道?

喜欢回忆是衰老的表征,但罗马诗人马提亚尔说:回忆过去的生活,无异于再活一次。说实话,如果不是2001年深秋那次深度的交集,我无法记住五棵松这个毫无特色的地名,更无法记住北京大妈那个永不磨灭的印象。当时成功申奥的兴奋和喜悦激发了大妈们身上空前的豪情,分布在各个社区街道的退休党员和积极分子,联合修鞋匠、菜摊主一起织成了一张防控大网,维护着首都的安宁。当时我租住在海淀区五棵松301医院附近,离住处一箭之遥的地方正在紧张拆迁，张牙舞爪的挖掘机，排山倒海，穿墙破屋，几天时间就将那一带的房屋夷为平地。

拆迁的地块早有规划，兴建规模宏大的奥运赛场——五棵松篮球馆。由于初来京城，找不到一个熟人和朋友，因此每到周末就会陷入无聊和难过。那种无所事事的样子，很像个二流子，要么到外面瞎逛，要么在狭小的出租屋内困兽一样，吃了睡，睡了吃。

实在憋不住了我会溜出屋子，绕着拆迁工地漫无目的地转悠。一边走，一边谋划，等这篮球馆建成，那是好几年后的事了，如果能留在北京，到时一定要进去观看一下精彩的比赛，那种现场感与在电视上观看应该完全不同。

绕工地行走一圈，将近花了一个小时。我不知道这儿迁走了多少人家，他们已去往何处？庞大的城市就如无边的森林，多一棵树，少一株草，没有任何的增减概念。一个人在这里就如一滴水，汇入浩瀚的海洋，永远找不到踪迹。

沿着围墙的豁口往前走，看见废墟中央还有一所待迁的小学，这所小学在海淀区应该名头不小，原国家教委领导题写的校名依旧醒目。有一位操外地口音的家长在门口问保安："学校是否招收外地学生？"保安黑着一张脸，用铜铃似的眼睛瞪着家长，口气生硬地说："你没看到这儿拆迁吗？转学？转什么学！"

即将失业的保安，内心正在焦急，所以态度很不友好。

听保安这么说，那位家长像刚挨批评的学生，尴尬地站在那儿，把手上准备递给保安的香烟放回了兜里，我望了一眼不苟言笑的保安，迅速从他身后绕行而过。

前面堆积着山丘似的断砖残瓦，砖缝里有肥硕的狗尾草如一截香肠，在风中摇曳。绕过那个土丘，遇到一条瘦高的黑狗，它孤零零地站在土堆上，与我相对而望。

我停下来，注视着那条与众不同的黑狗，它不声不响，像个怀旧的老人，眼里闪现空茫的忧伤。我不知道它是在寻找旧友，还是在追怀家园。不远处有几个捡拾废品的汉子，他们从破旧的三轮上拿出大磅的铁锤，用力敲打着断裂的柱子。砰咚，砰咚，砰咚，锤子一声一声连环落下，砸在混泥土浇铸的柱子上，碎屑飞溅，分崩离析。

厚实的梁柱回荡着沉闷的声响，让人感觉地皮也在颤动。汉子手中的铁锤，一起一落，反复击打，坚硬的梁柱慢慢瓦解，最后如断裂的冰川，碎成几瓣，柱子内像一排整齐的牙齿，露出灰黑的螺纹钢。汉子望着那些粗大的钢筋，像农民收获了粮食，脸上绽开了憨厚的笑容。

继续往前，拆除的空地渐显开阔，在这个寸土寸金的城市，很难找到空旷的地带，因此，这片废墟就成了临时广场。几位老人带着孩子在放风筝，柔和的风里，大手和小手一起牵扯，让老鹰、游龙、鲨鱼打破生活的常规，在头顶缓缓升腾起来。那些形态各异的风筝在天空里飞舞，似乎要把我这个异乡人带向远天长空。望着升腾而起的风筝，一种身在异乡的孤独感深深攫住了我。

风筝，宿命的飞翔，将我的身体瞬间掏空，灵魂如纸片，开始了飘忽不定的行踪。其实不管飘得多高多远，那根丝线永远攥在亲人手中。我知道那根线不是牵绊，而是牵挂。假如一旦断线，风筝就会失去方向，坠落地面，永远失去飘飞的可能。

为了躲避街市的喧闹,租住在五棵松的那段日子,我爱上了这块新生的野地,不断扩张的拆迁工地,显现了工程的规模。我无法想象场馆将来有多么华丽,我只专注于这些裸露的泥土,这些重见天日的泥土让我闻到了乡野的气息。

有一段时间连续阴雨,满地稀泥,于是阻断了我进入工地的路径。大约两周过去,终于迎来一个晴空气爽的周末。

我在麻辣川菜馆吃完晚饭,迫不及待地朝拆迁工地走去。

泥土归属于植物,它没有城乡等级之分,所有的废墟都有共同的属性。那些吸饱了烟火气息的尘土,就如调配出来的营养剂,给植物提供了温床。怪不得在乡村,农民把老墙泥当成上等肥料,施用到庄稼地里。我见过用老墙泥种出的烟叶、玉米、南瓜,无论叶片还是果实,都特别的壮硕肥美。在城里不可能有人去种庄稼,但那些青蒿野草却找到了疯长的机会,它们抱团而生,争着抢着往高处窜。一段时间不见,野草就已高过人头。

望着那些欣欣向荣的乡土式野草,不由想起家乡的山川林地。草是顽强的,从来不需要人类为它们操心,不管阴晴雨雪,肥瘦枯荣,全都是草的事情。在漫长的时光中,草一直与人类相伴,与农人对抗,不管火烧刀砍,还是锄挖锹铲,始终没能将草围剿灭绝,而整日侍候的庄稼反而越显娇气瘦弱。泥土和野草是我熟悉的乡土元素,在都市与它们偶然相遇,就如故人相逢,无须言语,就能亲近,于是我在草丛边随意溜达。谁知刚走一会儿,那麻辣川菜就化作一股浊气,在肠胃内奔跑冲撞,很快漫向下腹,直肠和肛门开始剧烈胀痛,随之内急起来。

眼前是一望无际的拆迁工地,很远没有一栋房屋,根本找不到公厕。怎么办?肠道内像万马奔腾,十分火急,一个劲往下冲撞，那种紧急程度已经一分一秒都不能拖延。不行了，再不立即解决，一泡污物就将拉进裤裆。

我弯着腰身，提起肛门，用手按住坠痛的下腹，双眼茫然环顾。当时看看正好四下无人，于是像只逃亡的耗子，不顾一切，钻进草丛……

蹲进草丛的那一刻，我闻到青草的味道在周身弥漫。一泄如注的痛快异常清爽，解除内急，就像平定叛军，那种如释重负的舒坦给人一种解放般的幸福。当我痛快淋漓地放完包袱，提起裤子，轻松自如地走出草丛时，两位带着红袖章的大妈如天外来客，堵住了我的去路。

"站住！你在干嘛？"

当时我难堪至极，知道大妈在明知故问。无法回答，只好吱吱唔唔起来："没…没…没干啥。"

谁知我的诳语惹恼了她们，一位个头较高的大妈指着我说："你这人啥素质？这么不讲文明，还配到首都来混！随地大小便，还不如满身生毛的猫狗呢！"

我知道被她抓了现场，无法耍赖，如果再争辩必将激起大妈新的愤怒。于是只好低声下气地说："对不起，对不起，可能吃坏了东西，实在是憋不住了，要不会拉到身上！"

"拉到身上是你自己的事，拉到地上就成了影响别人的事，你小子太没公德了！"

……

大妈言语犀利，反应极快，我一下就噎住了。虽然她们骂人不带脏字，但每一个字都力道十足，颇具杀伤，我只能承受，无力应对。

捉贼捉赃，捉奸捉双，想着草丛中那堆臭哄哄的证据，我只好硬着头皮，忍受大妈的责骂。我以为挨一顿臭骂，顶多罚点款，事情就算过去了。谁知这才开个头，接下来她们像审犯人一样，要我告知姓名、住址、家庭情况、务工单位……我拗不过她们，只能如实禀报。

大妈的眼睛雷达一样，在我脸上扫来扫去，好像怀疑我讲的全是假话，非要带她们到我的住处。两位大妈一前一后，我走在中间，虽然一切都是自由的，但那种感觉就像押送犯人。到了院子里，她们像特工一样，立刻避开我，与门房大爷攀谈起来。我知道大妈在调查我的情况，同时还将通报我刚才的劣迹。

后来出入院子，感觉大家看我的眼神都变得怪怪的，我的丑闻在他们之间流传开来，从此，我成了一个很不光彩的人……

回想那些年，四处漂泊，居无定所，最难的时候十几个人合租一套平房，只有一个简陋的小厕所。早上如厕必须排队，小便还好解决，偏偏每天早上大家都集中在那一个时段大便。急切中有了真正的时间概念，知道了在里面蹲厕所的一分钟，与在外头等厕所的一分钟有怎样的天壤之别。最让人痛苦不堪的是，初到北京时因水土不服，经常拉肚子，那种尴尬难受的劲儿至今仍留有阴影。当时的生存环境对身体造成了隐性伤害，后来逐渐显现，从那时起我就养成了憋便的习惯，最长的憋过三天。以致后来出现消化功能紊乱，便秘腹泻交替进行，很多喜爱的食物不敢沾边，最后落下了严重的结肠炎和直肠炎。

我一直认为，北京大妈是一个被忽略被低估的群体，她们的形象被名声在外的北京大爷所遮蔽。在我看来，北京大爷是一个放大的符号,他们光说不练,擅耍嘴皮子的背后,其实空洞无物,没有内容。然而北京大妈则完全不同,他们仗义执言,爱管闲事,能说会道。她们虽然也有北京大爷那种爱摆谱,不容打搅,不容轻视,装派头,高高在上,瞧不起人,看谁都是部下的习性,但她们表面严厉,内心仁慈,典型的刀子嘴,豆腐心。当然北京大妈的热情仁慈也是有着明显的边界限度和底线原则的,你不小心触碰了她们的边界,踩了底线,惹恼了她们,那立马就会翻脸,毫不含糊地与你叫板较真。

北京大妈既不像精明贵气的上海老太,也不同于出手阔绰的广州老妈,她们除了惦记吃喝拉撒的物质层面外,还关心政治时事文化娱乐的精神世界。有时候看上去是个貌不惊人的老太,与之交谈,我们就会知道,她曾读书万卷,一语惊人,让人刮目相看。

有一次老家一位文友在《收获》和《当代》两家杂志各发了一个中篇,我获知消息有点晚,赶紧到书报亭去,想买一本回来一睹为快。由于我去的时候已到月末,好几种期刊都已售罄,但年初一期的《当代》却还有一本。我拿起杂志翻了翻,毫无兴趣地放了下来,然后问守摊的老太太:"还有第三期《当代》杂志吗?"

老太太摇摇头说:"卖完了!"

接着她有点不解地望着我:"你手上那本不是《当代》吗?"

我说:"这本是过期杂志,我要新出的第三期。"

听我这么说,老太太翻了一下白眼,明显有些不高兴。她说:"《当代》是刊发小说的杂志,小说又不是报纸新闻,有过期一说吗？你看《战争与和平》《悲惨世界》《城堡》《百年孤独》出版多少年啦？有人敢说过期了吗？"

我没想到老太太会如此诘问，我被她弄得措手不及，站在那儿无言以对。

从外表看去，老太太衣着普通，貌不惊人，与老家市场里摆摊买菜的老大妈没啥两样，但她话语里透出的真知灼见，使我体会到了知识的高贵与书香的威严。那是一种不动声色、涵养极好，但又杀伤力极大的反问。一个急功利的读者是多么世俗和肤浅！

我领教了知识的力量，在这种力量面前，我那浮躁肤浅、俗气缠身的内心，瞬间暴露无遗。这事虽然过去多年了，但至今还在记忆中翻腾，阅人无数的老太太凭一两句话就掂量出了我的斤两，于是她的眼神中便流露出了一种不易察觉的轻视，顿时逼得我满脸窘态，无地自容。

然而她说过之后没有更多的表情，只是微微一笑，接着弯下腰去整理厚厚的书报。在她弯腰的瞬间，我看到她用手将额前的那绺白发轻轻地理到了耳后……

从那往后，我明白了山外有山，人外有人，人不可貌相的道理。我从北京大妈身上闻到姜蒜一样独特的气息。

在北京第二次租住的房子是个半地下室，那半明半暗的居室，像浮头的游鱼，掩盖了外来者的身份。高矮不一、肤色不同、嗜好各异的租客，在这里说着南腔北调，撞击着锅碗瓢盆，烹饪出南北风味。租住在同一个屋檐下，从一个门里出入，租客们低头不见抬头见，虽然彼此交情不深，但迎面相见，问个好，点个头还是有的。

不过在一大帮租客里,有一位性格暴戾的东北佬从没人搭理他,更不敢招惹他。虎背熊腰的东北佬,经常喝得酩酊大醉,我们背地里称他为"东北虎"。此人行为鲁莽,口无遮拦,有严重的心理障碍,即使你不招惹他,有可能他会主动来招惹你。说不准突然间狂躁发飙,对着你目露凶光,破口大骂,甚至冲进别人家里摔盆砸碗。好在住户们都能忍让,不与他计较,这样一来他就更加肆无忌惮,更加相信这世道软的怕硬的,硬的怕横的,横的怕不要命的。有时男租客与他妻子打声招呼,或者迎面走来,露个笑脸、点个头啥的,他立马就要与人纠缠,一口咬定男租客与他妻子有不正当关系,背着他偷情……

这种信口雌黄、无中生有的泼脏水,没有哪个男人忍受得了,于是常有男租客与他争吵冲突。脾气火爆的"东北虎",三句话没说完就会动起拳头,牛高马大的"东北虎"天生就是打架斗殴的高手,与他比试过的男租客全成了手下败将,个个都被揍得鼻青脸肿,满地找牙。有些爱面子的男人,受不了这种污辱,悄悄地搬走了,认为跟这种胡搅蛮缠的亡命之徒做邻居太过危险,既然惹不起,总躲得起吧。

我看着男租客接连不断地往外搬走,冷落下来的地下室日见空荡,突然间一种羊落虎口的悲凉漫过心头。面对粗暴和野蛮,大家都选择了逃避和忍让,为生存奋斗的北漂一族,早被竞争激烈的薪酬职位等级磨光了锐气,除了保全个体利益,面对危难已鲜见血性男儿。如果当初十几个男人齐心协力,就算东北佬真是一只吃人的恶虎,大伙也有能力将他制服。但是处在软骨时代,枪打出头鸟的俗语,使一群命运相同的租客集体退缩,大家都不想做出头鸟,不想因小失大,断送了自己的京城美梦。

退缩其实就是纵容，欺软怕硬的流行病，至今想来还让人深感汗颜。万万没想到，一个不服天管不服地管的泼皮无赖，竟然让北京大妈收拾得服服帖帖，这真的应验了一物降一物的道理。

　　刚开始"东北虎"根本没把协管治安的北京大妈放在眼里，就连一帮大男人都奈何不了他，难道还在乎几个中老年妇女？！可是目空一切、蛮横惯了的"东北虎"，不知道北京大妈的性格和能量，于是他在大妈面前狠狠地栽了一个跟头。

　　协管治安的大妈姓崔，矮个、短发、偏瘦，与典型的北京大妈形成明显反差。她出面干预"东北虎"不是因为他惹事生非，赶跑了那些租客，而是家庭暴力。他妻子长期遭受虐待，哪怕是一点鸡毛蒜皮的小事，也揪住她往死里打。租客们经常在三更半夜会听到野猫似的惨叫，变态的东北佬将女人百般折腾，女人畏惧男人的淫威，对于挨打的事从来不敢声张。有时候打得连路都走不动了，还得咬牙撑着，到街头摆摊。

　　崔大妈不知从哪儿听说了"东北虎"的家暴，她径直找上门去，与"恶虎"来了一次正面交锋。第一回合因崔大妈有些轻敌，准备不足，被"东北虎"占了上风。"东北虎"直接把崔大妈拧到了屋外。崔大妈气愤至极，无法咽下这口恶气，第二天她又找上门去。

　　本来崔大妈不会急着找他，因为"东北虎"以为妻子在外面告了状，晚上把妻子狠狠地收拾了一顿，女人被打得头破血流，小便失禁……

　　大义凛然的崔大妈，没想到会引发这样的麻烦，本想保护女人，谁知保护不成，反给痛肉上加刀，使那可怜的女人更加悲惨。想着身受重伤的女人，崔大妈难过内疚，心中的怒火不由燃烧起来。再三思忖,她决定和"东北虎"来个二度交锋。

这回崔大妈是有备而来的,走进屋内,连珠炮似的一顿责骂,立马就激怒了"东北虎",两人面红耳赤地争吵起来。"东北虎"说:"我好男不跟女斗,念你是个老女人,快点给老子滚蛋,惹火了老子没好果子给你吃!"

崔大妈毫不示弱,她指着"东北虎"大骂:"你这个熊样还称好男?你就一个流氓无赖!你打女人算个啥东西?在东北打女人咱管不着,来了这小区你再打女人我可就管定了!照你这样打下去,闹出人命也是迟早的事,监狱的门随时为你敞开着。告诉你,像你这恶行不仅严重影响了我们社区的声誉,而且还带坏了别的男人,今天不教育一下真不行!"

崔大妈的话再次触怒了"东北虎",他双眼发红,嘴巴张开,已经忍无可忍了。于是啪的一声,给崔大妈来了一记响亮的耳光。崔大妈嘴里噗的一声,立刻眼冒金星,满脸发麻,嘴角有血丝渗出。

你还敢打人啦!这还了得!在自己的地盘上挨揍,崔大妈怎能忍受,于是她拿出拼命的架势,拍着胸脯冲了上去,让"东北虎"再打。"东北虎"不知是苦肉计,不明白崔大妈使的是激将法,他果然伸手揍了几下。崔大妈顺势倒地不起,很快昏死过去,旁人立即报警……

社区干部和警察很快到了,警察把人带走了,要求"东北虎"到派出所接受调查,同时把"东北虎"妻子和崔大妈送法医伤检。

伤检报告出来后,"东北虎"傻了,他妻子的伤情定为轻伤一级,崔大妈定为轻伤二级。按当时的规定要追究刑事责任,可以判处三年以下有期徒刑。

"东北虎"瞪着大眼，仍然是死老虎不倒威。他被警车带走的那天，租客们早早从地下室走了出来，站在大门外围观。大伙看见"东北虎"的女人一瘸一拐追着警车，不停抹着眼泪……

崔大妈很生气，她赶紧上前拉住这个哀其不幸、怒其不争的女人，给她撑腰壮胆。她知道女人担心"东北虎"出来后会变本加厉，疯狂报复，到时候自己死路一条。崔大妈说："大妹子，你只管放心，不用怕，你再忍让，再软弱，迟早会被他打死。往后有困难只管找我，那恶棍哪天出来了，要杀要剐叫他冲我来！"

"东北虎"被降服后，整个地下室显得风平浪静，大伙见面时，笑脸也多了起来，出入楼道的脚步似乎也比之前从容得多。面对敢做敢当的大妈，我身为一个男人，随时都该脸红。

生活在北京的那些年，我体会到了诚信的重量。别看那些家长里短的大妈，她们最容忍不了别人的欺骗。2003年4月，北京非典疫情由于前期的松懈和麻痹，造成疫情迅速蔓延扩散，一时间全城恐慌。当时上面有严格规定，如果有从南方疫区来京的人员，一律采取隔离医学观察14天。

从南方老家回来的阿荣，没有主动报告自己的行踪，更严重的是当大妈们询问调查时，他竟隐瞒自己回过南方。两天后真相被查出，院子里的大爷大妈们如临大敌，倾巢而出，把阿荣的行为上升为道德行为。社区卫生站火速行动，派救护车将阿荣送去指定的地点隔离。阿荣按规定被隔离了14天，在失去自由的14天里，阿荣体会到了北京大妈的严厉，隔离结束，阿荣前脚刚踏进院子，大妈们后脚就跟了上去。她们不是来慰问，而是来通知，要他立即搬家。无论阿荣怎么解释，大妈们也不同意他再租住此地，理由是——不讲诚信。

阿荣只能老老实实地搬走了。由于太过匆忙，他只好先找个地下旅馆落脚，当初随口一句话，让他付出了说谎的代价，可见在原则问题上北京大妈一点也不含糊。

记得那年朝阳区双桥国泰百货开业，为配合开业庆典，这次连超市的日用品也破例参加八折的优惠活动。大米、食用油成为两大抢手商品，把超市挤得水泄不通。为了安全起见，商家采取分流顾客，高峰期只许出、不许进的管理方式，可是人实在太多，商场内还是人头涌动。

为了能买到优惠的大米和食用油，按限购规定，我和妻子分头行动，每人选择一项。可是那个队真的难排，首先要排队取商品，然后再排队交钱。收银台的队伍像一条见不到头尾的长龙，人一多，收银的速度显得特别缓慢，主要是顾客在疯狂采购，每一单的结算都要花去很长时间。一些用银行卡的顾客要输密码、签字，来回不停地倒腾，更加降低了速度。看到蜗牛一样蠕动的长龙，我失去了耐心，有几次都准备扔下商品，放弃排队。可是看见妻子温文尔雅、不急不躁的样子，我只好硬起头皮撑着。

想一想，一大早就在蹲守在商场门前与大妈大爷们拼体力、拼耐心，推推搡搡，人压人，人挤人。可花去大半天时间排队，站得腰酸腿疼，脚底发麻，最后也只省下三五十元小钱。闲着没事的人倒也无所谓，如果为了一点小利，耽误正事，舍去时间精力来抢购，那真叫得不偿失。

时间在煎熬中缓缓流逝，转眼到了中午，排队的人也显得毛焦火燥起来。此时，一出好戏终于开演，几个"演员"好像知道推着购物车、排着长队的顾客已经人困马乏，于是给大家来点刺激，醒一下脑袋，提一提精神。

开始看见排在前头的队伍一阵骚动，接着有人大喊大叫："打人啦！打人啦！"有一位长头发的小伙子在前面插队加塞，那个被插队的中年人倒没有太过激烈的行为，而排在后面的几位大爷大妈却冲了上去，用购物车堵住了出口。可那长头发小伙子却将白发大爷重重地推到了边上，此时，维持秩序的保安立即上前拉开了两人。固执逞强的小伙子挣开保安，拧着东西非要插队不可。此时后面的大妈实在忍不住了，边骂边冲上去，她挡在小伙子面前，大声说："无法无天，你今天除非从我身上踩过去，否则你甭想插队！"

小伙子看见大妈那拼命的样子，知道今天遇上冤家对头了，于是扔下手里那一袋商品，恶狠狠地瞪了大妈一眼，然后甩着长发，穿过无购物通道，如风而去……

时间一晃就过去了，转眼就到了2008年，当初没想到我还能挣扎在京城，虽然依然两手空空，但还没有退回到故乡。其间的艰辛困苦自不必说，但不管怎样，还是挺过来了。

随着盛会的临近，那段时间我不断接到从家乡打来的电话，有亲人，有朋友，还有一些多年没有联系过的故旧。他们在电话里异常的热情，热情背后都指向一个共同的话题，那就是到北京看奥运会。其中有好几位亲友从网上买到了篮球赛的门票，比赛场馆就在五棵松篮球场。

六年多的时间过去了，一座宏大气派的篮球馆已经建成。观看赛事的亲友们提前抵达了北京，为了熟悉路线，那天他们相约来到了五棵松。

在北京呆了多年，毫无疑问要尽一下地主之谊。在万寿路一家川菜馆，我宴请了同行的亲朋。当喝完两瓶60度的二锅头后，一桌人都感到有些醉意。作为向导，我带着大声喧哗、酒酣耳热的亲朋，顺着301医院往北行进。当时场馆正在进行最后验收调试，有围栏隔板，不让游人进入。大伙绕篮球馆外走了一圈，可是感觉游兴未尽，其中有两位朋友提出来要进去看看。我从大伙的眼睛里其实早就看出了这层期待，但是我知道这事很难办到。像我这种微尘般的京漂者，别说在这儿待了八年，就算待了八十年也一样，还不如一只爬行的蚂蚁。

但是在亲友们面前我不能显得太过无能，也许是借着酒劲，我有了往常从没有过的底气和胆量，大踏步地朝保安走去。老远就张开笑脸，走近了赶紧拿出刚买的中华香烟，与保安套近乎。

保安铁面无私，他没有接我的香烟，而且还告知此处严禁吸烟！对我入内的请求更是一口回绝。场馆在未正式开放前，禁止游人入内。我说就在门口拍个照，你就通融通融一下吧！

保安或许是见多了软磨硬泡的人，显得有点不耐烦，他昂着脑袋，一脸不屑地说："你赶紧到别处凉快去吧，想进馆等开赛了再来！"

岩石一样固执的保安，油盐不进，他好像故意要在亲友们面前让我难堪。看到那张不为所动的脸，我心里呼的一声，腾起了怒火，于是恶狠狠地将烟蒂丢在地上，用脚尖慢慢地辗碎，然后用一种玩世不恭的口气说："臭小子，当个保安有啥了不起的？告诉你，这块地我来得比你早，进得比你多，老子八年前就在这儿拉屎撒尿,不信你去问问居委会大妈!"

保安反过头来,恶狠狠地瞪着我,相信此刻我的瞳孔中正闪烁着野兽的冷光。亲友们怕我因口角发生冲突,赶紧拉着我,离开了闸口。

我知道,对于我在保安面前所吐的狂言,他们并没当真,尽管吃喝拉撒是人生最基本的要求,但他们都认为那是满嘴大话,当众吹牛。他们听后只是付之一笑,根本不会相信,在如此光鲜耀目的宝地上,我真的干过拉屎撒尿的事儿。

图书在版编目（CIP）数据

安魂帖 / 詹文格著. — 南京：江苏凤凰文艺出版社，2018.4
ISBN 978-7-5594-1667-4

Ⅰ.①安… Ⅱ.①詹… Ⅲ.①散文集－中国－当代 Ⅳ.①I267

中国版本图书馆 CIP 数据核字(2018)第 045315 号

书　　名	安魂帖
著　　者	詹文格
责任编辑	李　黎
出版发行	江苏凤凰文艺出版社
出版社地址	南京市中央路 165 号，邮编：210009
出版社网址	http://www.jswenyi.com
印　　刷	南京台城印务有限责任公司
开　　本	880×1230 毫米 1/32
印　　张	9.25
字　　数	200 千字
版　　次	2018 年 4 月第 1 版　2018 年 4 月第 1 次印刷
标准书号	ISBN 978-7-5594-1667-4
定　　价	35.00 元

（江苏凤凰文艺版图书凡印刷、装订错误可随时向承印厂调换）